CARA 7 CRUZ

EN CADA EJEMPLAR DE LA COLECCIÓN CARA Y CRUZ EL LECTOR ENCONTRARÁ DOS LIBROS DISTINTOS Y COMPLEMENTARIOS • SI QUIERE CONOCER ENSAYOS SOBRE

EL NUEVO CUENTO LATINOAMERICANO

CITAS A PROPÓSITO DEL CUENTO Y UNA CRONOLOGÍA, EMPIECE POR ESTA, LA SECCIÓN «CRUZ» DEL LIBRO • SI PREFIERE AHORA LEER LA OBRA, DELE VUELTA AL LIBRO Y EMPIECE POR LA TAPA OPUESTA, LA SECCIÓN «CARA»

A propósito de
EL NUEVO CUENTO LATINOAMERICANO

A propósito de

EL NUEVO CUENTO LATINOAMERICANO

COLECCIÓN

GRUPO EDITORIAL NORMA
http://www.librerianorma.com

Bogotá, Barcelona, Buenos Aires, Caracas,
Guatemala, Lima, México, Panamá, Quito, San José,
San Juan, San Salvador, Santiago de Chile, Santo Domingo

CONTENIDO

TESIS SOBRE EL CUENTO

Ricardo Piglia

1. En uno de sus cuadernos de notas Chéjov registró esta anécdota: "Un hombre, en Montecarlo, va al Casino, gana un millón, vuelve a su casa, se suicida". La forma clásica del cuento está condensada en el núcleo de ese relato futuro y no escrito.

Contra lo previsible y convencional (jugar-perder-suicidarse), la intriga se plantea como una paradoja. La anécdota tiende a desvincular la historia del juego y la historia del suicidio. Esa escisión es clave para definir el carácter doble de la forma del cuento.

Primera tesis: un cuento siempre cuenta dos historias.

2. El cuento clásico (Poe, Quiroga) narra en primer plano la historia 1 (el relato del juego) y construye en secreto la historia 2 (el relato del suicidio). El arte del cuentista consiste en saber cifrar la historia 2 en los intersticios de la historia 1. Un relato visible esconde un relato secreto, narrado de un modo elíptico y fragmentario.

El efecto de sorpresa se produce cuando el final de la historia secreta aparece en la superficie.

3. Cada una de las dos historias se cuenta de modo distinto. Trabajar con dos historias quiere decir trabajar con dos sistemas diferentes de causalidad. Los mismos acontecimientos entran simultáneamente en dos lógicas narrativas antagónicas. Los elementos esenciales de un cuento tienen doble función y son usados de manera distinta en cada una de las dos historias. Los puntos de cruce son el fundamento de la construcción.

4. En "La muerte y la brújula", al comienzo del relato, un tendero se decide a publicar un libro. Ese libro está ahí porque es imprescindible en el armado de la historia secreta.

¿Cómo hacer para que un gángster como Red Scharlach esté al tanto de las complejas tradiciones judías y sea capaz de tenderle a Lönrot una trampa mística y filosófica? Borges le consigue ese libro para que se instruya. Al mismo tiempo usa la historia 1 para disimular esa función: el libro parece estar ahí por contigüidad con el asesinato de Yarmolinsky y responde a una causalidad irónica: "Uno de esos tenderos que han descubierto que cualquier hombre se resigna a comprar cualquier libro publicó una edición popular" de la 'Historia secreta de los Hasidim'". Lo que es superfluo en una historia, es básico en la otra. El libro del tendero es un ejemplo (como el volumen de *Las mil y una noches* en "El sur"; como la cicatriz en "La forma de la espada") de la materia ambigua que hace funcionar la microscópica máquina narrativa que es un cuento.

5. El cuento es un relato que encierra un relato secreto. No se trata de un sentido oculto que dependa de la interpretación: el enigma no es otra cosa que una historia que se cuenta de un modo enigmático. La estrategia del relato está puesta al servicio de esa narración cifrada. ¿Cómo contar una historia mientras se está contando otra? Esa pregunta sintetiza los problemas técnicos del cuento.

Segunda tesis: la historia secreta es la clave de la forma del cuento y sus variantes.

6. La versión moderna del cuento que viene de Chéjov, Katherine Mansfield, Sherwood Anderson, el Joyce de *Dublineses*, abandona el final sorpresivo y la estructura cerrada; trabaja la tensión entre las dos historias sin resolverla nunca. La historia secreta se cuenta de un modo cada vez más elusivo. El cuento clásico a la Poe contaba una historia anunciando que había otra; el cuento moderno cuenta dos historias como si fueran una sola.

La teoría del *iceberg* de Hemingway es la primera síntesis de ese proceso de transformación: lo más importante nunca se cuenta. La historia secreta se construye con lo no dicho, con el sobreentendido y la alusión.

7. "El gran río de los dos corazones", uno de los relatos fundamentales de Hemingway, cifra hasta tal punto la historia 2 (los efectos de la guerra en Nick Adams) que el cuento parece la descripción trivial de una excursión de pesca. Hemingway pone toda su pericia en la narración hermética de la historia secreta. Usa con tal maestría el arte de la elipsis que logra que se note la ausencia del otro relato.

¿Qué hubiera hecho Hemingway con la anécdota de Chéjov? Narrar con detalles precisos la partida y el ambiente donde se desarrolla el juego y la técnica que usa el jugador para apostar y el tipo de bebida que toma. No decir nunca que ese hombre se va a suicidar, pero escribir el cuento como si el lector ya lo supiera.

8. Kafka cuenta con claridad y sencillez la historia secreta y narra sigilosamente la historia visible hasta convertirla en algo enigmático y oscuro. Esa inversión funda lo "kafkiano".

La historia del suicidio en la anécdota de Chéjov sería narrada por Kafka en primer plano y con toda naturalidad. Lo terrible estaría centrado en la partida, narrada de un modo elíptico y amenazador.

9. Para Borges la historia 1 es un género y la historia 2 es siempre la misma. Para atenuar o disimular la esencial monotonía de esa historia secreta, Borges recurre a las variantes narrativas que le ofrecen los géneros. Todos los cuentos de Borges están construidos con ese procedimiento.

La historia visible, el juego en la anécdota de Chéjov, sería contada por Borges según los estereotipos (levemente parodiados) de una tradición o de un género. Una partida de taba entre gauchos perseguidos, digamos, en los fondos de un almacén, en la llanura entrerriana, contada por un viejo soldado de la caballería de Urquiza, amigo de Hilario Ascasubi. El relato del suicidio sería una historia construida con la duplicidad y la condensación de la vida de un hombre en una escena o acto único que define su destino.

10. La variante fundamental que introdujo Borges en la historia del cuento consistió en hacer de la construcción cifrada de la historia 2 el tema del relato.

Borges narra las maniobras de alguien que construye perversamente una trama secreta con los materiales de una historia visible. En "La muerte y la brújula", la historia 2 es una construcción deliberada de Scharlach. Lo mismo sucede con Acevedo Bandeira en "El muerto"; con Nolan en "Tema del traidor y del héroe"; con Emma Zunz.

Borges (como Poe, como Kafka) sabía transformar en anécdota los problemas de la forma de narrar.

11. El cuento se construye para hacer aparecer artificialmente algo que estaba oculto. Reproduce la búsqueda siempre renovada de una experiencia única que nos permita ver, bajo la superficie opaca de la vida, una verdad secreta. "La visión instantánea que nos hace descubrir lo desconocido, no en una lejana *terra incógnita*, sino en el corazón mismo de lo inmediato", decía Rimbaud.

Esa iluminación profana se ha convertido en la forma del cuento.

CONSEJOS PARA ESCRITORES

Anton Chéjov

- Uno no termina con la nariz rota por escribir mal; al contrario, escribimos porque nos hemos roto la nariz y no tenemos ningún lugar al que ir.
- Cuando escribo no tengo la impresión de que mis historias sean tristes. En cualquier caso, cuando trabajo estoy siempre de buen humor. Cuanto más alegre es mi vida, más sombríos son los relatos que escribo.
- Dios mío, no permitas que juzgue o hable de lo que no conozco y no comprendo.
- No pulir, no limar demasiado. Hay que ser desmañado y audaz. La brevedad es hermana del talento.
- Lo he visto todo. No obstante, ahora no se trata de lo que he visto sino de cómo lo he visto.
- Es extraño: ahora tengo la manía de la brevedad: nada de lo que leo, mío o ajeno, me parece lo bastante breve.
- Cuando escribo, confío plenamente en que el lector añadirá por su cuenta los elementos subjetivos que faltan al cuento.
- Es más fácil escribir de Sócrates que de una señorita o de una cocinera.
- Guarde el relato en un baúl un año entero y, después de

ese tiempo, vuelva a leerlo. Entonces lo verá todo más claro. Escriba una novela. Escríbala durante un año entero. Después acórtela medio año y después publíquela. Un escritor, más que escribir, debe bordar sobre el papel; que el trabajo sea minucioso, elaborado.

- Te aconsejo: 1) ninguna monserga de carácter político, social, económico; 2) objetividad absoluta; 3) veracidad en la pintura de los personajes y de las cosas; 4) máxima concisión; 5) audacia y originalidad: rechaza todo lo convencional; 6) espontaneidad.
- Es difícil unir las ganas de vivir con las de escribir. No dejes correr tu pluma cuando tu cabeza está cansada.
- Nunca se debe mentir. El arte tiene esta grandeza particular: no tolera la mentira. Se puede mentir en el amor, en la política, en la medicina, se puede engañar a la gente e incluso a Dios, pero en el arte no se puede mentir.
- Nada es más fácil que describir autoridades antipáticas. Al lector le gusta, pero sólo al más insoportable, al más mediocre de los lectores. Dios te guarde de los lugares comunes. Lo mejor de todo es no describir el estado de ánimo de los personajes. Hay que tratar de que se desprenda de sus propias acciones. No publiques hasta estar seguro de que tus personajes están vivos y de que no pecas contra la realidad.
- Escribir para los críticos tiene tanto sentido como darle a oler flores a una persona resfriada.
- No seamos charlatanes y digamos con franqueza que en este mundo no se entiende nada. Sólo los charlatanes y los imbéciles creen comprenderlo todo.
- No es la escritura en sí misma lo que me da náuseas, sino el entorno literario, del que no es posible escapar y que te acompaña a todas partes, como a la tierra su atmósfera. No creo en nuestra *intelligentsia*, que es hipócrita, falsa,

histérica, maleducada, ociosa; no le creo ni siquiera cuando sufre y se lamenta, ya que sus perseguidores proceden de sus propias entrañas. Creo en los individuos, en unas pocas personas esparcidas por todos los rincones –sean intelectuales o campesinos–; en ellos está la fuerza, aunque sean pocos.

CITAS A PROPÓSITO DEL CUENTO

Creo que existe un radical error en el método que se emplea por lo general para construir un cuento. Algunas veces, la historia nos proporciona una tesis; otras veces, el escritor se inspira en un caso contemporáneo o bien, en el mejor de los casos, se las arregla para combinar los hechos sorprendentes que han de tratar simplemente la base de su narración, proponiéndose introducir las descripciones, el diálogo o bien su comentario personal donde quiera que un resquicio en el tejido de la acción brinde la ocasión de hacerlo.

A mi modo de ver, la primera de todas las consideraciones debe ser la de un efecto que se pretende causar. Teniendo siempre a la vista la originalidad (porque se traiciona a sí mismo quien se atreve a prescindir de un medio de interés tan evidente), yo me digo, ante todo: entre los innumerables efectos o impresiones que es capaz de recibir el corazón, la inteligencia o, hablando en términos más generales, el alma, ¿cuál será el único que yo deba elegir en el caso presente?

Edgar Allan Poe

Tanto en la poesía como en la narración breve, es posible hablar de lugares comunes y de cosas usadas comúnmente con un lenguaje claro, y dotar a esos objetos –una silla, la cortina de una ventana, un tenedor, una piedra, un pendiente de mujer– con los atributos de lo inmenso, con un poder renovado. Es posible escribir un diálogo aparentemente inocuo que, sin embargo, provoque un escalofrío en la espina dorsal del lector, como bien lo demuestran las delicias debidas a Navokov. Esa es de entre los escritores, la clase que más me interesa. Odio, por el contrario, la escritura sucia o coyuntural que se disfraza con los hábitos de la experimentación o con la supuesta zafiedad que se atribuye a un supuesto realismo. En el maravilloso cuento de Isaak Babel, Guy de Maupassant, el narrador dice acerca de la escritura: Ningún hierro puede despedazar tan fuertemente el corazón como un punto puesto en el lugar que le corresponde.

Raymond Carver

Un cuento es una acción dramática completa, y en los buenos cuentos los personajes se muestran por medio de la acción, y la acción es controlada por medio de los personajes. Y como consecuencia de toda la experiencia presentada al lector se deriva el significado de la historia. Por mi parte prefiero decir que un cuento es un acontecimiento dramático que implica a una persona, en tanto comparte con nosotros una condición humana general, y en tanto se halla en una situación muy específica. Un cuento compromete, de un modo dramático, el misterio de la personalidad humana.

Flannery O'Connor

¿No es verdad que cada uno tiene su colección de cuentos? Yo tengo la mía, y podría dar algunos nombres. Tengo William

Wilson de Edgar A. Poe; tengo Bola de sebo de Guy de Maupassant. Los pequeños planetas giran y giran: ahí está "Un recuerdo de Navidad" de Truman Capote; "Tlön, Uqbar, Orbis Tertius" de Jorge Luis Borges; "Un sueño realizado" de Juan Carlos Onetti; "La muerte de Iván Ilich", de Tolstoi; "Cincuenta de los grandes", de Hemingway; "Los soñadores", de Izak Dinesen, y así podría seguir y seguir... Ya habrán advertido ustedes que no todos esos cuentos son obligatoriamente de antología. ¿Por qué perduran en la memoria? Piensen en los cuentos que no han podido olvidar y verán que todos ellos tienen la misma característica: son aglutinantes de una realidad infinitamente más vasta que la de su mera anécdota, y por eso han influido en nosotros con una fuerza que no haría sospechar la modestia de su contenido aparente, la brevedad de su texto. Y ese hombre que en un determinado momento elige un tema y hace con él un cuento será un gran cuentista si su elección contiene –a veces sin que él lo sepa conscientemente– esa fabulosa apertura de lo pequeño hacia lo grande, de lo individual y circunscrito a la esencia misma de la condición humana. Todo cuento perdurable es como la semilla donde está durmiendo el árbol gigantesco. Ese árbol crecerá en nosotros, dará su sombra en nuestra memoria.

Julio Cortázar

La intensidad y la unidad interna son esenciales en un cuento y no tanto en la novela, que por fortuna tiene otros recursos para convencer. Por lo mismo, cuando uno acaba de leer un cuento puede imaginarse lo que se le ocurra del antes y el después, y todo eso seguirá siendo parte de la materia y la magia de lo que leyó. La novela, en cambio, debe llevar todo dentro.

Gabriel García Márquez

Edgar Allan Poe sostenía que todo cuento debe escribirse para el último párrafo o acaso para la última línea; esta exigencia puede ser una exageración, pero es la exageración o simplificación de un hecho indudable. Quiere decir que un prefijado desenlace debe ordenar las vicisitudes de una fábula. Ya que el lector de nuestro tiempo es también un crítico, un hombre que conoce, y prevé, los artificios literarios, el cuento deberá constar de dos argumentos; uno falso, que vagamente se indica, y otro, el auténtico, que se mantendrá secreto hasta el fin.

Jorge Luis Borges

Para mí, la novela y el cuento son géneros (...) semejantes, salvo la excepción que pueden representar los cuentos sumamente breves que se asemejan más a un epigrama que a una novela. Pero realmente no creo que exista una diferencia esencial entre ambos géneros, sino que sencillamente la novela goza de mayor espacio, mayor extensión y en consecuencia, se pueden crear personajes más reales. En el cuento, en cambio, se parte de una idea argumental y los personajes sirven sólo como vehículos. Cuando emprendo un relato creo saber si da para un cuento o para una novela. Sé también que si me equivoco en eso, frustraré lo que tengo entre manos. No me atrevo, sin embargo, a señalarle en qué punto exacto reside entre ambas formas literarias. Los escritores nos conformamos con la práctica. La teoría queda para los profesores y los críticos.

Adolfo Bioy Casares

El escritor puede referirse a un individuo, sentado en una mesa de café, que mira silenciosamente la calle. Puede describirlo en el más adecuado de los estilos, pero eso solo no constituye un cuento. Es un retrato estático. Bastará sin embargo con que el narrador agregue un pequeño toque, por ejemplo: *el hombre está a la espera*, para que la descripción se cargue de posibilidades, de anuncios, de futuro. Desde el punto de vista de la técnica del cuento, de su justificativo como tal, no importa demasiado que esté a la espera de una mujer o de su asesino, de un amigo de la infancia o de un acreedor. Importa sobre todo su actitud, porque en ella hay, para el lector, una peripecia elíptica, una garantía de que, aunque en el relato no pase nada, *algo irá a ocurrir* cuando esa espera, culmine, más allá del propio final del cuento.

Mario Benedetti

No es difícil saber qué entendía Poe por un buen cuento: es una obra de imaginación que trata de un solo incidente, material o espiritual, que puede leerse de un tirón; ha de ser original, chispeante, excitar o impresionar, y debe tener unidad de efecto. Deberá moverse en una sola línea desde el comienzo hasta el final. Escribir un cuento según los principios que él estableció no es tan fácil como algunos piensan. Requiere inteligencia, quizás no de un orden muy superior pero sí de cierto tipo; requiere sentido de la forma y no poca capacidad inventiva.

W. Somerset Maugham

CRONOLOGÍA

AUTORES
(1950-2008)

AÑO	LOS AUTORES	CONTEXTO HISTÓRICO
1950	Tomás González nace en Medellín.	Comienza la Guerra de Corea. Laureano Gómez es elegido presidente de Colombia. Truman, presidente de EE.UU., declara la emergencia nacional ante el conflicto de Corea; ordena la fabricación de la bomba H y pone en ejecución su política anticomunista tanto en el plano interno como en el internacional.
1951		En Colombia, Gómez se retira de la presidencia; lo sucede Roberto Urdaneta. Golpe de estado de Batista en Cuba. En Argentina, Perón y su esposa, como vicepresidente, se lanzan como candidatos y son vetados por los militares que intentan un golpe; Perón asume el control total de las fuerzas armadas y declara al país en estado de guerra interna. Con el tratado de San Francisco, los Aliados ponen fin a la guerra contra Japón. Francia, Inglaterra y EE.UU. dan por terminado el estado de guerra con Alemania.
1952		Estados Unidos interviene en Corea; se recrudece la Guerra Fría. Muere Jorge VI de Inglaterra, y lo sucede Isabel II. Revolución Nacional en Bolivia. Hussein es coronado rey de Jordania.
1953		Laureano Gómez toma nuevamente las riendas de Colombia; luego, es derrocado por el general Gustavo Rojas Pinilla. Finaliza la Guerra de Corea. Muere José Stalin. El mariscal Tito es el nuevo presidente de Yugoslavia.
1954		Rojas Pinilla se hace nombrar presidente de Colombia por la Asamblea Nacional Constituyente. Guatemala y Nicaragua rompen relaciones. En Guatemala, un movimiento de un ejército irregular dirigido por EE.UU. derroca

CONTEXTO CULTURAL	AÑO
Mueren George Orwell, Bernard Shaw y Edgar Lee Masters. Russell recibe el Premio Nobel de Literatura. Asturias: *Viento fuerte*. Greene: *El tercer hombre*. Neruda: *Canto general*. Onetti: *La vida breve*. Williams: *La rosa tatuada*. Bergman: *Juegos de verano*. De Sica: *Milagro en Milán*. Huston: *La jungla de asfalto*. Rossellini: *Francisco, juglar de Dios*. Alonso: *Poesía española*. Gaitán Durán: *Asombro*. García Márquez: *Ojos de perro azul*. Hemingway: *Al otro lado del río y entre los árboles*. Padrón: *Primavera nocturna*. Uslar Pietri: *De una a otra Venezuela*.	1950
Mueren André Gide y Sinclair Lewis. Rojas Herazo: *Rostro en la soledad*. Faulkner: *Réquiem para una monja*. Cela: *La colmena*. N. Guillén: *Elegía a Jesús Menéndez*. Borges: *La muerte y la brújula*. Capote: *El arpa verde*. Castro Saavedra: *Caminos de la patria*. Cortázar: *Bestiario*. Paz: *El laberinto de la soledad* y *¿Águila o sol?* Sábato: *Hombres y engranajes*. McCullers: *La balada del café triste*. Huston: *La reina de África*. Dalí: *Cristo de San Juan de la Cruz*. R. Maya: *Tiempo de luz*. Pinedas: *Poemas para recordar a Venezuela*. Rojas Herazo: *Rostro en la soledad*.	1951
Borges: *Otras inquisiciones*. Hemingway: *El viejo y el mar*. Yourcenar: *Memorias de Adriano*. De Sica: *Umberto D*. Rossellini: *Europa 51*. Lattuada: *El alcalde, el escribano y su amigo*. Buñuel: *Los olvidados*. Piñera: *La carne de René*. Gerbasi: *Los espacios cálidos*. Paz: *Semillas para un himno*. Juan José Arreola: *Confabulario* (cuentos).	1952
Churchill obtiene el Premio Nobel de Literatura. Mueren Dylan Thomas y Eugene O'Neill. Carpentier: *Los pasos perdidos*. Roa Bastos: *El trueno entre las hojas*. Rulfo: *El llano en llamas*. Bergman: *Noche de circo*. Rossellini: *Te querré siempre*. Lezama Lima: *Analecta del reloj*. Hemingway: *Fiesta*. Mutis: *Los elementos del desastre*.	1953
Hemingway gana el Premio Nobel de Literatura. Neruda: *Las uvas y el viento* y *Odas elementales*. Golding: *El señor de las moscas*. Mistral: *Lugar*. Yourcenar: *Electra o la caída de las máscaras*. Beauvoir: *Los mandarines*. Asturias: *El Papa verde*. Fuentes: *Los días enmascarados*. Rufino Tamayo termina el primer mural del Palacio de Bellas Artes en México.	1954

AÑO	LOS AUTORES	CONTEXTO HISTÓRICO
		al presidente Arbenz Guzmán. El coronel Carlos Castillo Armas, cabeza de la insurrección, asume la presidencia. Rebelión de Abril contra Somoza en Nicaragua. Estado de guerra interna en Argentina. En Paraguay asume el poder el general Stroessner.
1955		En Colombia, la guerrilla liberal entrega las armas. Los diarios *El Espectador* y *El Tiempo* son clausurados por el gobierno militar de Rojas Pinilla. Perón, presidente de Argentina, es derrocado por un movimiento militar. Lo suceden Leonardi y Aramburu. En México, Fidel Castro y un grupo de exiliados cubanos fundan el movimiento 26 de julio y planean, con Ernesto "Che" Guevara, la invasión de Cuba.
1956	Juan Villoro nace en Ciudad de México	Creación del Consejo Episcopal Latinoamericano. Expedición inglesa a Suez. Coalición de Israel, Francia y Gran Bretaña desencadena ofensiva militar contra Egipto. En China, campaña de las "Cien Flores". Fidel Castro desembarca en Cuba. Muere Anastasio Somoza García, presidente de Nicaragua; lo sucede su hijo Luis. Coalición de Israel. Marruecos declara su independencia. En URSS, Kruschev denuncia la política represiva de la época stalinista.
1957	Julio Paredes nace en Bogotá.	Caída del régimen que preside el general Rojas Pinilla en Colombia. Formación de una junta militar presidida por el general Gabriel París. Alberto Lleras Camargo (líder liberal) y Mariano Ospina Pérez (líder conservador) acuerdan la creación del Frente Nacional, un mecanismo que permite a liberales y conservadores turnarse el poder para darle solución a la terrible violencia bajo la cual está sumida el país.

Muere Ortega y Gasset. A. Bello: *Estudios filológicos* (primer volumen de *Obras completas*). Rulfo: *Pedro Páramo*. Asturias: *Los ojos de los enterrados*. García Márquez: *La hojarasca*. Donoso: *El verano y otros cuentos*. Nabokov: *Lolita*. Williams: *La gata sobre el tejado de zinc*. Felisberto Hernández, *Explicación falsa de mis cuentos* (manifiesto estético). 1955

Mueren Bertolt Brecht, Pío Baroja y Walter de la Mare. Juan Ramón Jiménez es galardonado con el Premio Nobel de Literatura. Paz: *El arco y la lira*. Pound: *Cantares*. Yourcenar: *Las caridades de Alcipo*. Cortázar: *Final de juego*. Guimarães Rosa: *Cuerpo de baile* y *Gran sertón: veredas*. Benedetti: *Poemas de la oficina*. Bergman: *El séptimo sello*. De Sica: *El techo*. Bioy Casares: *Historia prodigiosa*. Carpentier: *El acoso*. Cote Lamus: *Los sueños*. J. Guillén: *Del amanecer y del despertar*. Piñera: *Cuentos fríos*. 1956

Mueren Gabriela Mistral, Malcolm Lowry y Giuseppe Tomasi di Lampedusa. Paz: *Las peras del olmo* y *Piedra del Sol*. Durrell empieza la publicación de *El cuarteto de Alejandría*. Lezama Lima: *La expresión americana*. 1957

AÑO	LOS AUTORES	CONTEXTO HISTÓRICO
1958		Alberto Lleras Camargo, el primer mandatario civil del Frente Nacional, asume la presidencia de Colombia. Estalla la Revolución Cubana; cae la dictadura de Fulgencio Batista y Fidel Castro asume el poder. Cae en Venezuela la dictadura de Pérez Jiménez. En China, "Gran Salto Adelante".
1959		En Colombia los partidos liberal y conservador firman el pacto de Sitges, con el fin de atenuar la violencia desatada en 1948. Fidel Castro organiza la Operación Verdad, un juicio contra Sosa Blanco, mano derecha de Fulgencio Batista. Cumbre entre los presidentes Eisenhower y Kruschev para pactar un plan de desarme. Satélites soviéticos envían por primera vez en la historia fotografías de la cara oculta de la Luna. El Papa Juan XXIII convoca un concilio ecuménico en el que la Iglesia abordará los problemas sociales y se reestructurará de acuerdo con las necesidades de los fieles. Comienza la Guerra de Vietnam con la invasión de EE.UU.
1960		Cuba decreta la nacionalización de las compañías norteamericanas. Proclamación de la República de Chipre. Un temblor de tierra destruye a Agadir (Marruecos).
1961		Venezuela rompe relaciones con Cuba. Fidel Castro proclama el carácter socialista de la revolución cubana. Estados Unidos invade Bahía Cochinos, Cuba. Construcción del Muro de Berlín. Kennedy funda la Alianza para el Progreso. Rusia lanza el primer hombre al espacio.

Muere Juan Ramón Jiménez. Carpentier: *Guerra del tiempo.* Vargas Llosa: *Los jefes.* Fuentes: *La región más transparente.* García Márquez: *El coronel no tiene quien le escriba.* Capote: *Desayuno en Tiffany's.* Lampedusa: *El gatopardo* (póstumo). Beauvoir: *Memorias de una joven formal.* Donoso: *Coronación.* Arguedas: *Los ríos profundos.* Amado: *Gabriela, clavo y canela.* Goytisolo: *Las afueras.* Fernando Botero: *Los obispos muertos*, óleo sobre tela. 1958

Onetti: *Una tumba sin nombre.* Fuentes: *Las buenas conciencias.* Neruda: *Cien sonetos de amor.* Golding: *Caída libre.* Böll: *Billar a las nueve y media.* Grass: *El tambor de hojalata.* Williams: *Dulce pájaro de la juventud.* Steinbeck: *La perla.* Rossellini: *El general de la Rovere.* Fellini: *La Dolce Vita.* Bioy Casares: *Guirnalda con amores.* Cortázar: *Las armas secretas.* Cote Lamus: *La vida cotidiana.* Echeverry Mejía: *La llama y el espejo.* Gaitán Durán: *La revolución invisible.* L. Machado: *Cartas al señor tiempo.* Monterroso: *Obras completas (y otros cuentos).* Mutis: *Diario de Lecumberri.* Picón Salas: *Regreso de tres mundos.* Paz: *Agua y viento.* Benedetti: *Montevideanos.* 1959

Muere Camus. Borges: *El hacedor.* F. Hernández: *La casa inundada.* Cabrera Infante: *Así en la paz como en la guerra.* Lezama Lima: *Dador.* Roa Bastos: *Hijo del hombre.* Canetti: *Masa y poder.* Cortázar: *Los premios.* Durrell concluye la publicación de *El cuarteto de Alejandría.* De Sica: *Dos mujeres.* Rossellini: *¡Viva Italia!* Visconti: *Rocco y sus hermanos.* Stravinsky: *Un sermón, una narración y una plegaria.* Felisberto Hernández: *La casa inundada.* Jorge Luis Borges: *El hacedor* (cuentos). 1960

Muere Hemingway. Sábato: *Sobre héroes y tumbas.* Gaitán Durán: *Si mañana despierto.* Foucault: *Historia de la locura en la época clásica.* Stravinsky: *El diluvio.* Huston: *Vidas rebeldes.* Bergman: *Como en un espejo.* Lattuada: *Lo imprevisto.* Buñuel: *Viridiana.* 1961

AÑO	LOS AUTORES	CONTEXTO HISTÓRICO
1962		Guillermo León Valencia es elegido presidente de Colombia. Estalla la crisis de los misiles en Cuba; Estados Unidos amenaza con declarar la guerra total; los barcos soviéticos que llevaban los misiles a Cuba regresan a su país. Se inician las sesiones del Concilio Vaticano II. Creación de la organización política nicaragüense F.S.L.N. (Frente Sandinista de Liberación Nacional).
1963		Estados Unidos y la Unión Soviética firman un tratado de prohibición de pruebas nucleares. Es asesinado el presidente John F. Kennedy. En Colombia la guerrilla resurge y se fortalece.
1964	Alberto Fuguet nace en Santiago de Chile.	Estados Unidos ocupa el Canal de Panamá. Martin Luther King recibe el Premio Nobel de la Paz. Muere el líder hindú Jawaharlal Nehru. Egipto inaugura la represa de Asuán. Fundación de la OLP (Organización para la Liberación de Palestina).
1965		Secesión de Rhodesia provoca crisis en la Commonwealth. Muere Winston Churchill.
1966		Carlos Lleras Restrepo es presidente de Colombia. I Conferencia Tricontinental en La Habana. En China, Revolución Cultural Proletaria. En Bolivia, René Barrientos asume la presidencia. Colombia, Bolivia, Ecuador, Chile y Perú suscriben el Pacto Andino. URSS lanza su primera sonda espacial a la Luna y envía una cápsula espacial a Venus.
1967	Edmundo Paz Soldán nace en Cochabamba, Bolivia.	Un terremoto destruye Caracas. Queda destruida la población de Ben Suc en Vietnam. Estados Unidos es conside-

CONTEXTO CULTURAL	AÑO
Mueren William Faulkner, Herman Hesse y Gaitán Durán. John Steinbeck es galardonado con el Premio Nobel de Literatura. Carpentier: *El siglo de las luces*. Fuentes: *La muerte de Artemio Cruz* y *Aura*. Onetti: *El infierno tan temido*. Albee: *¿Quién le teme a Virginia Woolf?* Kundera: *Los propietarios de las llaves*. Nabokov: *Pálido fuego*. García Márquez: *Los funerales de la Mamá Grande*. Bioy Casares: *El lado de la sombra*. Guimarães Rosa: *Primeras historias*. Cortázar: *Historia de cronopios y de famas*. Bergman: *Los comulgantes*. Lattuada: *El poder de la mafia*. Fellini: *Ocho y medio*. Stravinsky: *Abraham e Isaac*.	1962
Mueren Felisberto Hernández y Aldous Huxley. Vargas Llosa: *La ciudad y los perros*. Cabrera Infante: *Un oficio en el siglo XX*. Sábato: *El escritor y sus fantasmas*. Cortázar: *Rayuela*. Böll: *Opiniones de un payaso*. J. A. Silva: *Poesías completas* (póstumo). Echavarría: *El transeúnte*. Bergman: *El silencio*.	1963
Sartre rechaza el Premio Nobel de Literatura. Carpentier: *Tientos y diferencias*. Sartre: *Las palabras*. García Márquez: *Tiempo de morir*. Arguedas: *Todas las sangres*. Jorge Zalamea: *El sueño de las escalinatas*. Mutis: *Los trabajos perdidos*. Stravinsky: *Variaciones* e *Introitus*. De Sica: *Ayer, hoy y mañana*. Cabera Infante: *Tres tristes tigres:* Ribeyro: *Las botellas y los hombres*.	1964
Mueren Somerset Maugham y T. S. Eliot. Borges comparte con Beckett el premio Formentor. Benedetti: *Gracias por el fuego*. Graves: *Colección de poemas*. Mishima: *El marino que perdió la gracia del mar*. Marechal: *El banquete de Severo y Arcángelo*. Ernesto Cardenal: *Oración por Marilyn Monroe* (poesía).	1965
Mueren Breton y Evelyn Waugh. Vargas Llosa: *La casa verde*. Lezama Lima: *Paradiso*. Donoso: *Este domingo*. Roa Bastos: *El baldío*. Cabrera Infante: *Tres tristes tigres*. Fuentes: *Zona sagrada*. Arguedas: *Amor mundo*. Capote: *A sangre fría*. Cortázar: *Todos los fuegos el fuego*. Foucault: *Las palabras y las cosas*. G. Arango: *Prosas para leer en la silla eléctrica*. Benedetti: *Contra los puentes levadizos*. Cela: *El solitario*. G. Diego: *Odas morales*. Elizondo: *Narda o el verano*. Garmendia: *Doble fondo*. Goytisolo: *Señas de identidad*. Paz: *Viento entero*. Uslar Pietri: *Pasos y pasajeros*. José Lezama Lima: *Paradiso*. Quino: Mafalda.	1966
Mueren Alegría, Guimarães Rosa, Girondo y McCullers. Asturias recibe el Premio Nobel de Literatura. Vargas Llosa recibe el Premio Rómulo Gallegos por su obra *La casa verde*. Fuentes: *Cambio de piel*. Donoso: *El*	1967

AÑO	LOS AUTORES	CONTEXTO HISTÓRICO
		rado culpable de crímenes de guerra en Vietnam por el Tribunal Russell. Conflicto árabe-israelí. Muere el guerrillero argentino-cubano Ernesto "Che" Guevara en Bolivia. Golpe de Estado en Grecia. China hace estallar su primera bomba H.
1968	Gabriela Alemán nace en Río de Janeiro.	Masacre de estudiantes que protestan en la Plaza de Tlatelolco de Ciudad de México, pocos días antes de que se inauguren los Juegos Olímpicos en esa ciudad. Revuelta estudiantil en la Sorbona, París, que pronto provoca un paro laboral nacional en Francia. En Panamá, Omar Torrijos derroca al presidente Arias. En EE.UU. son asesinados Martin Luther King y el senador Robert Kennedy. Tropas del Pacto de Varsovia invaden la República Socialista de Checoslovaquia. Creación del Pacto Andino entre Perú, Ecuador, Bolivia, Chile, Colombia y Venezuela.
1969		Astronautas norteamericanos realizan el primer viaje a la Luna.
1970	Pedro Mairal nace en Buenos Aires.	En mayo, cuatro estudiantes de la universidad Kent State de Ohio, EE.UU., mueren a manos de la Guardia Nacional durante una protesta en contra de la intervención estadounidense en Camboya. Como consecuencia, hay un brote de protestas estudiantiles en más de 400 universidades del país. El presidente Nixon hace caso omiso de estas

lugar sin límites. M. Fernández: *Museo de la novela de la Eterna* (póstumo). Roa Bastos: *Los pies sobre el agua*. Golding: *La pirámide*. Kundera: *La broma*. Beauvoir: *La mujer rota*. García Márquez: *Cien años de soledad*. Marechal: *Historia de la calle Corrientes*. Cortázar: *La vuelta al día en ochenta mundos*. J. Amado: *Doña Flor y sus dos maridos*. Huston: *Reflejos en un ojo dorado*. Bergman: *La hora del lobo*. Aragón: *Blanche o el olvido*. Benedetti: *Letras del continente mestizo*. Borges: *El libro de los seres imaginarios*. Carranza: *El corazón escrito*. Duras: *El amante inglés*. Paz: *Blanca*. Rojas Herazo: *En noviembre llega el arzobispo*. Vargas Llosa: *Los cachorros*.

Muere Steinbeck. *Cambio de piel* de Fuentes gana el Premio Biblioteca Breve. Kundera recibe el Premio de la Unión de Escritores Checoslovacos. Neruda: *Las manos del día*. Yourcenar: *El alquimista*. Mishima: *Caballos desbocados*. Gerbasi: *Poesía de viaje*. Huston: *Paseo por el amor y la muerte*. Bergman: *La vergüenza*. García Márquez y Vargas Llosa: *La novela en América Latina: diálogo*. Tomás Gutiérrez Alea: *Memorias del subdesarrollo*. Se da a conocer el *Diario del Che en Bolivia*. Manuel Puig: *La traición de Rita Hayworth*. Alfredo Bryce Echenique: *Huerto cerrado*. 1968

Muere Arguedas. Beckett es honrado con el Premio Nobel de Literatura. Festival de música de Woodstock. Borges: *Elogio de la sombra*. Neruda: *Fin de mundo*. Vargas Llosa: *Conversación en La Catedral*. Greene: *Viajes con mi tía*. Auden: *Ciudad sin murallas*. Foucault: *La arqueología del saber*. Nabokov: *Ada o el ardor*. Paz: *Conjunciones y disyunciones*. Bergman: *Pasión*. Visconti: *La caída de los dioses*. Reinaldo Arenas: *El mundo alucinante*. Augusto Monterroso: *La oveja negra y otras fábulas*. 1969

Mueren Marechal, Dos Passos, E.M. Forster, Mishima y Russell. Soljenitzyn gana el Premio Nobel de Literatura. Borges: *El informe de Brodie*. Neruda: *Las piedras del cielo*. Donoso: *El obsceno pájaro de la noche*. Kundera: *Los amores ridículos*. Mishima: *El mar de la fecundidad*. García Márquez: *Relato de un náufrago*. Marechal: *Megafón o la guerra*. Bryce Echenique: *Un mundo para Julius*. José Emilio Pacheco: *No me preguntes cómo pasa el tiempo*. 1970

AÑO	LOS AUTORES	CONTEXTO HISTÓRICO
		manifestaciones. China Popular entra a formar parte de la ONU.
1971	Eduardo Halfon nace en Ciudad de Guatemala.	El 26 de febrero, pocos meses antes de la inauguración de los VI Juegos Panamericanos, la policía de Cali reprime una manifestación estudiantil dejando muertos y heridos en las calles. Asume el poder Jean-Claude Duvalier en Haití. Idi Amin Dada se toma el poder en Uganda.
1972	Ena Lucía Portela nace en La Habana.	Atentado terrorista árabe en los Juegos Olímpicos de Munich: mueren once atletas israelíes. Un terremoto destruye Managua. Primera reunión consultiva de ministros de petróleo de América Latina en Caracas. Inglaterra firma un tratado de adhesión a la Comunidad Económica Europea.
1973	Guadalupe Nettel nace en Ciudad de México.	En Chile, mediante golpe militar, Augusto Pinochet derroca el gobierno socialista de Salvador Allende, que es asesinado. Perón regresa y es elegido presidente de Argentina. En Colombia, nace el movimiento guerrillero M-19. En EE.UU. se produce el escándalo Watergate. Con la firma del tratado de París finaliza la intervención americana en Vietnam. Las dos Alemanias ingresan a la ONU. Guerra de Octubre: los estados árabes atacan Israel.
1974		Alfonso López Michelsen es elegido presidente de Colombia. Como resultado del escándalo de Watergate, el presidente Nixon es obligado a renunciar. Se agudiza la crisis social en Argentina. El gobierno inglés declara estado de emergencia. Mueren Juan Domingo Perón y Georges Pompidou.
1975		Las últimas tropas norteamericanas se retiran de Vietnam y termina la guerra.

Muere Stravinsky. Neruda recibe el Premio Nobel de Literatura. Vargas Llosa: *García Márquez: historia de un deicidio*. Forster: *Maurice* (póstumo). Böll: *Retrato de un grupo con señoras*. Galeano: *Las venas abiertas de América Latina*. Cortázar: *Pameos y meopas*. Visconti: *Muerte en Venecia*. 1971

Muere Ezra Pound. Heinrich Böll recibe el Premio Nobel de Literatura. *Cien años de soledad* de García Márquez recibe el Premio Rómulo Gallegos. Donoso: *Historia general del "Boom"*. Sartre: *El idiota de la familia*. Roa Bastos: *Cuerpo presente y otros textos*. Beauvoir: *Al fin de cuentas*. Octavio Paz: *El nuevo festín de Esopo*. Cortázar: *Prosa del observatorio*. Bergman: *Gritos y susurros*. García Márquez: *La increíble y triste historia de la Cándida Eréndida y su abuela desalmada*. 1972

Mueren Picasso, Casals, Pablo Neruda y W.H. Auden. Vargas Llosa: *Pantaleón y las visitadoras*. Paz: *El signo y el garabato*. Kundera: *La vida está en otra parte*. Yourcenar: *Recuerdos piadosos*. Canetti: *La provincia del hombre*. Cortázar: *Libro de Manuel*. Mutis: *Summa de Maqroll el Gaviero* y *La mansión de Araucaíma*. Bergman: *Secretos de un matrimonio*. Barba Jacob: *La vida profunda*. Onetti: *La muerte y la niña*. 1973

Mueren Asturias, De Sica, Alfaro Siqueiros y Aurelio Arturo. García Márquez: *Ojos de perro azul*. Neruda: *Confieso que he vivido* (póstumo). M. Fernández: *Adriana Buenos Aires* (póstumo). Cabrera Infante: *Vista del amanecer en el trópico*. Paz: *El mono gramático*. Sábato: *Abaddón, el exterminador*. Böll: *El honor perdido de Katharina Blum*. Canetti: *Cincuenta caracteres*. Bergman: *La flauta mágica*. Visconti: *Confidencias*. Lattuada: *La bambina*. Fellini: *Amacord*. Augusto Roa Bastos: *Yo, el supremo*. Bryce Echenique: *La felicidad ja ja*. 1974

Carpentier: *Concierto barroco*. Fuentes: *Terra Nostra*. García Márquez: *El otoño del patriarca* y *Todos los cuentos de Gabriel García Márquez* (1947- 1975

AÑO	LOS AUTORES	CONTEXTO HISTÓRICO
		Inglaterra reconoce los regímenes de Camboya y de Vietnam del Sur. Muere Francisco Franco y se restaura la monarquía en España, con don Juan Carlos I de Borbón. En Colombia muere Rojas Pinilla.
1976		Golpe militar en Argentina. Muere Mao Tse-Tung.
1977	Daniel Alarcón nace en Lima.	EE.UU. reconoce la soberanía de Panamá sobre el Canal: tratado Carter-Torrijos. En España, se dan las primeras elecciones libres en 40 años. Encuentro en Israel del presidente Sadat de Egipto y el primer ministro israelí Begin para conseguir la paz en el Oriente Medio.
1978	Samanta Schweblin nace en Buenos Aires.	Muere Pablo VI. Es asesinado Pedro Joaquín Chamorro, director del diario *La Prensa* de Managua. Asume la presidencia de Colombia Julio César Turbay Ayala.
1979		Guerra civil en Nicaragua: el F.S.L.N. derroca a Anastasio Somoza Debayle (Tachito) y forma un nuevo gobierno dirigido por la Junta de Reconstrucción. México rompe relaciones con Nicaragua. Violencia en Irán: el Sha es derrocado. Margaret Thatcher se convierte en primer ministro en Gran Bretaña.
1980		Es asesinado en Paraguay Anastasio Somoza. Comienza la guerra entre Irán e Irak. Ronald Reagan es elegido presidente de los Estados Unidos.

1972). Foucault: *Vigilar y castigar*. Bertolucci: *1990*. Saura: *Cría cuervos*. Rossellini: *El Mesías*. Lattuada: *Corazón de perro*. Borges: *El libro de arena*. Ribeyro: *Prosas apátridas*.

Muere Luchino Visconti. Puig: *El beso de la mujer araña*. Uslar Pietri: *Oficio de difuntos*. Charry Lara: *Lector de poesía*. Vargas Llosa: *La orgía perpetua*. Cabrera Infante: *Exorcismos de estilo*. Kundera: *El vals de los adioses*. Foucault: *La voluntad del saber*. Huston: *El hombre que pudo reinar*. Visconti: *El inocente*. 1976

Mueren Vladimir Nabokov, Charlie Chaplin, Roberto Rossellini y María Callas. Se le otorga el Premio Rómulo Gallegos a Carlos Fuentes. Bioy Casares y Jorge Luis Borges: *Nuevos cuentos de Bustos Domecq*. V. de Moraes: *A Arca de Noé*. Vargas Llosa: *La tía Julia y el escribidor*. Lezama Lima: *Oppiano Licario* (póstumo). Yourcenar: *Archivos del Norte*. Canetti: *La lengua absuelta*. Bergman: *El huevo de la serpiente*. Alejo Carpentier gana el Premio Cervantes de Literatura. Ribeyro: *Silvio en el rosedal* (cuento). 1977

Bashevis Singer es galardonado con el Premio Nobel de Literatura. Edwards: *Los convidados de piedra*. Cabrera Infante: *Arcadia, todas las noches*. Carpentier: *La consagración de la primavera*. Donoso: *Casa de campo*. Fuentes: *La cabeza de la hidra*. Greene: *El factor humano*. Paz: *El ogro filantrópico*. Bergman: *Sonata de otoño*. Bioy Casares: *El héroe de las mujeres*. Arturo Ripstein: *El lugar sin límites*, película basada en una novela de José Donoso. 1978

Muere Virgilio Piñera. Carpentier: *El arpa y la sombra*. Cabrera Infante: *La Habana para un infante difunto*. Donoso: *Casa de campo*. Jorge Luis Borges gana el Premio Cervantes de Literatura. 1979

Mueren Rafael Maya, Alejo Carpentier y Jean-Paul Sartre. Eco: *El nombre de la rosa*. Cobo Borda: *La tradición de la pobreza*. Soto Aparicio: *Camino que anda*. Fuentes: *Una familia lejana*. Canetti: *La antorcha al oído*. Fellini: *La ciudad de las mujeres*. 1980

AÑO	LOS AUTORES	CONTEXTO HISTÓRICO
1981		Ruptura de relaciones de Colombia con Cuba. Atentado contra el Papa Juan Pablo II. Muere Omar Torrijos. El socialista François Mitterand gana las elecciones en Francia.
1982		Belisario Betancur es elegido presidente de Colombia. Colombia ingresa en la Organización de Países No Alineados. Felipe González es elegido presidente de España. Comienza la Guerra de las Malvinas entre Gran Bretaña y Argentina. Masacre en los campos de refugiados palestinos.
1983		Un terremoto destruye la ciudad de Popayán, Colombia. Reunión de países No Alineados en Nueva Delhi. El Partido Verde se constituye en la tercera fuerza política de Alemania.
1984	Tomás González, *Primero estaba el mar* (novela).	Asesinado en Colombia el ministro de Justicia, Rodrigo Lara Bonilla. Daniel Ortega, coordinador de la Junta de Reconstrucción, asume la presidencia de Nicaragua. Reagan es reelegido presidente de EE.UU. Asesinato de Indira Gandhi. Atentado a Margaret Thatcher.
1985		El movimiento guerrillero M-19 se toma el Palacio de Justicia en Bogotá. El Volcán Nevado del Ruiz hace erupción y sepulta a la población de Armero, Colombia. Mijaíl Gorbachov, secretario general del Partido Comunista Soviético, anuncia la apertura política en la URSS. Terremoto en México.
1986		El papa Juan Pablo II visita a Colombia. Virgilio Barco es elegido presidente de Colombia. Creación de la UNO (Unidad Nicaragüense de Oposición). Ataque norteamericano al golfo de Sidra, Libia.

Canetti es galardonado con el Premio Nobel de Literatura. Álvaro Mu- 1981
tis: *Caravansary*. Charry Lara: *Pensamientos del amante*. Vargas Llosa: *La guerra del fin del mundo*. Fuentes: *Agua quemada*. Donoso: *El jardín de al lado*. Herzog: *Fitzcarraldo*. Octavio Paz gana el Premio Cervantes de Literatura.

García Márquez recibe el Premio Nobel de Literatura. Onetti: *El mercado* 1982
y el cerdito. Germán Espinosa: *La tejedora de coronas*.

Mueren Tennessee Williams y Joan Miró. Golding obtiene el Premio 1983
Nobel de Literatura. Bergman: *Fanny y Alexander*. Huston: *Bajo el volcán*. Collazos: *García Márquez: la soledad y la gloria*.

Mueren Pedro Nel Gómez, Julio Cortázar y Truman Capote. Álvaro 1984
Mutis: *Los emisarios*. Arciniegas: *Bolívar y la revolución*. Jaramillo Escobar: *Sombrero de ahogado*. Kundera: *La insoportable levedad del ser*. Ernesto Sábato gana el Premio Cervantes de Literatura.

Muere Eduardo Carranza. García Márquez: *El amor en los tiempos del* 1985
cólera. Jaramillo Escobar: *Poemas de tierra caliente*. Giovanni Quessep: *Muerte de Merlín*. Charry Lara: *Poesías y poetas colombianos*.

Muere Jorge Luis Borges. Álvaro Mutis: *Un homenaje y siete nocturnos*. 1986
Cobo Borda: *Letras de esta América*. Charry Lara: *Llama de amor viva*. Álvarez Gardeazábal: *El divino*.

AÑO	LOS AUTORES	CONTEXTO HISTÓRICO
		Corazón Aquino gana las elecciones en Filipinas, derrocando a Ferdinando e Imelda Marcos.
1987	Tomás González gana el Premio Nacional de Novela Plaza y Janés con *Para antes del olvido.*	En Colombia son asesinados el periodista Guillermo Cano, director del diario *El Espectador*, y el candidato a la presidencia por la Unión Patriótica, Jaime Pardo Leal. En la Unión Soviética empieza a regir la política de apertura (Glasnost).
1988		En Colombia, se eligen por primera vez alcaldes por voto popular. En Chile, Pinochet llama a un plebiscito que vota en su contra.
1989		En Colombia, es asesinado el candidato liberal Luis Carlos Galán. En Paraguay, cae Stroessner. Caída del dictador Ceaucescu en Rumania. Retiro de las tropas soviéticas de Afganistán. George Bush es el nuevo presidente de EE.UU.
1990		El M-19 cesa su lucha armada y entrega las armas para incorporarse a la vida política. Carlos Pizarro, su líder y candidato a la presidencia, es asesinado. EE.UU. invade Panamá y derroca al general Manuel Antonio Noriega. Míjail Gorbachov implanta en la URSS la política conocida como Perestroika. César Gaviria es elegido presidente de Colombia. Violeta Chamorro asume la presidencia de Nicaragua. Cae el Muro de Berlín y se reunifican las dos Alemanias. Amenaza de guerra entre EE.UU. e Irak en el Golfo Pérsico.
1991	Alberto Fuguet, *Mala onda* (novela).	Se instala en Colombia la Asamblea Nacional Constituyente. Avanza un contingente aliado, encabezado por EE.UU., contra Irak ("Tormenta del desierto") y estalla la guerra en el Golfo Pérsico.

CONTEXTO CULTURAL	AÑO
Carlos Fuentes gana el Premio Cervantes de Literatura.	1987
Salman Rushdie: *Los versos satánicos*. Cobo Borda: *Tierra de fuego*.	1988
Muere Carlos Castro Saavedra. Cela recibe el Premio Nobel de Literatura. Augusto Roa Bastos gana el Premio Cervantes de Literatura.	1989
Muere Lawrence Durrell. Octavio Paz gana el Premio Nobel de Literatura. Uslar Pietri: *La visita en el tiempo*. Mutis: *Amirbar*. Adolfo Bioy Casares gana el Premio Cervantes de Literatura.	1990
Muere Greene. Nadine Gordimer obtiene el Premio Nobel de Literatura. Se le otorga el Premio Rómulo Gallegos a Uslar Pietri por *La visita en el tiempo*. Espinosa: *La aventura del lenguaje*. Paz: *Convergencias*. Uslar Pietri: *La creación del nuevo mundo*. Sergio Pitol: *La vida conyugal*.	1991

AÑO	LOS AUTORES	CONTEXTO HISTÓRICO
		Desaparece la URSS, se constituye la Comunidad de Estados Independientes y se independizan las repúblicas bálticas.
1992		Cumbre de la Tierra en Río de Janeiro. Intento de golpe militar en Venezuela.
1993	Alberto Fuguet, *Cuentos con Walkman*.	Carlos Andrés Pérez es separado de la presidencia de Venezuela. Bill Clinton asume la presidencia de EE.UU.
1994	Julio Paredes, *Salón Júpiter y otros cuentos*.	Ernesto Samper Pizano es elegido nuevo presidente de Colombia. Tratado de libre comercio entre Canadá, México y EE.UU. Se reestablecen las relaciones diplomáticas entre Colombia y Cuba. Se levanta el bloqueo económico a Vietnam. Recrudecimiento de la guerra étnica en la ex Yugoslavia.
1995	Tomás González, *Historia del rey del Honka-Monka* (cuentos).	La Fiscalía General de la Nación de Colombia abre el "Proceso 8.000", con el fin de investigar el ingreso de dineros del Cartel de Cali a la campaña presidencial de Ernesto Samper.
1996	Gabriela Alemán, *Maldito corazón* (cuentos). Pedro Mairal, *Tigre como los pájaros* (poesía).	Álvaro Arzú Irigoyen asume la presidencia de Guatemala y concreta la firma de los Acuerdos de Paz entre el gobierno y la guerrilla de ese país. En México, los rebeldes zapatistas de Chiapas firman un primer acuerdo de paz con el gobierno mexicano. Un nuevo grupo guerrillero, autodenominado Ejército Popular Revolucionario (EPR) surge en el estado de Guerrero, al sur del país, reivindicando la lucha armada como medio para democratizar el gobierno.
1997	Tomás González, *La historia de Horacio* (novela). Julio Paredes,	Gran Bretaña restituye a China la colonia de Hong Kong, después de 156

Muere Isaac Asimov. Derek Walcott recibe el Premio Nobel de Literatura. Arciniegas: *América es otra cosa*. Dulce María Loynaz gana el Premio Cervantes de Literatura. 1992

Mueren Severo Sarduy y Silvina Ocampo. Toni Morrison es galardonada con el Premio Nobel de Literatura. Mempo Giardinelli recibe el Premio Rómulo Gallegos. Fuentes: *El naranjo o los círculos del tiempo* y *El espejo enterrado*. Mutis: *Tríptico de mar y tierra*. Onetti: *Cuando ya no importe*. 1993

Kenzaburo Oe recibe el Premio Nobel de Literatura. Mario Vargas Llosa gana el Premio Cervantes de Literatura. 1994

Seamus Heaney gana el Premio Nobel de Literatura. 1995

Se le otorga el Premio Nobel de Literatura a Wislawa Szymborska. Martín Gaite: *Lo raro es vivir*. Manguel: *Historia de la lectura*. Gaarder: *Vita Brebis*. E. Mendoza: *Una comedia ligera*. Matute: *Olvidado rey Gudú*. Sergio Pitol: *El arte de la fuga*. 1996

Muere James Stewart, actor de *La soga* y *La ventana indiscreta* de Alfred Hitchcock. Darío Fo recibe el Premio Nobel de Literatura. Se inaugura 1997

AÑO	LOS AUTORES	CONTEXTO HISTÓRICO
	Guía para extraviados (cuentos). Edmundo Paz Soldán obtiene el Premio Juan Rulfo por su cuento *Dochera*.	años. Muere la princesa Diana en un accidente automovilístico en París. Muere la madre Teresa de Calcuta.
1998	Pedro Mairal obtiene el Premio Clarín de novela con su obra *Una noche con Sabrina Love*. Alberto Fuguet, *Por favor rebobinar* (novela).	En marzo, fuerzas serbias lanzan un ataque masivo contra una decena de pueblos en la región de Kosovo, al sur de Yugoslavia, causando varias decenas de muertos. El presidente serbio, Slobodan Milosevic, se niega a retirar sus tropas de esa provincia y no acepta un acuerdo de paz. La OTAN denuncia operaciones de limpieza étnica en Kosovo. Escándalo sexual protagonizado por el presidente de EE.UU., Bill Clinton. El huracán Mitch deja 20.000 muertos en su paso por Guatemala, Honduras, Nicaragua y El Salvador.
1999	Juan Villoro, *La casa pierde* (cuentos); Ena Lucía Portela obtiene el Premio Juan Rulfo con el cuento *El viejo, el asesino y yo*; Edmundo Paz Soldán es finalista del Premio Rómulo Gallegos por su novela *Río fugitivo*.	El 7 de enero, en el municipio de San Vicente del Caguán, el gobierno del presidente Andrés Pastrana da inicio al proceso de paz con las FARC. El 25 de enero un terremoto sacude violentamente al Eje Cafetero colombiano. Después de 96 años Estados Unidos retira sus ropas de Panamá y le entrega a esta nación la soberanía sobre el Canal. Las tro-pas de la OTAN vencen al ejército yugoslavo. Comienza la reconstrucción de la provincia destruida. Entra en circulación en 11 países de Europa la nueva moneda de la Unión: el euro.
2000	Francisco Lombardi lleva al cine la novela *Tinta roja* de Alberto Fuguet. Juan Villoro, *Efectos personales* (ensayo). Julio Paredes, *Asuntos familiares* (cuentos). Edmundo Paz Soldán, *Sueños digitales* (novela).	Augusto Pinochet regresa a Chile tras 16 meses de arresto en Londres. Vicente Fox es elegido presidente de México y pone fin a 71 años de gobierno del Partido Revolucionario Institucional (PRI). Tras más de 10 años en el poder, el presidente peruano Alberto Fujimo-

el Museo Guggenheim de Bilbao, España, proyecto de Frank Ghery. Cabrera Infante gana el Premio Cervantes. Goytisolo: *Placer licuante*. Vila-Matas: *Extraña forma de vida*. Roberto Bolaño: *Llamadas telefónicas*. Cabrera Infante gana el Premio Cervantes de Literatura.

Mueren Octavio Paz y Elena Garro. El Premio Nobel de Literatura se otorga a José Saramago. Roberto Bolaño: *Los detectives salvajes*. 1998

Mueren Stanley Kubrick, José Luis Cano, Adolfo Bioy Casares y Germán Arciniegas. Günter Grass recible el Premio Nobel de Literatura. Ricardo Piglia: *Formas breves*. Jorge Edwards gana el Premio Cervantes de Literatura. 1999

Gao Xingjian es galardonado con el Premio Nobel de Literatura. El Premio Cervantes se entrega a Francisco Umbral. Saramago: *La caverna*. Sábato: *La resistencia*. Eco: *Baudolino*. Manguel: *Leyendo imágenes*. 2000

AÑO	LOS AUTORES	CONTEXTO HISTÓRICO
	Gabriela Alemán, *Fuga permanente* y Pedro Mairal, *Hoy temprano* (cuentos).	ri presenta su renuncia en medio de un escándalo de corrupción.
2001	Edmundo Paz Soldán, *La materia del deseo*; Ena Lucía Portela, *La sombra del caminante* (novela).	El 11 de septiembre Estados Unidos sufre el más grande atentado terrorista de la historia. Dos aviones chocan contra las torres gemelas del World Trade Center, que se desploman después del violento choque de los aviones. Un tercer avión choca contra el Pentágono en Washington. La asociación terrorista Al-Quaeda se atribuye los atentados. Argentina vive una de las más grandes crisis de su economía. El país se paraliza por una huelga general. El presidente de la Rúa renuncia a la presidencia. Estados Unidos invade Afganistán y contribuye a deponer el gobierno talibán.
2002	Tomás González, *Los caballitos del diablo* (novela).	El 20 de febrero el presidente de Colombia, Andrés Pastrana Arango, da por terminadas las negociaciones de paz con las FARC. Cuatro días después, esta organización insurgente secuestra a la candidata presidencial Ingrid Betancur. Álvaro Uribe es elegido presidente de Colombia.
2003	Edmundo Paz Soldán, *El delirio de Turing;* Julio Paredes, *La celda sumergida*; Gabriela Alemán *Body Time;* Eduardo Halfon, *Esto no es una pipa, Saturno* y *De cabo roto* (novelas). Alberto Fuguet, *Las películas de mi vida*. Pedro Mairal, *Consumidor final* (poesía). Ena Lucía Portela obtiene el Prix Deux Océans-Grinzane Cavour por su novela *Cien botellas en una pared*.	Estados Unidos, junto a una fuerza de coalición, invade Irak y recrudece la guerra en ese país. Detención del dictador Saddam Hussein en Tikrit, Irak.

CONTEXTO CULTURAL	AÑO
Mueren Jorge Amado y Anthony Quinn. Doris Lessing recibe el Premio Príncipe de Asturias. Álvaro Mutis gana el Premio Cervantes de Literatura.	2001
Imre Kertész recibe el Premio Nobel de Literatura. Cintio Vitier recibe el Premio Juan Rulfo y Mario Vargas Llosa recibe el Premio Nabokov. Carlos Sorin: *Historias mínimas*.	2002
Gonzalo Rojas gana el Premio Cervantes de Literatura.	2003

AÑO	LOS AUTORES	CONTEXTO HISTÓRICO
2004	Juan Villoro gana el Premio Herralde de novela con *El testigo*. Alberto Fuguet, *Cortos*; Ena Lucía Portela, *Alguna enfermedad muy grave* (cuentos). Julio Paredes, *Cinco tardes con Simenon* y Eduardo Halfon, *El Ángel* literario (novelas).	Un equipo de astrónomos franceses y suizos localiza, con los telescopios europeos VTL, la galaxia más lejana que se conoce: la Abell 1835 IR1916, que se encuentra a 13.230 millones de años luz.
2005	Daniel Alarcón, *Guerra en la penumbra;* Samanta Schweblin, *La joven guardia* (cuentos). Pedro Mairal, *El año del desierto* (novela).	Elecciones democráticas en Irak para elegir una Asamblea Nacional Constituyente que debe redactar una nueva constitución para el país y nombrar un gobierno provisional.
2006	Tomás González, *Manglares* (poesía); Juan Villoro, *Dios es redondo* (ensayos y crónicas sobre fútbol); Ena Lucía Portela, *Alguna enfermedad muy grave* y Daniel Alarcón *Guerra a la luz de las velas* (cuentos). Guadalupe Nettel, *El huésped,* finalista en el Premio Herralde de novela.	Michelle Bachelet es elegida como la primera presidente mujer de Chile.
2007	Juan Villoro, *Los culpables*; Eduardo Halfon, *Siete minutos de desasosiego* (cuentos). Gabriela Alemán, *Pozo Wells* (novela). Daniel Alarcón publica la novela *Radio Ausencia* y es nombrado uno de los 21 novelistas jóvenes del Reino Unido por la revista Granta del Reino Unido.	Saddam Hussein es condenado a la horca y ejecutado a comienzos del año. La IPCC entrega en París el informe de cambio climático, donde menciona que el planeta se recalentará en 1,8 y 4° Celcius al 2100 y que es, en un 90%, culpa de la actividad industrial humana. Nicolas Sarkozy es elegido presidente de Francia.
2008	Guadalupe Nettel, *Pétalos*; Eduardo Halfon, *El boxeador polaco* (cuentos). Samanta Schweblin obtiene el Premio Casa de las Américas de cuento por su libro *La furia de las pestes.* Ena Lucía Portela, *Djuna y Daniel* (novela). *Mi cuerpo es una celda,*	

CONTEXTO CULTURAL	AÑO
Elfriede Jelinek obtiene el Premio Nobel de Literatura. Roberto Bolaño: *2666*. Juan Pablo Rebella y Pablo Stoll: *Whisky*.	2004
Elvira Lindo gana el Premio Biblioteca Breve con la novela *Una palabra tuya*. Sergio Pitol gana el Premio Cervantes de Literatura.	2005
Orhan Pamuk gana el Premio Nobel de Literatura. Héctor Abad Faciolince: *El olvido que seremos*.	2006
Doris Lessing gana el Premio Nobel de Literatura. Se lanza la séptima y última parte de la saga *Harry Potter*. Silva Romero: *En orden de estatura*. Daniel Alarcón, Gabriela Alemán, Eduardo Halfon, Pedro Mairal, Guadalupe Nettel y Ena Lucía Portela, entre otros, son seleccionados en Bogotá 39, que reúne los mejores escritores latinoamericanos menores de 39 años. Juan Gelman gana el Premio Cervantes de Literatura.	2007
Jean-Marie Gustave Le Clézio gana el Premio Nobel de Literatura.	2008

autobiografía de Andrés Caicedo
editada por Alberto Fuguet.

CONTEXTO CULTURAL AÑO

AQUÍ TERMINA CRUZ

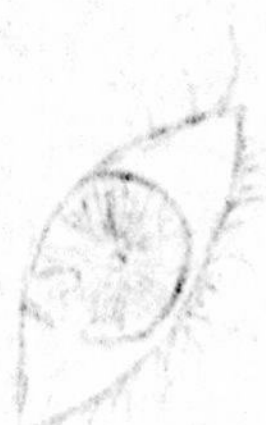

CARA Y CRUZ

EN CADA EJEMPLAR DE LA COLECCIÓN CARA Y CRUZ EL LECTOR ENCONTRARÁ DOS LIBROS DISTINTOS Y COMPLEMENTARIOS • SI QUIERE LEER

EL NUEVO CUENTO LATINOAMERICANO

EMPIECE POR ESTA, LA SECCIÓN "CARA" DEL LIBRO • SI PREFIERE AHORA CONOCER ENSAYOS Y CITAS SOBRE EL CUENTO, Y UNA CRONOLOGÍA, DELE VUELTA AL LIBRO Y EMPIECE POR LA TAPA OPUESTA, LA SECCIÓN "CRUZ".

EL NUEVO CUENTO LATINOAMERICANO

EL NUEVO CUENTO LATINOAMERICANO

SELECCIÓN Y PRÓLOGO DE:

Luis Fernando Afanador

COLECCIÓN

CARA Y CRUZ

GRUPO EDITORIAL NORMA
http://www.librerianorma.com

Bogotá, Barcelona, Buenos Aires, Caracas,
Guatemala, Lima, México, Panamá, Quito, San José,
San Juan, San Salvador, Santiago de Chile, Santo Domingo

El nuevo cuento latinoamericano / Eduardo Halfon ... [et al.] ; selección
de Luis Fernando Afanador.-- Editor Ana María González Sanz. --
Bogotá : Grupo Editorial Norma, 2009.
248 p. ; 21 cm. -- (Colección cara y cruz)
Con : A propósito del nuevo cuento latinoamericano.
ISBN 978-958-45-1761-6
1. Cuentos latinoamericanos - Colecciones 2. Cuento
Latinoamericano - Historia y crítica I. Halfón, Eduardo, 1971-
II. Afanador, Luis Fernando, 1958- , comp. III. González Sanz,
Ana María, ed. II. A propósito del nuevo cuento latinoamericano
III. Serie.
868.9983 cd 21 ed.
A1205200

CEP-Banco de la República-Biblioteca Luis Ángel Arango

Avenida El Dorado No. 90-10, Bogotá, Colombia

Primera edición: febrero de 2009
Diciembre, 2016

Impreso por Editorial Buena Semilla
Impreso en Colombia - Printed in Colombia

www.librerianorma.com

Edición: María Candelaria Posada y Ana María González Sanz
Diagramación y armada: Luz Jazmine Güechá
Elaboración de cubierta: Patricia Martínez Linares

C.C. 26000694
ISBN: 978-958-45-1761-6

CONTENIDO

A propósito de la antología

Luis Fernando Afanador

Sin el cuento, la literatura latinoamericana no tendría el mismo valor. Qué reducido y pobre quedaría su paisaje sin las historias breves de Roberto Arlt, Felisberto Hernández, Jorge Luis Borges, Adolfo Bioy Casares, Julio Cortázar, Juan Carlos Onetti, Julio Ramón Ribeyro, Juan Rulfo, Augusto Monterroso, Sergio Pitol, Virgilio Piñera y Juan José Arreola. Como lo han demostrado ilustres críticos y académicos, el boom de la novela latinoamericana, que tanto asombró al mundo literario en su momento, no hubiera sido posible sin los relatos de Borges y sus juegos con el tiempo y el espacio, su aperturas hacia múltiples niveles de realidad. El propio Mario Vargas Llosa reconoció esa inmensa deuda en un célebre artículo en el que proclamó al Borges cuentista como el padre fundador de la nueva novela latinoamericana. No hay dudas al respecto: en nuestro continente el cuento ha sido un género mayor.

Un estatus que tuvo su momento más alto en la década de los setentas donde abundaban las antologías y los narradores con serias aspiraciones hacían su debut literario con un libro de cuentos. "Yo me inicié en el cuento", era una frase repetida por aquella época. A partir de ahí, la editoriales, alegando un desinterés del público, lo han olvidado un poco y han puesto sus ojos en la ape-

tecida novela. Eso es fácilmente comprobable, no es necesario acudir a las cifras. Pero lo cierto es que nunca se han atrevido del todo a abandonarlo. Por sentimiento de culpa o curiosidad —por las razones que sean— vemos que se siguen publicando libros de cuentos. Y, lo más importante, se siguen escribiendo: los narradores latinoamericanos no han dejado de cultivarlo en los últimos años. Tampoco es necesario citar ilustres ejemplos al respecto. Esta situación, que para algunos resulta alarmante —a mí me parece coyuntural— no deja de tener sus beneficios. Alejados de las presiones comerciales, los cuentistas se concentran sólo en los problemas formales. Quien se dedica al cuento no busca cosa distinta que enriquecer el género.

Enriquecerlo sin desvirtuarlo. Al mirar en conjunto los cuentos reunidos en la presente antología me sorprendo —gratamente— de encontrar en ellos todavía las premisas de los grandes maestros fundadores: Poe, Maupassant, Chéjov. El cuento cambia y cada cuentista posee un acento particular, irreductible —estamos hablando de arte, por supuesto— pero hay un aire de familia, unas características comunes: el corte transversal de la realidad, la convicción de que después del punto final la historia secreta seguirá contándose en la imaginación del lector.

La novedad es el sesgo personal y algo de espíritu de época. Daniel Alarcón, un peruano que escribe en inglés, nos recuerda que ahora la frontera latinoamericana se ha ampliado. En su cuento "Ausencia", habla del extrañamiento de un peruano en Nueva York, la misma ciudad en la que el colombiano Tomás González —"Las palmas del ghetto"— narra una sutil historia de amor y traición al interior de una banda de narcotraficantes. Un poco más al sur de esa ciudad, en Nueva Orleans, la ecuatoriana Gabriela Alemán devela los insospechados dramas personales y sociales tras el huracán Katrina. Un huracán parecido al de la cubana Ena Lucía Portela, pero que ella quisiera capaz de remover las envejecidas estructuras políticas de su isla. Juan Villoro, con su "Mariachi", se

presenta como un mexicano atípico que se burla de la identidad y sus clichés. Los tiempos cambian, la violencia permanece. El guatemalteco Eduardo Halfon, sale avante al volver a relatar de una manera personalísima una historia de sobrevivientes del Holocausto judío en estas tierras. La argentina Samanta Schweblin, la más joven del grupo, revive en "Matar un perro" el espeluznante ritual de iniciación de un paramilitar. Y el chileno Alberto Fuguet, en "Prueba de aptitud", muestra qué ocurre cuando unos adolescentes marginales son sometidos a las terribles presiones de los exámenes preuniversitarios. Su cuento busca aproximarse al lenguaje cinematográfico, con tintes de experimentación, al igual que "Hoy temprano", del argentino Pedro Mairal, donde el tiempo real se comprime lo máximo posible.

Pero hay también territorios imaginarios para hablar de una manera simbólica del amor y las difíciles relaciones de pareja, como lo hacen la mexicana Guadalupe Nettel en "Bonsái" y el colombiano Julio Paredes en "Escena en un bosque". Y, desde luego, hay lugar para el amor desgarrado, obsesivo, pero envuelto en fina trama, en "Dochera" de Edmundo Paz Soldán.

Nuevos cuentos latinoamericanos que corroboran la vigencia de un género que siempre ha estado ahí, interesando a sus mejores escritores y escritoras. Y que seguirá vivo por mucho tiempo. Mientras se publiquen cuentos, la gente los seguirá leyendo.

Ausencia

Daniel Alarcón

Traducción del inglés: Jorge Cornejo

En su segundo día en Nueva York, Wari recorrió la zona del Midtown buscando sin entusiasmo la oficina de la aerolínea. Había decidido olvidarlo todo. Era un día de inicios de septiembre; los placenteros restos del verano hacían cálida y atractiva a la ciudad. Deambuló entre el tráfico humano de las aceras, maravillándose ante los enormes edificios, y confirmó, para sí mismo, que aquella ciudad era en realidad la capital del mundo. En la estación del tren había visto a bailarines de *break dance* y músicos tocando quenas. Había visto a un hombre chino interpretando a dúo una sinfonía de Beethoven con una extraña armónica electrónica. En Times Square, un dominicano bailaba un merengue frenético con una muñeca de tamaño natural. Las multitudes se arremolinaban a su alrededor, sonriendo y arrojando dinero despreocupadamente al bailarín, y riéndose cuando sus manos se resbalaban con lujuria por la curva del culo de la muñeca. Wari no llegó a las oficinas de la aerolínea ese día; no le sonrió a ninguna anónima mujer en el mostrador, ni pagó renuentemente la multa de 100 dólares por cambiar la fecha de su boleto. En lugar de eso, vagó sin rumbo, pasó el tiempo meditando intensamente sobre lo exótico, sobre la ciudad, sus olores y superficies relucientes, hasta que fue a parar frente a un grupo de obreros que excavaban un agujero en

la acera, al pie de un rascacielos. Se sentó a almorzar y a observarlos. Usando unas máquinas con garfios de metal, perforaban el concreto con destreza. Wari se había preparado un sándwich esa mañana, y ahora lo comía despreocupadamente. La gente pasaba en oleadas regulares, agrupándose en las esquinas y cruzando en bloque la calle apenas cambiaba la luz del semáforo. De un camión, los hombres bajaron un delgado árbol joven y lo colocaron en el agujero recién excavado. Luego llenaron con tierra el agujero. Árboles para llenar agujeros, pensó Wari divertido. Pero los hombres aún no habían terminado. Encendieron cigarrillos y estuvieron un rato conversando en voz alta entre sí. Luego, uno de ellos trajo una carretilla repleta de verde césped cortado en pequeños cuadrados. Terrones. Los hombres acomodaron los parches de la frondosa alfombra alrededor del árbol. Así de fácil. En el tiempo que Wari se demoró en comer, habían excavado y llenado un agujero, habían plantado un árbol y lo habían adornado con césped verde y fresco. Una herida abierta en la tierra; una herida cubierta, curada y embellecida. No era nada para esta ciudad, que continuaba con su vida, sin inmutarse, bajo un brillante cielo de finales de verano.

Wari caminó un poco más y se detuvo delante de un grupo de artistas japoneses que dibujaban retratos para los turistas. Publicitaban su arte con reproducciones muy esmeradas de rostros de gente famosa, pero Wari sólo pudo reconocer a algunos de ellos. Identificó a Bill Clinton y a Woody Allen. El resto era tan solo un grupo de caras bonitas y anónimas que a Wari le traían a la mente a cientos de actores y actrices. Este era el tipo de trabajo que él podría hacer con facilidad. Las manos de los artistas se movían con destreza sobre el pergamino, sombreando aquí y allá con rápidas pinceladas. Grupos de gente se detenían a mirarlos, pero los retratistas parecían estar realmente ajenos a todo ello, sólo echaban un vistazo a sus clientes de cuando en cuando para asegurarse de no cometer errores. Una vez que terminaban

el retrato, el cliente siempre sonreía y parecía sorprendido de descubrir su propia imagen en la hoja. Wari también sonrió, le pareció algo folclórico, al igual que todo lo que había visto hasta ese momento en la ciudad, algo que valía la pena recordar, algo especial, aunque todavía no podía explicar por qué. Wari había sido invitado a Nueva York para participar en una exposición de arte; todo había ocurrido por azar, una cadena de circunstancias nacida de una simple conversación en un bar con un pelirrojo turista estadounidense llamado Eric, estudiante de doctorado en Antropología y una persona bienintencionada por naturaleza. Hablaba un español aceptable y era amigo de un amigo de Wari que aún estudiaba en la universidad. Eric y Wari habían conversado sobre Guayasamín y la iconografía indígena, sobre el cubismo y la tradición textil paracas de la costa peruana. Habían compartido algunas botellas de cerveza de un litro y muchas risas, mientras su comunicación mejoraba con cada trago, gracias a palabras en *espanglish* y dibujos a lápiz en servilletas. Finalmente, Eric acordó visitar el taller de Wari. Volvió a Nueva York llevando consigo dos de sus cuadros, y organizó una exposición a través de su departamento académico. Poco después, Wari recibió un entusiasta mensaje de correo electrónico y una invitación impresa en papel bond crema. Le dio vueltas al tema durante algunas semanas, y luego gastó la mayor parte de sus ahorros en un pasaje de ida y vuelta. Era la única clase de boletos que vendían. Una vez llegado e instalado en Nueva York, guardó el pasaje de regreso al fondo de su maleta, como si estuviera hecho de un material radioactivo. No sabía qué más hacer con él. Aquella primera noche, con el departamento ya en calma, Wari sacó el pasaje de la maleta y lo examinó. Tenía una densidad poco natural para ser un simple pedazo de papel. Soñó que brillaba en la oscuridad.

Wari encontró a Leah, la enamorada de su anfitrión, cocinando pasta. Aún no era de noche y Eric no había llegado a casa. Wari quería explicarle exactamente lo que había visto y por qué le había

impresionado tanto, pero carecía del vocabulario suficiente para hacerlo. Ella no hablaba español, pero lo compensaba sonriendo mucho y trayéndole cosas. Una taza de té, una tostada. Él aceptaba todo porque no estaba seguro de cómo decirle que no. Su inglés lo avergonzaba. Mientras el agua hervía, Leah se acercó a la sala. "¿Buen día?", le preguntó. "¿Tuviste un buen día?".

Wari asintió.

"Qué bueno", dijo ella. Le entregó el control remoto del televisor y volvió a la diminuta cocina. Sin querer ser grosero, Wari se sentó en el sofá y empezó a cambiar los canales. Podía escuchar a Leah tarareando suavemente una canción. Llevaba puestos unos jeans a la cadera. Wari se forzó a mirar el televisor. Programas de concurso, noticieros, *talk shows*; su esfuerzo por comprender lo que decían le causó un dolor de cabeza, por lo que eligió ver un juego de béisbol con el volumen bajo. El juego era lánguido y difícil de seguir; no pasó mucho tiempo antes de que Wari se quedara dormido.

Cuando se despertó, tenía un plato de comida delante de él. Eric había llegado a casa. "¡Buenas noches!", le gritó pomposamente. "¿Un buen juego?", dijo apuntando al televisor. Dos jugadores conversaban en el montículo cubriéndose los rostros con sus guantes. "Sí", dijo Wari. Se quitó las lagañas de los ojos. Eric se rio. "Los Yankees van a campeonar de nuevo este año", dijo. "Son el equipo blanco". "Lo siento mucho" fue todo lo que Wari pudo comentar.

Ambos conversaron un rato en español sobre los detalles de la exposición, que se inauguraría dos días después. Los cuadros de Wari estaban apoyados contra la pared, aún envueltos en papel marrón y con el rótulo de FRÁGIL. Los iban a colgar al día siguiente. "¿Tenías planeado trabajar mientras estuvieras aquí?", preguntó Eric. "Pintar, quiero decir. En mi departamento académico me han dicho que podrían prestarte un taller por algunas semanas".

Esto tenía mucho que ver con el boleto radiactivo sepultado al fondo de su maleta. Wari sintió un cosquilleo en las manos. No había traído pinceles, ni óleos, ni lápices, ni nada. No tenía dinero para comprar materiales. De hecho, suponía que pasarían varios años antes de que pudiera hacerlo de nuevo. ¿Cómo sería su vida si *no* pintara?

—No, gracias —dijo Wari en inglés, y apretó los puños.

—¿Te estás tomando unas vacaciones, ah? Muy bien, hombre. Disfruta de la ciudad.

Wari le preguntó por las tarjetas telefónicas, y Eric le dijo que se podían conseguir muy baratas y en todas partes. En cualquier bodega, tiendecita, farmacia o puesto de periódicos. "Estamos conectados", dijo Eric, y se rio. "Las tienen junto a los billetes de lotería. ¿Todavía no has llamado a tu casa?".

Wari sacudió la cabeza. ¿Lo extrañarían ya?

"Deberías hacerlo", dijo Eric y se acomodó en el sillón. Leah se había marchado al dormitorio.

Su anfitrión se dedicó a hablarle al televisor parpadeante mientras Wari comía.

La embajada estadounidense se levanta contra un cerro desértico en un distrito acomodado de Lima. Es un inmenso búnker con el exterior recubierto de azulejos, como un baño elegante. La puerta del muro perimétrico que lo rodea se ubica tan lejos del propio edificio, que se requeriría de un lanzamiento excepcional para siquiera golpear el primer piso con una piedra. Cada mañana, antes del amanecer, se forma en la calle una cola que da la vuelta a la manzana, una procesión esperanzada de peruanos con la mira puesta en Miami o Los Ángeles o Nueva Jersey, o cualquier otro destino. Desde septiembre último, luego de los ataques, la embajada había alejado aún más la cola, detrás de barricadas de color azul, hasta el propio límite de la ancha acera. Luego, en marzo,

un coche bomba había estallado para dar la bienvenida a la visita del presidente estadounidense. Diez peruanos murieron, entre ellos un chiquillo de trece años que tuvo la mala suerte de pasar en su *skateboard* cerca de la embajada justo en el peor momento. Las esquirlas de la explosión le perforaron el cráneo. Cuando eso ocurrió, cerraron la avenida, salvo para el tráfico oficial. La cola seguía formándose allí, cada mañana excepto los domingos, ahora en medio de la calle vacía.

Antes de viajar, Wari presentó su carta de invitación, su recibo por el pago de la visa y toda su documentación. Títulos de propiedad, estados financieros, certificados de estudios universitarios, una lista de sus exposiciones y muestras en galerías, su partida de nacimiento y los documentos concernientes a su matrimonio prematuro y su divorcio redentor. Todos y cada uno de sus veintisiete años de existencia, en papeles. El documento central era, por supuesto, la invitación de Eric, impresa en papel con membrete de su universidad. Eric le había comentado que no se trataba de cualquier universidad. Wari asumió que debía mencionar el nombre de la institución con reverencia, y que todos conocerían su reputación. Eric le había asegurado que eso le abriría las puertas.

Pero en lugar de eso, la mujer le dijo: "Ya no otorgamos visas por noventa días".

A través de la ventanilla plástica, Wari señaló la invitación, sus letras doradas y su elegante sello de agua, pero la mujer no mostró interés. "Vuelva en dos semanas", le dijo.

Y así lo hizo. En su pasaporte, Wari encontró una visa de turista por un mes.

Ya en el aeropuerto de Miami, Wari presentó otra vez su documentación, su pasaporte y, separadamente, la invitación en un sobre con letras doradas. Para su sorpresa, el oficial lo derivó de inmediato a una sala de entrevistas, sin mirar siquiera los documentos. Wari aguardó en el cuarto vacío, recordando que un ami-

go suyo le había dicho en son de broma: "Acuérdate de afeitarte o pensarán que eres árabe". El amigo de Wari había celebrado su ocurrencia estrellando un vaso contra el piso de cemento del bar. Todos habían aplaudido. Wari podía sentir el sudor acumulándose en los poros de su rostro. Se preguntó qué tan mal se vería, qué tan cansado o desaliñado. Qué tan peligroso. Aún sentía en los pulmones el aire viciado y reciclado de la cabina del avión. Sintió cómo su piel se oscurecía bajo las luces fluorescentes.

Un agente de inmigración uniformado entró y empezó a hacerle preguntas en inglés. Wari las respondió lo mejor que pudo. "Y tú, supuestamente eres artista, ¿no?", le dijo el oficial examinando la documentación.

Wari cerró sus dedos alrededor de un pincel imaginario y trazó círculos en el aire.

El agente le indicó con un gesto que dejara de hacerlo. Revisó los papeles, hasta que sus ojos se posaron sobre su estado de cuenta bancaria. Frunció el ceño.

"¿Vas a Nueva York?", le preguntó. "¿Por un mes?".

"En Lima, me dieron un mes", dijo Wari cautelosamente.

El oficial sacudió la cabeza. "No tienes la cantidad de dinero que se requiere para una estadía tan prolongada". Miró la invitación y luego señaló la cifra insignificante que aparecía al final de su estado de cuenta. Se la mostró a Wari, quien tuvo que contener una risita nerviosa. "Tienes dos semanas. Y no te hagas ilusiones", le dijo. "Estoy siendo generoso contigo. Cambia la fecha de tu pasaje tan pronto llegues a Nueva York".

Selló el pasaporte color borgoña de Wari con una nueva visa y lo dejó ir. En la terminal de recojo de equipajes, Wari encontró sus cuadros apilados junto a un carrusel ya vacío. Se dirigió hacia aduanas, donde tuvo que responder más preguntas antes de que lo dejaran pasar. Esperó pacientemente mientras revisaban su maleta, hurgando entre su ropa. Inspeccionaron minuciosamente sus cuadros, y aquí, por fin, le fue útil la carta con membrete

dorado. Salió finalmente de aduanas. Wari se sentía mareado, repentinamente el ruido del ajetreo del aeropuerto le parecía hipnótico, y el sueño lo llamaba a su abrazo protector. Noventa días es un período de tiempo humano, pensó. Tiempo suficiente para tomar una decisión y encontrarle los puntos débiles. Para buscar un trabajo y prepararse para posibles eventualidades. Para empezar a imaginarse lo permanente que podían ser las despedidas. No era como si Wari no tuviera nada que perder. Tenía padres, un hermano, buenos amigos, una carrera que recién empezaba en Lima, una ex esposa. ¿Que ocurriría si él abandonaba todo aquello? Incluso un mes completo dedicado a meditar sobre el asunto —paseando por una nueva ciudad, descubriendo las peculiaridades de un idioma extranjero— podría ser un tiempo suficiente para decidirse. Pero, ¿dos semanas? Wari pensó que era una crueldad. Contó los días con los dedos: veinticuatro horas después de que descolgaran sus cuadros, sería considerado un ilegal. Wari se había imaginado que la decisión correcta se le haría obvia, si no de inmediato, sí antes de que transcurrieran tres meses. Pero no había forma de que la claridad le llegara en apenas catorce días. Wari atravesó el aeropuerto de Miami como si le hubieran dado un puñetazo en la cara. Arrastraba los pies. Llegó a tomar su vuelo para Nueva York justo cuando las puertas se cerraban, y lo detuvieron una vez más en la manga de abordaje, donde una mujer con guantes de látex examinó sus zapatos y no respondió a las desganadas sonrisas de Wari. En el avión, Wari durmió con el rostro apoyado contra la ventana ovalada. De todas maneras, no había nada que ver. Era un día nublado en el sur de la Florida, no se veía el horizonte, ni los cielos turquesa que anuncian las postales, nada, excepto la superficie gris de una de las alas del avión y la estela que dejaba, surgiendo de su extremo, como esquirlas de humo.

Leah lo despertó con una disculpa. "Tengo que trabajar", le dijo suavemente. "De todas maneras, no hubieras podido seguir durmiendo". Le sonrió. Llevaba el cabello sujeto en una cola de caballo. Olía a limpio. Leah fabricaba joyas, y el dormitorio de Eric, que en realidad era la sala, era también su taller.

—No hay problema —dijo Wari sentándose en el sillón y esforzándose por ocultar su erección matinal.

Leah sonrió al verlo manipular torpemente las sábanas. "Créeme, ya he visto muchas de esas", le dijo. "Me despierto junto a Eric todas las mañanas".

Wari sintió que su rostro se ponía rojo. "Qué suerte", le dijo en su inglés masticado.

Ella se rio.

—¿Dónde está? ¿Eric? —preguntó Wari, avergonzado de su pronunciación.

—Estudiando. En el trabajo. Enseña a estudiantes de bachillerato. Jóvenes —dijo, traduciendo *jóvenes* con gestos que indicaban, más bien, *pequeños*.

Wari se imaginó a Eric, con su rostro amplio y pálido, y el cabello rojizo, enseñando a gente en miniatura, humanos diminutos que lo miraban hacia lo alto en busca de conocimiento. Le gustó que Leah hubiera hecho el intento de comunicarse. Él comprendía mucho más que lo que era capaz de expresar, pero ¿cómo explicarle eso a ella?

La observó durante un rato, limando metal y doblando tiras de plata en forma de círculos. A él le gustó la precisión de su trabajo, y a ella parecía no importarle que la miraran. Leah pulió una pieza, la limó y lijó, dobló el metal con herramientas en apariencia muy ásperas para sus delicadas manos. Sostuvo un martillo con destreza, era una mujer decidida. Fue una demostración impresionante. "Estoy por terminar", dijo ella finalmente, "y luego quiero que me acompañes. Conozco a un peruano con quien puedes hablar".

Él se duchó y desayunó un tazón de cereal frío, luego ambos partieron rumbo al centro de la ciudad. El peruano que Leah conocía se llamaba Fredy. No sabía con exactitud de qué parte del país venía, aunque estaba segura de que él se lo había comentado. Fredy trabajaba en un mercado al aire libre en la calle Canal. Leah lo había conquistado con una sonrisa algunos años antes, y él le permitía vender sus joyas en consignación. Cada dos semanas, ella le traía cosas nuevas, y escuchaba mientras Fredy hacía un inventario de lo que había vendido y lo que no, y sus explicaciones sobre el por qué. Leah le contó a Wari que Fredy vivía ahora en Nueva Jersey, y que se había casado con una mujer china. "Se comunican entre sí en un inglés chapurrado. ¿No es increíble?".

Wari asintió.

"Eso debe indicar algo sobre la naturaleza del amor, ¿no crees?", preguntó Leah. "Tienen que confiar plenamente el uno en el otro. Lo poco que conocen del otro en inglés es ínfimo comparado con todo lo que cada uno es en su propio idioma".

Wari se quedó pensando. El tren traqueteaba en dirección al sur de Manhattan. Pero las cosas siempre son así, quiso decir, no se puede conocer a nadie por completo. En lugar de ello, se quedó en silencio.

"¿Tú me entiendes cuando hablo?", preguntó Leah. "¿Si te hablo lentamente?".

"Por supuesto", dijo Wari, y así era, pero se sintió incapaz de decir más. Observaba cómo descendía la numeración de las calles en cada parada, y seguía el avance del tren subterráneo en un mapa. Había una etiqueta adhesiva pegada sobre el extremo sur de la isla. Bajaron del tren antes de llegar a esa zona cubierta. Una vez en la calle Canal, bastaron unas pocas cuadras para que Wari se acordara de Lima: su densidad humana, su ruido, el circo en que se había convertido. El aire estaba cargado de idiomas extranjeros. Se sintió a gusto en el lugar, y no le molestó en lo más mínimo que Leah lo tomara del brazo y lo condujera rápidamente por

entre la multitud. Sus hombros chocaban contra los de la ciudad, era como caminar contra una lluvia torrencial.

Fredy resultó ser ecuatoriano, y Leah no pudo ocultar su vergüenza. Su rostro tomó un color rosa que a Wari le recordó al de las últimas luces del atardecer. Wari y Fredy le aseguraron que no tenía importancia.

—Somos países hermanos —dijo Fredy.

—Compartimos una frontera e historia —dijo Wari.

El ecuatoriano sonrió cortésmente e hizo algunos comentarios sobre el tratado de paz firmado entre ambos países apenas unos años antes. Wari le siguió la corriente y le apretó vigorosamente la mano, hasta que Leah dejó de sentirse incómoda por su error. Luego ella y Fredy hablaron de negocios, regateando de una manera juguetona que más parecía un coqueteo; por supuesto, Leah ganó. Cuando terminaron, ella se excusó y se dirigió a otros puestos, dejando solos a Wari y Fredy.

Apenas ella se había alejado lo suficiente como para no escuchar lo que decían, Fredy se volteó hacia Wari. "No me pidas trabajo, compadre", dijo, frunciendo el ceño. "La cosa ya está bastante difícil para mí".

Wari quedó desconcertado. "¿Y quién te ha pedido chamba a ti? Tengo trabajo, cholo".

"Seguro, compadre".

Wari lo ignoró y se dedicó a inspeccionar la mesa. A un lado, había pequeños tenedores de cóctel convertidos en ridículos aretes. Al otro extremo, fotografías en blanco y negro de picos andinos, plateados y coronados de nieve, y otras de fortalezas de piedra en ruinas e iglesias coloniales. En ninguna de ellas había gente: sólo paisajes, edificios y piedras dispersas talladas por los incas; todo se veía deshabitado y vacío.

—No hay gente —dijo Wari.

—Emigraron —se burló Fredy.

—¿Y esta mierda vende?

—Lo suficiente.

—Ella es mi hembra, por si acaso —dijo Wari de pronto, y le gustó el tono de su mentira, lo repentina que había sido, y la forma en que lo miraba el ecuatoriano, sorprendido.

—¿La gringa?

—Ajá.

—Anda, huevón —dijo Fredy.

En ese momento, aparecieron dos clientes, una mujer joven y su novio. Fredy empezó a hablarles en inglés, con un acento fuerte pero aceptable, y señaló varios objetos, sugiriendo aretes que combinaban con el tono de piel de la mujer. Ella se probó un par, mientras Fredy le sostenía el espejo y su novio revisaba despreocupadamente las fotografías. Wari se preguntaba dónde se habría metido Leah. La mujer se volteó hacia él.

—¿Qué opinas? —le dijo, mirando alternadamente a Wari y Fredy.

—Muy lindo —dijo Wari.

—Preciosa —dijo Fredy.

—¿De dónde proviene? —preguntó, señalando un lapislázuli.

—Del Perú —dijo Wari.

Fredy le puso cara de pocos amigos.

—De los Andes —dijo él.

—Trev —llamó ella a su novio—. ¡Es del Perú! ¿No es lindo?

Sacó un billete de veinte dólares y Fredy le entregó su vuelto. Envolvió los aretes en papel de seda y le entregó una de sus tarjetas. La pareja se alejó, charlando. Wari y Fredy se quedaron nuevamente en silencio.

Leah volvió y Wari se aseguró de tocarla descuidadamente, como si ello no tuviera mayor importancia. Sentía cómo Fredy los miraba, estudiando cada uno de sus movimientos. "¿Le contaste a Fredy sobre tu exposición?", le preguntó a Wari.

Él sacudió la cabeza. "Qué modestia", dijo Leah, y lo puso al corriente de todos los detalles. Para deleite de Wari, ella exageró su importancia y peso. Wari se sintió como un dignatario visitante, alguien famoso.

Wari pasó el brazo sobre el hombro de Leah. Ella no lo detuvo. Fredy dijo que se le haría difícil asistir.

—Bueno, pero ¿podrías intentarlo?

—Anímate, amigo —añadió Wari sin preocuparse por su pronunciación.

Marcharse no es problema. Es emocionante, en realidad; de hecho, es como una droga. Es quedarte lejos lo que te mata. Esta es la sabiduría compartida de los inmigrantes. La escuchas de gente que vuelve a su país luego de una década de ausencia. Te cuentan sobre la euforia que se acaba rápidamente; sobre las cosas nuevas que van perdiendo su novedad y, poco después, incluso su capacidad de divertirte. El idioma te desconcierta. Te cansas de explorar. Luego la lista de lo que extrañas se multiplica irracionalmente, y la nostalgia lo nubla todo: en tus recuerdos, tu país es limpio y honesto, las calles son seguras, la gente es por naturaleza cálida y la comida, siempre deliciosa. Los detalles sagrados de tu vida anterior se te aparecen una y otra vez de manera extraña y reiterada, en cientos de sueños que te mantienen despierto. Tus bolsillos se llenan de dinero, pero tu corazón se siente enfermo y vacío.

Wari estaba listo para enfrentar todo eso.

En Lima, reunió a algunos amigos y se despidió de ellos. Fueron despedidas tentativas, ambiguas. Despedidas hechas entre tragos, planteadas como bromas, risas discretas antes del *¡puf!* y la fuga —esa magia tercermundista—. "Quizás vuelva", les dijo a todos, "o quizás no". Guardó dos cajas con pertenencias de todo tipo en el cuarto trasero de la casa de sus padres. Sacó algunos

afiches de las paredes de su habitación y cubrió los pequeños agujeros con Liquid Paper. Animó a su madre a que, si pasaba un mes y él no había vuelto a casa, alquilara su dormitorio para obtener un ingreso adicional. Ella lloró, pero sólo un poco. Su hermano le deseó buena suerte. Wari hizo un brindis por la familia en la cena del domingo y prometió que volvería a casa un día no muy lejano. Abrazó a su padre y aceptó el billete nuevo de cien dólares que el viejo le puso en la mano. En los últimos días antes de su partida, Wari y Eric intercambiaron excitados mensajes de correo electrónico, afinando los detalles de la exposición: el tamaño exacto de los lienzos, la traducción de su hoja de vida, la nota de prensa. Todas las formalidades de una inauguración real, pero para Wari era sólo ruido y cháchara. Para él, las únicas cosas que importaban eran su pasaje, la pista de despegue y el imprescindible asiento junto a la ventana para una última y fugaz mirada a Lima. El purgatorio del desierto, las luces de norte cada vez más cerca.

Estoy listo, pensó.

Nadie cuestionó su decisión, porque tenía una lógica absolutamente clara y evidente. ¿Qué iba a hacer allí? ¿Cuánto tiempo más podría vivir con sus padres? Un pintor divorciado y profesor ocasional —¿qué podía hacer un artista en un lugar así? En los Estados Unidos, uno puede barrer pisos y ganar dinero, si se está dispuesto a trabajar—: Tú estás dispuesto a trabajar, ¿no es cierto, Wari?.

—Sí, claro.

—¿De cualquier cosa? ¿A la intemperie? ¿Carga, transporte, limpieza?

—Lo que sea.

Y eso fue todo. ¿Qué otras preguntas se podían hacer? Le iría bien.

Solamente su madre expresó alguna preocupación. "¿Esto tiene que ver con Elie?", le preguntó unos días antes de su viaje. Wari

había estado esperando la pregunta. Elie, su ex esposa, a la que amaba y odiaba a la vez. Al menos no tenían hijos que pudieran crecer odiándolo. Sentía alivio de que todo hubiera terminado, y estaba seguro de que ella también.

"No, Ma", le dijo. "No tiene nada que ver con ella".

Y su madre sonrió y sonrió y sonrió.

En el departamento de Eric, Wari soñaba despierto. Le añadía detalles a su mentira sobre Leah. Recostado en el sillón, redactaba mentalmente mensajes de correo electrónico a sus amigos, contándoles sobre ella, describiendo la forma de su cuerpo y los tonos de su piel. La solución a su dilema de los catorce días: casarse con ella y quedarse, casarse con ella y volver. Se casaría con ella y todo lo demás daría igual. Se imaginó enamorándose con monosílabos, con movimientos de cabeza, sonrisas y gestos seductores. Contándole a Leah la historia de su familia en pictogramas: su humilde hogar; los colores apagados y oscuros de su ciudad natal; su matrimonio alguna vez feliz, y cómo sus cimientos se disolvieron, cómo se desmoronó desde el interior hasta convertirse en una parodia perfecta del amor. Era poco después del mediodía, y Leah se alistó para su trabajo de mesera. Abrió la llave de la ducha. A través de las delgadas paredes, él podía oír el ruido del agua cayendo sobre su cuerpo. Su cabello castaño claro se oscurecía al mojarse. Wari cerró los ojos e imaginó su cuerpo desnudo. Luego el de Elie. Wari encendió el televisor y dejó que sus ruidos llenaran la habitación. Había transcurrido casi un año de los ataques, y se habían iniciado ya las inevitables repeticiones televisivas del hecho. Cambió de canal y su mente empezó a divagar: Fredy, en un tren, camino a casa, donde lo esperaba su esposa china, preguntándose si aquello de lo que Wari había presumido era cierto. Elie, en algún lugar de Lima, sin saber siquiera que él se había marchado. Leah, en la ducha, pensando en cualquier cosa menos en él. En todos los canales se veían las torres colapsando entre nubes de polvo. Wari eliminó

el sonido del televisor y escuchó esperanzado la música acuática de Leah.

Wari golpeó dos veces la puerta de madera. Esto había ocurrido varios años atrás. "Chola", llamó a la mujer que se convertiría en su esposa. "Chola, ¿estás ahí?".

Pero Elie no estaba. Había dejado la música encendida y con volumen alto para desalentar a los ladrones. Vivía en Madgalena, un ruinoso distrito junto al mar, en un barrio repleto de equipos de música sonando a todo volumen en departamentos desiertos. Chiquillos de catorce años fumaban huiros, protegiéndolos del viento entre el pulgar y el índice, y vigilaban alertas por si llegaba un tombo. Jugaban fútbol en la calle y arrojaban piedras a los mototaxis. Wari volvió a tocar la puerta. "Ha salido", le dijo alguien desde la calle. Wari ya lo sabía, pero tenía muchas ganas de verla. Quería besarla, abrazarla y contarle sus buenas noticias.

Era en aquel entonces una versión más joven y más feliz de sí mismo.

My good news, baby: era su primera exposición en una galería de Miraflores. Una inauguración real, con vino y un catálogo, y le habían prometido cobertura de prensa, quizás, incluso, una entrevista de media columna en alguna de las revistas del domingo. Eso era lo que quería contarle.

Wari golpeó la puerta durante un rato. Tarareaba la melodía que sonaba dentro del departamento. Sacó papel y lápiz de su maletín y le dejó una nota, en inglés. Ambos estudiaban inglés en un instituto, Elie con mucho menos entusiasmo que él. El inglés es huachafo, decía ella. Se lamentaba por la muerte del castellano, por la moda de usar palabras gringas. Era un fenómeno que estaba en todas partes: en la televisión, en los medios impresos, en la radio. En los cafés, sus amigos hablaban así: "Sí, pero así es la gente *nice*. No tienen ese *feeling*". ¿Para qué estás aprendiendo

ese idioma, acomplejado? Querido Wari, dedícate sólo a la pintura y todo te irá bien. Ella le hacía reír y por eso la amaba. En un pedazo de papel que arrancó de un cuaderno, le escribió:

"*I come see you, but instead meet your absence*".

Perfecto, pensó él. Escribió una W en una de las esquinas del papel, simplemente porque quiso hacerlo —como si alguien más pudiera venir a verla y dejarle una nota así—. La clavó en la puerta y bajó a la calle, mientras la música daba una serenata para las paredes de los departamentos vacíos. Se oía desde la calle. No había nada que hacer, salvo esperarla. Un chico que estaba en la esquina le frunció el ceño, pero Wari le respondió con una sonrisa. Era el final de la tarde, la última y agonizante luz del día.

Llegó la noche de la inauguración, pero poca gente asistió. "Es un mal momento", dijo Eric, que llevaba a Leah del brazo. "El aniversario ha puesto nerviosos a todos".

—¿Asustados? —preguntó Wari.

—Exactamente —dijo Leah.

A Wari no le importaba. Él también estaba asustado. Y no porque el mundo pudiera explotar, o porque Manhattan pudiera hundirse en el mar. Miedos reales. Sus cuadros resplandecían bajo los reflectores. Un puñado de gente entraba y salía tomando sorbitos de champán en copas de plástico. Wari tenía un sentimiento extraño hacia sus cuadros, era como si otra persona los hubiera pintado, un hombre al que él había conocido en algún distante episodio de su vida. Concluyó que no tenían nada de especial. Existen, como yo existo, y eso es todo.

La grandiosa ilusión del exiliado es que todos están allá, en tu ciudad natal, en tu hogar, tus enemigos y amigos, todos observándote como *voyeurs*. Todo lo que haces adquiere importancia porque estás lejos. En tu país, tus rutinas eran sólo eso. Aquí, son portentosas, significativas. Tienen el peso del descubrimiento.

¿Pueden verme? ¿En esta ciudad, en esta catedral? ¿En esta galería de Nueva York? No interesa que esté casi vacía, y a cien cuadras de distancia de los barrios en donde se comercia el arte. Wari le pondría la dosis correcta de emoción al hecho, no para él sino para beneficio de los demás. Para alegrarlos a todos. Me va muy bien, Ma, diría entre la estática de la comunicación telefónica. La conexión no es muy buena, pero ahora estoy seguro de que todo saldrá bien.

Después de la recepción, Eric y Leah invitaron a Wari a tomar unos tragos con varios de sus amigos. Él se daba cuenta de lo mal que ambos se sentían, como si le hubieran fallado. Eric se quejó de la apatía de los alumnos. Falta de compromiso, la llamó. Su departamento académico era un caos, dijo, no habían hecho una buena labor de promoción. Leah asintió solemnemente con la cabeza. Eran puras palabras. Nada de lo que Wari pudiera decir convencería a su anfitrión de que aquello en realidad no le importaba. *Te he usado*, tenía ganas de decirle. *Ya no soy más un pintor.* Pero le parecía cruel hacerlo, ingrato, y no del todo cierto.

—No hay problema —repetía una y otra vez—. La estamos pasando bien.

—Sí, claro, pero... me siento *mal*.

Los estadounidenses siempre se sienten mal. Viajan por el mundo arrastrando esa opulenta carga. Toman fotografías digitales y compran arte popular sintiéndose profundamente decepcionados de sí mismos y del mundo. Arrasan los bosques con lágrimas en sus ojos. Wari sonrió. Quería decirles que comprendía todo, que Eric no tenía la culpa de nada. Simplemente había ocurrido lo que tenía que ocurrir. Tomó la mano de Eric. "Gracias", le dijo Wari, y le dio un apretón.

El bar era cálido y animado. Los televisores transmitían juegos de béisbol de una docena de ciudades. Los amigos de Eric felicitaron a Wari dándole palmaditas en la espalda. "¡Muy bien!", le gritaron en coro. No le permitieron que gastara ni un dólar.

Compraron ronda tras ronda de tragos, hasta que las luces de los anuncios de cerveza se convirtieron en borrosos arabescos de neón. A Wari se le hizo casi imposible comprender una sola palabra de lo que conversaban a gritos. En el lugar había una chica, una mujer que se le insinuaba con la mirada. Era menuda y tenía una fragilidad atractiva. Wari la vio susurrándole algo a Leah, y luego ambas miraron en dirección a él y sonrieron. Él les devolvió la sonrisa.

"Me gustan mucho tus cuadros", le dijo ella más tarde. La velada se acercaba a su fin. Algunas personas ya se habían marchado. Leah y Eric se habían separado del grupo. Se besaban y reían juntos, y por las miradas que se echaban Wari se dio cuenta de que estaban realmente enamorados. Se sintió un tonto.

Estaba ignorando a la mujer que tenía al frente.

—Gracias —le dijo.

—Son muy violentas.

—No fue mi intención que lo fueran.

—Es lo que yo vi.

—Es bueno que veas esto. La violencia ocurre a veces.

—Mi nombre es Ellen —dijo ella.

—Es un bonito nombre. Mi ex esposa se llamaba Elie.

—Y tú eres Wari.

—Así es.

—¿Cuánto tiempo piensas quedarte?

—Tengo visa por otros diez días —dijo Wari.

—Oh.

—Pero en realidad no lo sé.

Hubo más tragos y más confidencias gritadas por sobre el bullicio del bar. Ellen tenía una sonrisa dulce y labios que Wari podía imaginarse besando. Su mano se había posado sin esfuerzo sobre la pierna de ella. En una esquina del bar, Leah y Eric se besaban una y otra vez. *¿Cuánto tiempo planeas quedarte? No lo sé. Cuántotiempoplaneasquedartenolosé*. Wari quiso arrojar su vaso al

piso, pero temía que no se hiciera añicos al estrellarse. Que nadie aplaudiera, que nadie comprendiera la belleza de ese sonido. Los días se estaban esfumando. Cuando se dio cuenta, estaba en la calle y Ellen le estaba enseñando cómo tomar un taxi. Tienes que ser agresivo, le dijo ella. ¿Pensará que no tenemos taxis?, se preguntó él, atónito. ¿Pensará que viajamos sobre mulas? Pero de inmediato, todo eso dejó de importarle. Ella lo decía sin mala intención. Wari sentía como que el planeta se expandía, que sus detalles desaparecían. ¿Quién es esta mujer? ¿Qué ciudad es esta? La noche era templada y el cielo, si uno miraba directamente hacia arriba, tenía un color añil profundo. Se encontraban en el centro de la ciudad. Wari tenía la cabeza inundada por el alcohol. Debería llamar a mi madre, pensó, y decirle que aún estoy vivo. Debería llamar a Elie y decirle que he muerto.

Se detuvieron en la esquina. Uno tras otro, los taxis amarillos pasaban ignorando el brazo extendido de Wari. No servía para eso. Wari se volteó hacia Ellen y la vio aturdida, mirando hacia el final de la calle.

"Estaban en ese lugar, ¿sabías? Justamente allí", dijo Ellen. Lo tomó de la mano.

Estaban en silencio. Ella apuntaba con dos dedos en dirección al horizonte sur, hacia el extremo mismo de la isla. Wari se quedó observando el espacio que se abría en el cielo, una nada extensa y vacía.

Jam Session

Gabriela Alemán

Tal vez no fue la mejor decisión que pudo tomar, pero fue la que tomó. Se quedó en la ciudad a pesar de la orden de evacuación obligatoria. Fue ver al alcalde balbucear cuatro incongruencias cuando a Katrina le faltaban menos de veinte horas para tocar tierra y desenchufar la televisión. ¿No había vivido sesenta años en la ciudad? Sabía que para sobrevivir había que desentenderse de las autoridades y cuidar de uno mismo.

—Todos los políticos son unos animales —masculló mientras jalaba el cordón del enchufe—. . .le hace a uno dudar de los méritos de que no se hundiera el arca de Noé.

Llenó la bañera con agua y con eso dio por terminados los preparativos para la llegada del huracán. Se sentó frente a la ventana de la habitación, en el segundo piso de su casa de madera, y miró hacia afuera. Arriba, la calle Clairborne, que no había cruzado en quince años ni una sola vez, y que consideraba el límite entre él y el tercer mundo; al oeste Carrolton, por donde cruzaban los rieles del tranvía y las ramas de los robles caían sobre la calle formando un gran arco de sombra sobre el camino ahora vacío y, frente a él, las aceras de Sycamore. Se quedó dormido. Cuando despertó, el sol era una gran bola incandescente y fucsia que encendía el cielo de finales de agosto. Pasó una mano por su rostro

y, al hacerlo, logró distribuir las lagañas que cruzaban el interior de sus ojos por toda su cara, en ese lapso cayó la noche. Ocurrió sin prisa, como si un pañuelo descendiera, atrapado entre corrientes de aire, precipitando la desaparición de todo lo que encontraba a su paso. Se paró y sus macilentas piernas temblaron cuando caminó hacia el interruptor. Por la gran puta, rezongó. Siguió camino al sótano, donde guardaba sus rifles; tomó dos que colgaban de la pared y tres cajas de balas. Volvió a subir. No apagó la luz, nadie sería tan idiota como para meterse a una casa habitada. Pero, cuando fallaran las centrales (¿no habían ordenado la evacuación de los técnicos también?), él estaría preparado. Tenía agua y armas. Decidió tomar una pastilla para dormir, esa noche recuperaría fuerzas; las necesitaría para los días siguientes. Una enfermera, amiga suya, le había dado una caja de Versed —el sedante más fuerte que tenía en existencias, el Memorial Medical Center de Napoleón, en el distrito de Broadmoor— la semana anterior, cuando fue a retirar su insulina en el centro médico y le contó que no iba a irse de la ciudad.

El día siguiente se levantó con sed y ganas de orinar pero apenas pudo incorporarse. Desde la cama vio ramas de árboles estrellándose como látigos encontrados y escuchó el rugido del viento atravesando las calles desiertas. Se sentó un momento en el filo de la cama y agarró su cabeza. Le tomó algo de tiempo darse cuenta de lo que pasaba. Mientras se orientaba recordó lo que solía decir su tía Augusta: "A veces una gallina hace más ruido poniendo un huevo que el que haría un asteroide si se estrellara contra la tierra".

Llegó hasta el baño y dio vuelta al caño del agua y metió la cabeza bajo el chorro fresco, luego tomó su dentadura y sólo entonces —con su cara aún mojada— intentó orinar. Estuvo parado frente a la taza, sabiendo lo que quería hacer pero sin que nada ocurriera, hasta que desistió, más por aburrimiento que por otra cosa y luego fue hacia la ventana. Había visto peores tormentas.

Caminó hasta su cama, pero no se recostó, siguió en dirección de las gradas y una vez abajo entró a la cocina donde abrió la puerta de la refrigeradora. Tomó la jeringuilla que guardaba en el compartimiento de la mantequilla y llenó 30 unidades de Lantus; se levantó el bibidí e inyectó el contenido en su amoratado estómago. Luego tomó un trozo de queso y un yogur; los comió sentado en la mesa del comedor. Volvió a subir y se recostó a aguardar algo, no sabía bien qué. Cuando abrió los ojos ya había desaparecido el amortiguamiento con el que había despertado pero sintió al aire pegajoso y caliente, el aire acondicionado había dejado de funcionar. Todavía había luz natural en la habitación y fue a la ventana, la abrió y sacó fuera la mitad del cuerpo. Pudo ver árboles caídos y algunos basureros y cajas de reciclaje en la mitad de la calle. El viento había desaparecido. Pensó que para tanta alharaca había pocas nueces y volvió a meter la cabeza. La sensación de espera ya había cedido y caminó hacia la televisión; desistió a medio camino, si no había luz no habría noticias. Se le ocurrió que tenía un radio a pilas y luego recordó que no las había comprado, al igual que no había comprado velas. Le dio hambre y bajó a la cocina, en la alacena encontró una lata de raviolis en salsa de tomate. La abrió al tanteo en la habitación oscura con un abrelatas herrumbrado. Cuando vació el contenido en un plato notó que se había cortado el dedo y que su sangre condimentaba parte de la pasta. Fue hacia el lavabo y abrió la llave, no salió nada.

—Mierda —dijo.

Se limpió con un trapo y con el mismo paño se envolvió el dedo; maldijo nunca haber roto la pared para hacer una ventana en la cocina. Fue al comedor donde comió la mitad del plato mientras pensaba cuál sería la mejor manera de proteger la casa. Podría esperar frente a la puerta de entrada, desde allí tendría el mejor ángulo para disparar pero eso sólo sería si entraban por la puerta porque, también, podrían hacerlo por las ventanas,

pensó. Mientras ponderaba sus opciones notó que el trapo que había utilizado para envolverse el dedo se había teñido de rojo. Afuera, a un atardecer magnífico lo coronaba un silencio extraño, el cielo parecía una copa de gelatina de sabores color turquesa, naranja y oro. Mientras miraba el cielo y envolvía su dedo con un trapo limpio escuchó el primer disparo; no se sobresaltó, lo estaba esperando. Subió a su cuarto y arrastró un asiento hacia la ventana, luego apoyó sus rifles contra la pared, dejó las municiones en el suelo. Se sentó y limpió las armas antes de cargarlas. Cuando terminó ya había oscurecido. Dormitó la noche en el asiento, disparando a la oscuridad cada vez que se levantaba de su duermevela. No esperaba hacer eso una noche más, las autoridades ya debían estar coordinando el regreso pues, una vez más, como tantas veces, el huracán se había desviado antes de llegar a la ciudad. Como George, como Mitch, la última vez. Cuando despertó, el sol marcaba su rostro con el diseño de una rejilla. Levantó la malla contra mosquitos que había bajado en algún momento de la madrugada y sintió una repentina fragilidad. Donde antes estaba su barrio ahora había una enorme laguna que se había tragado aceras, automóviles y los pocos desechos de la tormenta. El agua brillaba, con el reflejo del sol de la mañana, como un gran espejo dorado. Salió hacia el corredor y vio que el agua cubría la puerta de entrada. Cuando bajó, el agua le llegó hasta las rodillas. Vadeó por los distintos cuartos, las sobras del día anterior que había dejado sobre la mesa del comedor estaban cubiertas de moscas. Con cierto esfuerzo abrió la puerta de la refrigeradora, de inmediato le asaltó el olor a cosas descompuestas. Tomó el frasco de la insulina y vio que el líquido, antes transparente, estaba opaco. Quiso estampar el piso con su pie, pero el agua sólo dejó que bajara torpemente en dirección del suelo. Caminó hasta el teléfono, la línea estaba muerta. Mierda, mierda y nuevamente más mierda.

Una vez arriba abrió el cajón de su cómoda y tomó el fras-

co de Versed; partió cada pastilla en cuatro. En el trayecto de subida había calculado que si su metabolismo funcionaba en el equivalente a neutro, necesitaría menos insulina y tendría más posibilidades de sobrevivir. No estaba loco, no quería morir. Ya que no se había ido y ni siquiera había considerado esa posibilidad, le tocaría esperar que llegara ayuda. Su carro, un Buick Skylark del '76 estaba parqueado afuera, pero no lo había manejado en 26 años. Aunque hubiera intentado hacerlo, con la poca vista que le quedaba, ¿adónde hubiera ido? No había nadie que conociera que siguiera vivo. Además, con una sola ruta de salida de la ciudad que conducía a Tejas, ni siquiera se lo planteó como una opción. Había prometido, hace muchos años, nunca volver a ese estado maldito y nada lo podría disuadir. La última vez que había ido fue para recoger los cuerpos de sus dos únicos hijos y había estado pateándose el trasero durante treinta años por no hacerle caso a su amigo Domingo Mudo que le había dicho en repetidas ocasiones que la única regla inamovible del Señor era que nada bueno ocurría jamás en Tejas. Y eso que Domingo era tejano, de Galveston; como él. Debió oponerse al viaje de Marvelina, Beaux y Patricia a la casa de la hermana de su esposa en Tarpon Rodeo. Pero, ¿a quién, en su sano juicio, se le hubiera ocurrido que sus hijos podrían morir ahogados en la mitad del desierto? Desde que eso ocurrió, Marvelina, la esposa de Chef, había buscado todo tipo de explicaciones místicas a lo sucedido. Chef no se había opuesto a ello, si Marvelina encontraba paz, él la apoyaba. La quería y hubiera hecho cualquier cosa para que volviera a dormir y a sonreír. Pero debía reconocer que la fe no había mejorado las cosas para ninguno de los dos. Chef estaba convencido de que la gente en su conjunto siempre estaba equivocada, por eso no creía en la religión organizada. Creía más en el alivio que procuraba blasfemar que orar. No así Marvelina, que nunca desistió en su intento por convertir a Chef. La única condición no declarada que se auto impuso fue dejar la muerte de sus hijos fuera de la

discusión y por eso, cuando su esposa quiso persuadirlo que ellos fueron escogidos por Jesús para un propósito mayor, comenzó a beber. Sus hijos, de quince y dieciséis años, habían salido con su madre a una laguna cercana a media mañana; y, una vez en Dark Moon Creek, la habían convencido de que los acompañara en el bote de su tío aunque ella no supiera nadar. Hacía calor y Beaux se había lanzado al agua y, como tardaba en salir, Patricia saltó dentro para ver qué ocurría. Ninguno volvió a salir. Marvelina permaneció sola en el bote —quién sabe haciendo qué, nunca lo contó— por más de cinco horas. Cuando su hermana se preocupó porque no regresaban, llamó a su esposo para que fuera a buscarlos. Fue él el que la encontró con insolación y desvariando en la mitad del lago. La policía del condado fue la encargada de la búsqueda y el forense el que habló, al hacer el reporte, de los calambres. Lo siguiente fue puro Marvelina.

—Fue el destino, ¿cómo pudo Patricia tener un calambre en el mismo exacto lugar que Beaux?

En algo también debió influenciar el sermón del reverendo que ofició las exequias y su mención a los tortuosos y misteriosos caminos del Señor. La suya, de persuasión presbiteriana, fue la primera congregación a la que se unió Marvelina: El sendero de los verdaderos creyentes. Luego le seguirían siete más; la última que recordaba Chef, de tendencia anabaptista, era Los soldados del ejército del Señor.

Debió quedarse dormido mientras partía las pastillas porque se levantó sobresaltado, sudando y con escalofrío. No recordaba si se la había tragado y tomó uno de los pedazos regados a su alrededor, en caso de que no lo hubiera hecho ya y se lo metió a la boca. La pastilla se quedó pegada a su garganta y cuando quiso pararse para buscar agua, le faltó energía. "Coño, seguro que ya me había tomado una", pensó con la pastilla pegada a su paladar. Trató de formar saliva para que pasara, si no se atragantaría y no iba a dejar que eso ocurriera. Otra muerte insólita en la familia

sería aceptar el destino del que tanto hablaba Marvelina y no estaba dispuesto a hacer eso. No creía en el destino; sólo en la suerte, en ella sí. Y, aunque había aprendido tarde, sabía cortejarla. Sabía que a la suerte le iba bien un rifle cargado al lado. Luego de toser y de que pasara la pastilla, se paró; logró llegar hasta el asiento junto a la ventana. Se desplomó dentro de él, mientras se recuperaba, cerró los ojos. Cuando los volvió a abrir vio, del otro lado de Carrolton, a un grupo de muchachos que intentaban atravesar el agua con varios televisores y equipos eléctricos a cuestas. No supo si era una visión o si realmente alguien sería tan estúpido como para estar haciendo lo que hacían. Cerró los ojos nuevamente y, cuando despertó, la luz había bajado en intensidad, debía ser media tarde, y en vez de un grupo vadeando dentro de la recién formada laguna vio un cuerpo, inflado como un globo descolorido, descendiendo boca abajo hacia el Mississippi.

—Sólo falta un caimán para completar la escena —pensó, sin un mínimo de ironía.

Tal vez las dementes historias de Marvelina y las de sus distintas congregaciones no estuvieran tan erradas. Armagedón estaba cercano. Tal vez ya estaba allí.

Cuando se volvió a parar, ya oscurecía; no había comido nada en todo el día y comenzaba a nublarse su vista. Pensó que debía, por lo menos, beber algo. Caminó al baño y logró tomar un vaso de agua, a su regreso a la habitación se derrumbó sobre la cama. Sentía como si llevara un animal muerto encima, se quitó su percudida ropa y se cubrió con una sábana traspasada de transpiración. Maldijo no haberla cambiado la semana anterior. Olvidó los rifles junto a la ventana, se olvidó de todo y durmió tranquilamente, pues, dentro de su cabeza, Marvelina le sonrió toda la noche desde el techo de su cuarto. Pero su paz terminó al amanecer cuando un ruido lo despertó; el sonido venía del piso de arriba y era vagamente familiar, eran las ratas del ático. Por lo menos no era un ladrón.

—Cabronas sarnosas, ni hoy me podían dejar en paz —profirió con una voz apenas audible.

No entendía cómo podían seguir vivas allá arriba: no había ventilación, ni agua y, bajo el techo, la temperatura debía rondar los cincuenta grados. Tenía varias hipótesis pero la que más le atraía era que el calor más su alimentación (compuesta por toda la basura que había acumulado cuarenta años), habían logrado reconfigurar el ADN de los roedores. Arrojó las sábanas a un costado y dejó al descubierto su desgastado cuerpo de ochenta años. Estiró el brazo y tanteó, con su mano, la mesa de noche. El cuarto estaba completamente a oscuras. Tomó un cigarro apestoso que había estado acariciando entre sus encías en los días anteriores al huracán y lo llevó a su nariz. El tabaco barato, comprado en el Rite Aide de Carrolton hace una semana, era realmente malo. No hubiera dado ni dos centavos por él hace veinte años pero, por el momento, era lo único que tenía. Mordió la punta y escupió el maloliente talón a un costado; encontró una cerilla y lo prendió. Ni él mismo entendía cómo podía saborear algo tan nefasto para los sentidos, sus niveles de exigencias debían encontrarse por los suelos. Le sobrevino un ataque de tos, que despertó toda la flema que se había acumulado en sus pulmones en los últimos días, y formó un pegote con la mucosidad que escupió en la misma dirección en la que arrojó la punta del cigarro. Esta vez con menos fortuna. El escupitajo aterrizó en su antebrazo, lo que no le molestó demasiado. No se dio por vencido y acercó el cigarro a sus labios e introdujo el taco de hojas secas a su boca. Inhaló. Al exhalar con gran dificultad, evaluó su situación. No estaba en mejores condiciones que las ratas sólo que ellas tenían más posibilidades de sobrevivir que él. Pensar en salir de esa era casi como tratar de imaginar que se podría hacer una gallina uniendo un montón de plumas. Siguió fumando y hasta logró olvidar el sabor del tabaco.

Él y las ratas eran lo único que quedaba vivo en esa casa. Él y

sus recuerdos y las ratas devorándolos. ¿Cuánto habrían logrado destrozar? La última vez que había estado arriba fue cuando subió las pertenencias de su esposa al ático, varias semanas después de su muerte. No quiso entregarlas al *Ejército de Salvación* para que las pusieran a la venta. El recuerdo de Marvelina no era material de tienda de segunda mano; aunque ella, de eso estaba seguro, hubiera querido que él donara sus cosas a la caridad. A fin de cuentas, Marvelina era un soldado en el ejército del Señor; pero él no estaba enlistado en esa legión. No, él no; él había decidido formar su propia milicia. La inició yendo a una tienda de armas y comprando varios rifles que había utilizado por primera vez en esa excursión al ático, donde había descubierto que sus cosas y las de sus hijos formaban, quién sabe desde cuándo, un paté hediondo lleno de hongos mezclados con polvo de estrellas. Eso decía Marvelina de la tierra, que era solo el remanente de un largo viaje intergaláctico. Polvo de estrellas. Exasperado con su descubrimiento, pateó una de las cajas y, al hacerlo, ésta se partió y de ella salió un desaforado chorro de ratas que inmediatamente se regó por el cuarto. Fue su primer encuentro con los roedores que habían canjeado el aire libre por esa habitación llena de papilla ilimitada. Chef bajó, abrió el armario, tomó varias cajas de municiones y los rifles y, durante buena parte de la tarde, disparó hasta agotar todos sus cartuchos. Cuando llegó la policía, alertada por los vecinos, abrió la puerta de la casa con una gran sonrisa en los labios.

—Estuve cuidando de un asunto personal —les respondió cuando indagaron sobre los disparos.

Cuando subieron encontraron, dispersos por el cuarto, los cuerpos de los roedores, sus cerebros y entrañas decorando las paredes del ático.

El cigarro se iba consumiendo irregularmente y la temperatura comenzaba a trepar en la habitación; lo que distrajo a Chef y lo llevó a reflexionar sobre la posibilidad de abrir la ventana

del cuarto. Con el agua estancada alrededor de la casa y el calor en aumento, los mosquitos debían estar prosperando. Ninguna brisa soplaba afuera que pudiera refrescarlo adentro, de eso estaba seguro, nunca había brisa en agosto. Y ya comenzaba a filtrarse, por las diferentes rendijas de la casa, el hedor a podrido de afuera. No intentó pararse y se despreocupó de las ratas. El tiempo pasó. El agua sonaba agitada abajo, alguien debía estar atravesándola. Intentó pararse y lo logró con gran dificultad, se arrastró hasta la ventana, quiso abrirla para ver quién merodeaba afuera, pero no pudo. El piso era como una pista de patinaje. Su garganta estaba seca, apoyándose en la pared se dirigió al baño. Se sentó en la taza, intentó recoger el vaso que estaba en el suelo y —en algún momento— exhausto, desistió. Levantó con gran dificultad una pierna y luego la otra y entró dentro de la tina. Se agarró de los filos y se dejó caer torpemente; una vez dentro abrió la boca y bebió, lo hizo con los ojos cerrados: el agua le sabía a aceite de ricino tibio aunque le procuró cierto alivio. Recordó una época en que la única agua que bebía era de color ámbar y sabía a *bourbon*. Ese recuerdo, quizá, le hizo relajarse. Tomó una larga y prolongada meada dentro de la bañera de patas de felino. A pesar de su próstata delictuosa, que le escatimaba uno de los pocos placeres que aún le eran permitidos, sintió el placer de una vejiga completamente vacía y sonrió.

—Por la gran puta, mira lo que fui a hacer, me meé dentro del agua de beber —pensó, riéndose de sí mismo.

Se estaba bien ahí. Si así terminaba sus días, no le parecía mal. ¿Qué sabía él? A lo mejor bastaba con eso para estar en paz. Una buena meada y la conciencia tranquila. Pensó que a Marvelina le habían escatimado hasta eso porque ese día, de eso estaba seguro, la suerte tomaba un *shot* de tequila en la esquina, sin que a Marvelina le importara un bledo. Si no las cosas hubieran ocurrido de otra manera: Newton Bentley, de diecisiete años, no habría caminado con una pistola semiautomática en sus manos,

ocho paquetes de heroína envueltos en papel aluminio y un número indeterminado de pastillas ilegales en sus bolsillos y en su torrente sanguíneo, mientras ella cambiaba una llanta pinchada en la misma calle por la que él bajaba.

Sacó sus brazos de la tina, cayeron como fideos sobrecocinados a sus costados; su dedo cortado parecía una ciruela pasa descompuesta. Cerró los ojos e intentó levantar una pierna para salir de la bañera, cuando los volvió a abrir pensó que se había equivocado, era de noche y la oscuridad se lo había tragado, como el agua a la ciudad. La turba de ratas se oía más cerca, faltaba poco para que acabaran con la división que separaba el piso de arriba del suyo. Le pareció que refrescaba, tal vez había vuelto la luz y el aire volvía a funcionar; flexionó las piernas para bajar su torso y poder beber del agua viciada. Oyó pisadas abajo, tal vez había vuelto Marvelina. Intentó incorporarse y luego recordó que eso era imposible.

Antes de hundir su cabeza totalmente dentro del agua pensó que nunca había hecho algo para evitar que cayera la noche.

Prueba de aptitud

Alberto Fuguet

El año sobre el cual les quiero contar lo llené asistiendo a un preuniversitario para niños ricos a la deriva. Yo no era rico pero intuía que estaba a la deriva. Me sentía como ese cadete estrella que se tropezó en medio de la Parada Militar. ¿Se acuerdan de él? Dicen que era sobrino de Pinochet o pariente de la Lucía Hiriart, no sé. Nunca se conocieron bien los detalles. A este sobrino lo querían mucho, y lo regaloneaban con viajes a Disney y a Sudáfrica, pero todos esos mimos al final no le sirvieron de nada porque el tipo tropezó. Nada de metáforas aquí. Tropezó en plena elipse del Parque O'Higgins con TVN transmitiendo en directo desde Arica a Punta Arenas. Caer en frente a todos es la peor manera de caer porque viene con un agregado: la mirada de los demás.

—Lo fondearon —me dijo Raimundo Baeza a la salida de la clase de Específica de Historia y Geografía—. Dejó en ridículo a la familia.

–¿Pero cómo?

—Eso. Se tuvo que ir del país. Cagó. ¿Qué crees, Ferrer? ¿Que lo premiaron?

Ese año asistí al preuniversitario todas las mañanas. No tenía amigos pero sí algo parecido a un grupo. Todos, claro, reinci-

dentes. Entre ellos, Cristóbal Urquidi, Claudia Marconi, la hermana de Florencia, y Raimundo Baeza con sus cejas gruesas y su sonrisa exagerada. A todos ellos los conocí ese año. Teníamos dos semestres para prepararnos, para ensayar con facísmiles y hacer ejercicios de términos excluídos. Nos ataba el hecho de creer que nuestra vida se definía a partir de un examen de tres días. Nuestra única meta era mejorar nuestra ponderación de la famosa, dichosa, temida, asquerosa, arbitraria y hoy desaparecida Prueba de Aptitud Académica. Pertenecíamos al lastimoso grupo de los 400, 500, 600 puntos. Los que triunfaban e ingresaban a la universidad superaban los 700. Las puertas de la Educación Superior se nos habían cerrado frente a nuestra narices.

A veces, me tomaba el Metro y me bajaba en la Estación Universidad Católica y simplemente miraba la Casa Central. Me fijaba en los alumnos que salían, la felicidad que alumbraba sus caras y sus agendas con el logo de la Pontificia brillando bajo el sol. Aquellos chicos tenían algo que yo no tenía. Ellos estaban adentro y yo afuera. Lo más probable, además, es que ni siquiera se daban cuenta porque uno sólo es sensible a lo que no tiene cuando, en efecto, no lo tiene. No toleraba que la mayoría de mis amigos, conocidos y ex compañeros de curso habían logrado entrar, dejándome al margen.

Los profesores del preuniversitario insistían que esto era, a lo más, un traspie, que no tenía nada que ver con nuestras capacidades y que un año más nos traería el regalo de la madurez. Aún así, o quizás por eso mismo, nos sentíamos unos perdedores. Y cuando uno se siente perdedor, pierdes. No puedes dejar de envidiar. Te sale del alma, te supera y supura, te arrebata hasta que te termina por controlar. Cuando envidias, sientes tanto que dejas de sentir todo lo demás. Yo ese año envidiaba incluso a aquellos que no conocía. Los primeros puntajes del país eran portadas de diarios, salían en la tele. Uno veía a los niños genios en sus casas, con la tele en el living y la abuela orgullosa, desgranando porotos a un

costado. La moral imperante era crecer, ganar, salir adelante. Los perdedores ahora se sentían al mando, a cargo, arriba.

Chile no era un país para débiles y yo, ese año, estaba débil.

De toda mi promoción del colegio, fui el único que no ingresó a la universidad. Para mí, este dato era algo más que una estadística. La vergüenza fue tal que dejé de ver a mis antiguos compañeros del colegio. Los pocos amigos que tenía se convirtieron, de inmediato, por culpa de unos números, en enemigos acérrimos.

Mi supuesto premio de consuelo, además, no fue capaz de consolarme en lo absoluto: haber sido aceptado, en el penúltimo lugar de la lista, en una dudosa carrera artística que se impartía al interior de una lejana provincia donde nunca paraba de llover. No me parecía para nada un gran logro. Al revés: subrayaba mi fracaso. Así y todo, pagué la matrícula, envié los papeles, me tomé las putas fotos tamaño carnet. ¿Qué iba a hacer sino? ¿Qué oportunidades tenía? La noche antes de partir al extremo sur no pude dormir. Todo me asustaba: estar lejos, dejar a mi madre sola, echar de menos, no conocer a nadie, estudiar algo que no deseaba estudiar, no estar conforme con lo que me iba a convertir.

Nunca he vuelto a llorar tanto como lo hice esa tarde en el rodoviario.

—No es bueno viajar con tanta pena abordo —me dijo una señora con zapatos ortopédicos antes de pasarme unos pañuelos desechables y acariciarme el pelo.

Me bajé del bus y caminé de regreso a casa.

Caminé más de dos horas. En un callejón oscuro, con olor a chicha, vomité. Llegué con el pelo sudado y los pies heridos. Abrí la puerta. El salón estaba a oscuras. Mi madre estaba en el suelo, de rodillas, su cara perdida en la falda de un hombre que fumaba en un sillón. Yo ya lo conocía. Nunca pensé verla enfrascada en un acto así. Por suerte, no me saludaron. Se quedaron quietos. Yo subí, muy lentamente, la crujiente escala al segundo piso.

Me acuerdo de que me desplomé sobre mi cama desecha y no desperté hasta la tarde del día siguiente.

Ese año en que ocurrió todo lo que les voy a relatar yo tenía apenas dieciocho años y todavía sonaba música disco en las radios. Físicamente, el acné me trizó la cara, el pelo se me llenó de grasa y comencé a adelgazar en forma descontrolada. Me sentía como un malabarista manco. Tenía demasiada presión sobre mi mente. Todo ese año no pude dormir. O dormí muy poco. Nunca soñé. Nunca. Dormir sin soñar es como ver televisión sin imagen ni sonido. Eso te agota. Te vuelves irritable, receloso.

Lo más fastidioso de no haber sido aceptado en la universidad fue que me hizo otorgarle al sistema la razón. Me puse del lado del *enemigo.* Pensaba: si la universidad no *quería* que estuviera entre los suyos, pues cabía la posibilidad de que estuviera en lo correcto. *Quizás* no merecía otra cosa. A lo mejor era cierto que mi inteligencia tocaba techo entre los 400 y los 600. Me trataba de convencer de que no me atraía pertenecer a una institución que no me deseaba entre los suyos. Lo que era falso, claro. A esa edad, toda la energía que se tiene se gasta en asociarse con aquellos que niegan tu existencia. En todo caso, no era el único. Así nos sentíamos todos los del preuniversitario: indeseados. Mirados en menos. Términos excluídos. Lo que complejizaba las cosas es que yo sabía que no era tonto. Mi caída, mi exilio, no era, por lo tanto, un asunto de capacidad sino de castigo. Estaba pagando por mi comportamiento colegial. Todas esas notas rojas acumuladas en esas clases mal dictadas ahora estaban tiñendo mi destino de gris.

Nuestras opciones en esos días eran pocas. O estudiábamos lo que queríamos o estudiábamos algo que *no* nos interesaba. Punto. Si no te gusta, entonces te vistes y te vas. La posibilidad de tomar un camino que no pasara por la universidad era insostenible. Sí o

sí, nada más que discutir. No se establecían aún las universidades privadas y las pocas públicas que existían estaban divididas en aquellas donde iba "la gente bien" y las otras.

Yo no estaba en ninguna de las dos.

Ese año lo único que me parecía legítimo, digno y soportable era convertirme en reportero. No vislumbraba otra posibilidad. No estudiar periodismo equivalía a no poder hablar más español. A dejar de respirar, a ser desterrado del planeta. A veces lloraba al final de los noticiarios. Idolatraba a Hernán Olguín, quería viajar por el mundo entrevistando gente, aprendiendo de ciencia y tecnología. Almorzaba mirando el 13 junto a los Navasal, un veterano matrimonio que todos los días invitaban gente a hablar de temas de actualidad frente a las cámaras. Yo llamaba por teléfono y enviaba preguntas, pero nunca decía mi nombre. Inventaba seudónimos inspirados en periodistas extranjeros que leía en los diarios y revistas que llegaban a la biblioteca del Instituto Chileno-Norteamericano de la calle Moneda.

El curso del preuniversitario en que fui a caer era el científico-humanista: aspirantes a médicos, odontólogos, abogados y, por cierto, periodistas. Nos dividíamos en dos facciones irreconciliables: los casos perdidos, que eran los más simpáticos y libres, y aquellos que casi-lo-lograron-pero-les-fue-mal-igual. Yo era del segundo grupo. Cristóbal Urquidi y Raimundo Baeza se identificaban claramente con los que tropezaron. Despreciaban a los otros por inmaduros y mediocres. Claudia Marconi, en cambio, estaba feliz de tener un año sabático. Todos, sin embargo, confiábamos que la segunda vez sería la vencida.

Ese año que no puedo borrar de mi mente existían apenas cuatro canales y ninguno de ellos transmitía por la mañana. La comida no era ni *diet* ni rápida y no había cable y la censura era previa y absoluta. El smog no ahogaba, la cordillera se veía desde cualquier punto y la restricción vehicular aún no había logrado dividir a la población en dígitos. Ese año, me acuerdo, se abrió

el primer centro comercial bajo techo, con aire acondicionado, con una inmensa tienda llamada Sears y miles de artículos importados. La única manera de enviar cartas era por correo, las fotos se mandaban a desarrollar y los teléfonos se quedaban fijos. La música se compraba, no se bajaba, y algunos afortunados contaban con calculadoras para hacer sus tareas. Esa misma gente, como la familia de Raimundo Baeza, tenían un aparato llamado Betamax y arrendaban sus videos en unos kioscos que estaban a la salida de los supermercados. La participación de nuestro país en el Mundial de Fútbol de ese año fue desastroza. Nos farreamos un penal y el país entero se dio cuenta de que la cicatriz que teníamos escondida empezaba a supurar. Una crisis financiera se nos venía encima, pero aún no lo sabíamos.

No sabíamos muchas cosas. Luego llegarían las protestas y nos volveríamos a fraccionar. Pero es fácil contextualizar cuando las cosas ya tomaron su curso. Retrospectivamente, todos somos sabios, hasta los más limitados. Si uno supiera las consecuencias, sin duda que no haría las cosas que hizo. Así nos protegemos. Tenemos certeza de que lo mejor está por venir y lo peor ya pasó. No siempre es así. Para la mayoría, es más bien al revés. Pero así somos. La ceguera no es tan mala. Nos permite caminar por la orilla de un precipicio sin asustarnos. Si pudiéramos ver, si fuéramos capaces de adelantarnos, quizás no nos levantaríamos de nuestras camas. Queremos que perdonen nuestras ofensas, pero somos incapaces de perdonar a los que nos ofendieron. Perdonar, por ejemplo, a Raimundo Baeza. Yo, al menos, no puedo. A veces me pregunto si Cristóbal Urquidi será capaz. Capaz de perdonar a Baeza, capaz de perdonarme a mí.

Lo que ocurrió entre Raimundo Baeza y Cristóbal Urquidi, fue *después* que rendimos la Prueba. Entre Navidad y Año Nuevo. Un 28 de diciembre. Día de los inocentes. Lo que sucedió ese día

en la casa de Claudia y Florencia Marconi alteró los resultados de la Prueba. No los puntajes o las ponderaciones en sí. Más bien, lo que decidí hacer con mis resultados. Al final, alcancé los codiciados 750 puntos, me fue más que bien, mejor de lo que soñé, pero no postulé a nada. Me fui del país. Por un tiempo. Para arreglarme la cabeza. No quise estar un segundo más. Partí por regresar a Paraguay.

Pero eso fue *después,* digo. Al final del año.

Me estoy adelantando.

Mejor, rebobino: una mañana el profesor de Aptitud Verbal me hizo leer, desde mi secreto puesto en la última fila, las cinco posibles respuestas de un término excluido. No vi más que borrones. Eso me asustó. Tuve que acercarme a la pizarra. Las letras, por suerte, volvieron gradualmente a enfocarse.

Al recreo, Cristóbal Urquidi se acercó para examinarme los ojos. No sé cómo, pero lo dejé. Fue la primera vez que tuvimos algún tipo de contacto. Meses antes, le derramé un café caliente, pero actué como si hubiera sido un accidente. En clases, mirándolo de espaldas, intentaba irradiarlo con mi mala energía. Cruzaba los dedos para que le fuera mal en la Prueba. Lo dibujaba en mi cuaderno y lo atravesaba con flechas, lo colgaba de una horca, lo guillotinaba.

—Deberías dejar que mi padre te revise —me dijo con esa voz tan callada que tenía, como si sus pilas le estuvieran fallando. Te puedo conseguir una hora.

Cuando pienso en Cristóbal Urquidi, y pienso a menudo en él, se los aseguro, lo que más recuerdo es esa vocecilla insegura, lo ligero de su marco, su ropa aburrida, casi opaca, y sus ojos. Sobre todo sus ojos: verdosos, densos, con sueño de siesta.

—Los ojos de alguien que ha visto mucho —me comentó Florencia luego de conocerlo.

—No lo ha visto *todo* —le dije esa vez—. Me consta. Hay cosas que no sabe, que *no* ha visto.

Yo estaba enterado de un asunto que Cristóbal Urquidi desconocía. Se trataba de su padre. Lo había visto un par de veces, en mi casa. Era el tipo que estaba fumando sentado en el sillón. Verán, ese año sobre el que les cuento Eduardo Urquidi era el amante de mi madre. Mejor dicho: ambos estaban enamorados. Yo creo que mi madre, al menos, sí lo estaba, pero él nunca se atrevió a dejar a su mujer que, según él, era una gran persona. Por eso los encuentros entre ellos eran furtivos, de pasada, entre siete y nueve.

Antes de que nos abandonara, cuando aún vivía en casa, mi padre tuvo varias mujeres, pero nunca las vimos. Las amigas de mi padre pertenecían a otro mundo, a un territorio que nos era desconocido. Mi madre, en cambio, era parte de nosotros. Seguía siendo la misma. Más nerviosa, sin duda, pero la misma. Mi madre en esa época arrendaba casas. Trabajaba para una corredora de propiedades. Pasaba todo el día fuera. Me costaba verla con los ojos con que probablemente la miraba la madre de Cristóbal, que seguro le tildaba de puta o algo peor. Uno crece con la idea que las amantes son las malas, son aquellas que destrozan las familias y no les importa nada. Lo complicado es cuando tu madre es la otra mujer, es la amante, es que la está remeciendo lo que ya está destrozado. Me despertaba pensando en las obscenidades que la madre de Cristóbal le podría gritar a Eduardo Urquidi y como el muy cobarde no era capaz de defender a mi madre.

Nunca me hice cargo del incidente del living. No se lo comenté a mi madre ni a mis hermanos menores. Tampoco a Florencia, aunque Florencia hubiera comprendido. Florencia era capaz de comprender cualquier cosa, ésa era su gracia, lo que la diferenciaba de todas las demás. Florencia, incluso, era capaz de comprenderme a mí.

Una noche, a la hora de comida, mi madre llegó a la casa con

Eduardo Urquidi. Mis hermanos ya se habian ido a dormir. Era tarde, más tarde de lo que acostumbrábamos a comer. Mi madre lo presentó como un "amigo". Eduardo Urquidi le echó mucha sal a todo, incluso al postre. El hecho que tuviera la misma vocecilla de Cristóbal me perturbó. Todo en él era blando, mal terminado. Usaba gomina en el pelo y sus cachetes eran mofletudos. El opuesto absoluto de mi padre.

—Tengo derecho a tener amigos, soy joven —me dijo mi madre luego de que el tipo se fue.

—Pero está casado: ¿crees que no le vi la argolla? —le respondí desafiante.

—No somos más que amigos. Además, ya no quiere a su mujer. Es una gorda católica, frígida más encima, que no para de tener hijos.

—Deberías elegir uno que esté soltero. Que sea solo.

—Uno no elige, Álvaro. Ojalá uno pudiera elegir.

Esa noche, insomne, duduje que Cristóbal era el mayor. Igual que yo. Se conducía por la vida como un primogénito: lento, temeroso, con culpa.

—Eduardo me hace reír, me acompaña —me explicó mi madre a la mañana siguiente mientras abría el tarro de Nescafé—. Eso es lo que ando buscando. ¿No eres capaz de darte cuenta? ¿No eres capaz de solidarizar conmigo? ¿No crees que he hecho mucho por ustedes y poco por mí? Es un amigo, punto. Una compañía, Álvaro. Nada más. Nada más.

Pero había más. Mucho más.

La tercera vez que comió en mi casa, Eduardo Urquidi intentó conversar conmigo, como si fuera mi padre. Inesperadamente, me comentó:

—Tengo un hijo de tu edad.

—¿Cómo?

—Que tengo un hijo que tiene tu misma edad.

—Una edad difícil —le dije, pero el viejo no me hizo caso, no entendió o no quiso entender.

—Repasa todo el día para la Prueba.

—La prueba que nos pone a prueba.

—Cristóbal quiere dedicarse a los ojos. ¿Y tú, Álvaro? ¿Qué piensas estudiar?

—Quiero ser reportero. Quiero escribir sobre las cosas que la gente no ve.

Eduardo Urquidi terminó colocándome un par de anteojos y me enfocó la visión. Fui a su consulta con Cristóbal. Acepté jugar con fuego: quería estrujarle todo el dinero que fuera posible. Que pagara por el daño que nos hacía. Contemplé extorsionarlo pero me arrepentí. Había encontrado una carta de Urquidi en la basura. No era romántica porque Urquidi no sabía lo que era el romance. Sí, al menos, dejaba claro que no amaba a su mujer (la excusa de siempre), pero que le temía a Dios y al desprecio eventual de sus hijos.

> "No somos más que la suma de nuestras restas, cariño. Si te hubiera conocido antes. Uno no siempre puede tener lo que quiere. Debo agradecer todo lo que ya tengo. Es duro decirlo pero prefiero perderte a ti que perderlo todo".

Eduardo Urquidi se puso nervioso cuando me vio en su consulta. Fue como si dejara de respirar. No sabía qué hacer con las manos. Eso quería: ennervarlo. Destrozarlo. Por eso acepté la propuesta de Cristóbal. Quería que la resta superara la suma. Quería que pagara, que lo perdiera todo.

—Papá: te presento a Álvaro Ferrer. El amigo del cual te hablé.

Me llamó la atención que Cristóbal me tratara de amigo por-

que no lo éramos. Ahí pensé que quizás estaba al tanto, pero después pensé que no. Imposible. Cristóbal Urquidi, al igual que su padre, era un ingenuo.

—Buenas tardes.

—¿Así que eres compañero de Cristóbal?

—Sí. Gusto en conocerlo.

—Conocerte. Me puedes tratar de tú.

—Gusto en conocerte, entonces.

—No, el gusto es mío.

En la pared de su oficina colgaba una foto de su mujer y sus hijos.

—Bonita familia, doctor —le dije de la manera más educada—. ¿Qué edad tenías, Cristóbal?

—Ocho.

—Todavía me acuerdo de cuando tenía ocho. Ocho es la mejor edad.

—Sí —me respondió Cristóbal—. Cuando uno tiene ocho, todo es más facil.

A medida que la relación con mi madre se puso más intensa, Eduardo Urquidi dejó de aparecer por casa. Un asunto de pudor, supongo. Urquidi esperaba en el auto y ella salía. A veces se quedaban ahí, conversando, bajo los frondosos árboles. Detestaba eso: que no ingresaran a la casa. Me hacía sentir que todos estábamos inmersos en algo corrupto. Eduardo Urquidi luego se iba y yo escuchaba a mi madre llorar en su pieza. Mis hermanos chicos me preguntaban si estaba enferma.

—No —les decía—. Tiene pena.

En noches como esa me imaginaba a Cristóbal estudiando, rodeado del calor familar: su padre junto a su madre, sus hermanos jugando en la pieza contigua. No me parecía justo. Pensaba: si Cristóbal supiera lo que sé, si se enterara antes de la Prueba, a lo mejor no *todo* le saldría como desea. Tendríamos algo en común, sabría en carne propia lo que se siente.

Eduardo Urquidi diagnosticó que uno de mis ojos era más débil que el otro. El derecho trabajaba por el izquierdo. Sufría de astigmatismo, sentenció. Si el ojo malo no trabajaba, podría atrofiarse.

—Es como la vida, Álvaro.

—¿Cómo la vida, doctor?

—Cuando alguien hace las cosas por ti, te dejas estar. Sólo sacas músculo cuando trabajas.

Cristóbal agregó:

—Te darás cuenta de que antes estabas como ciego. Vas a ver cosas que nunca viste.

Eduardo Urquidi me puso un parche sobre el ojo izquierdo. El parche tenía que estar fijo, día y noche, durante seis meses, mínimo. Los anteojos, me dijo, serán para toda la vida.

—¿Para toda la vida?

—Para siempre, sí. Te vas a acostumbrar. Confía en ti.

—Vale: confiaré en usted.

Eduardo Urquidi me esquivó la vista. Pero no decía nada. Nunca me dijo nada. Callaba. Pensaba que atiendiéndome en forma gratuita podía expurgar sus pecados.

Cristóbal tuvo razón: cuando me entregaron los anteojos en la sucursal de Rotter & Krauss, vi cosas que antes nunca vi. El mundo se me volvió nítido, preciso. Ese primer par, sin embargo, me duró poco. Cuatro meses, a lo más. Raimundo Baeza me los quebró esa noche de la que les quiero hablar. Esa noche del día de los inocentes en el patio de la casa de Claudia y Florencia Marconi.

La semana antes de la Prueba, Florencia Marconi me anunció que estaba embarazada y que yo era el responsable del lío. Estábamos en un supermercado, en la sección congelados. Los dos vestíamos pantalones cortos y poleras. El frío del hielo humeante me

paralizó. Pensé: esto es grave y es solemne y debería sentir algún grado de emoción. Sólo pude decir:

–Espero que esto no afecte mi puntaje.

Florencia no era exactamente mi novia. Era, más bien, mi amiga. Amiga con ventaja. Durante esos seis meses no dejé de estar con ella. Florencia me enseñaba muchas cosas. Veía las cosas de otro modo y eso me gustaba. Me gustaba muchísimo. Me hacía sentir mayor, con experiencia, en control.

—¿Quieres que nos casemos? —partí—. Puede ser. No me asusta. Igual pasamos todo el día juntos.

—No —me respondió con toda calma—. Jamás me casaría contigo. Cumplí quince la semana pasada. No me voy a casar a lo quince.

—¿Por qué no?

—Porque uno a los quince está preocupada de ir a bailar y de los galanes de la tele y de llenar diarios de vidas.

—A ti no te interesan esas cosas.

—Ya, pero igual tengo quince. Además, no me quieres.

—Oye, te quiero. O sea, sí… siento cosas por ti.

—¿Cosas?

—Sí, cosas.

Florencia detuvo el carro y me miró fijo a los ojos, sin pestañear.

—Crees que me quieres pero a lo más te gusto. Estás conmigo porque el sexo es fácil y bueno y porque no te jodo.

—¿Y tú?

—¿Yo qué?

—¿Me quieres?

Intenté tomarle la mano, pero no me dejó.

—No seas cursi, Álvaro. No te viene.

—Dime.

—¿Qué?

—Tú sabes.

—Espero conocer más hombres, ¿ya? Fuiste el primero. Estuviste bien. Te tengo cariño. Y un poco de pena.

—¿Pena?

—Sí, pena. No es un mal sentimiento.

—¿No te casarías conmigo, entonces?

—No creo en el matrimonio.

—¿Cómo no vas a creer en el matrimonio?

—Me parece una institución insostenible.

—Florencia: tienes quince.

—¿Y? Por eso tengo que ser huevona.

—No pero…

—No soy como mi hermana, ¿ya? Mi meta es siempre tener un mino cerca.

—Yo no soy un mino.

—Sí sé. Además, por qué tanto alboroto con el tema de la edad. ¿Tú acaso tienes cuarenta y dos? Mentalmente, los hombres siempre tienen diez años menos así que más te vale que te calles.

Florencia extrajo dos cajas de helados y las puso en el carro. Cerca de nosotros se detuvo un hombre mayor con un niño de unos tres años. El niño estaba sentado en el carro y comía un dulce. Su boca estaba llena de chocolate derretido, lo mismo que su ropa y sus manos.

—Mira a tu madre, Álvaro, mira la mía. Ahí tienes dos buenos ejemplos. ¿Para qué nos vamos a casar?

—Para estar juntos y criar al niño. Para que él no sufra lo que hemos sufrido.

—Yo no he sufrido tanto, no exageres.

Seguimos por los pasillos. Florencia era joven pero hablaba como adulta y leía como vieja. En la sección galletas me dijo:

—Debí haber ido al ginecólogo de mi hermana. Mi padre me lo alertó esa vez que nos sorprendió en su cama. ¿Te acuerdas?

Florencia era la única hermana de Claudia. La conocí en su

casa. Claudia invitó a un par de compañeros a estudiar. Entre ellos, Raimundo Baeza y yo. Nadie invitaba a Cristóbal Urquidi en esos días y eso me alegraba. Claudia era divertida e hiperkinética y le gustaba subir a esquiar y faltar a clases. También deseaba entrar a periodismo, pero se conformaba con publicidad o pedagogía en algo. Siempre llegaba a clases con revistas de moda. Claudia, en rigor, siempre estaba a la moda. La madre de las dos vivía en Europa, trabajaba para un organismo internacional, algo así. A veces les enviaba una caja repleta de Toblerone y revistas Vogue. Esa tarde, me acuerdo, Claudia terminó encerrándose en una pieza con Raimundo Baeza. Florencia tomó té conmigo. Vimos un rato televisión. Florencia me contó de su vida en otros países. No parecía una chica de quince años.

—¿Entonces qué vamos a hacer? —le pregunté mientras nos acercábamos a la caja para pagar—. Yo te puedo ayudar a cuidarlo.

—¿Cuidar qué?

—A nuestro hijo.

—No seas cursi, Álvaro. Sabes que tolero todo menos la cursilería.

Florencia no era fea. Era distinta. Nunca había estado con una mujer distinta. Yo pensaba que todas eran exactamente iguales. Florencia usaba unos inmensos anteojos con marco negro, antiguos. Usaba el pelo muy largo, liso y recto y negro que le cubría toda la parte posterior de su uniforme. Florencia me dijo una vez que yo era un creyente al que sólo le faltaba fe. Nunca nadie me había dicho algo tan bonito. ¿Cómo no la iba a querer? ¿Pero eso era querer?

Florencia perdió su virginidad conmigo, pero no su inocencia. Esa la perdió años atrás. En ese aspecto éramos opuestos. Ella sabía mucho más que yo. Florencia me despejaba y, a la vez, me concentraba. Lo hacíamos en su casa, casi todas las tardes, mientras escuchábamos discos de jazz que ella se conseguía en

el centro. Florencia me enseñaba vocabulario y desarrollábamos facsímiles de la maldita Prueba. El padre de Florencia llegaba de madrugada. Claudia a veces no aparecía hasta el día siguiente.

—¿Entonces?

—Entonces qué. Ya tomé la decisión y punto. No me puedo ir a estudiar a Francia con un crío.

—¿Y yo?

—¿Tú qué?

—Lo que opino yo.

—Estás un poco grande, Álvaro, para comportarte como pendejo. ¿De verdad crees que hay otra solución? Tengo quince, por la mierda. Quince ¿En serio piensas que voy a tener un bebé que no quiero sólo para que no te sientas mal? No crees que estamos un poquito grandes para eso.

—No sé, Florencia.

—Ese es tu problema. Nunca sabes nada, nunca ves lo que hay que ver.

La ruta que une la capital con la costa es corta y, en general, expedita. Es un camino que me gusta y que conozco bien. Hice mi memoria para el título de ingeniero sobre la carretera, por lo que cada puente y curva me son en extremo familiar. El camino ahora es de doble calzada. Sin pasar a llevar ninguna ley, uno puede alcanzar el puerto en una hora cuarenta.

El país ha cambiado mucho en poco tiempo, eso es innegable, pero hay costumbres que se niegan a desaparecer. Como hacer un alto en el camino y comer algo. El más conocido y legendario de todos los locales en la ruta es una estructura baja de piedra que se define a sí misma como una hostería. En invierno, la chimenea siempre está encendida y los leños de eucaliptus chisporrotean en medio de las llamas.

Son apenas las seis de la tarde y vuelvo de un lluvioso paseo

por la playa con Simón, mi hijo, que acaba de cumplir diez, una edad fronteriza bastante incómoda, en la que uno no sabe si lo que tiene en frente es un niño con sueño o, por el contrario, un cínico adolescente en miniatura que te está poniendo a prueba. Con Simón recorrimos el litoral central. Florencia tenía que estudiar para un examen. Está terminando su doctorado. Cuando está muy agobiada con el tema académico, nos arrancamos con Simón por ahí y la dejamos sola. Los tres salimos ganando. Ella nos echa de menos y nosotros aprovechamos de conversar de hombre a hombre.

—Voy a ser padre —le deslizo a Raimundo Baeza—. No sé qué hacer. Estoy cagado de miedo.

Hay cosas que uno no se puede guardar, que tiene que compartir con alguien, incluso con alguien en el que no confía. Raimundo Baeza parece mayor que nosotros, muchísimo mayor, pero no lo es. Es muy moreno y se peina hacia atrás, con gomina. Su reloj es de oro, lo mismo que su cruz. Algunos en el preuniversitario dicen que parece extranjero, caribeño. Lo más impresionante son sus espaldas. Raimundo Baeza va a clases con camiseta, incluso en invierno, y usa botas vaqueras. Nadie de nosotros usa botas. Raimundo Baeza, además, parece contar con otro mundo fuera del preuniversitario. Deja caer anécdotas de sus fines de semana. De mujeres increíbles, de moteles que parecen discotheques, de casas en la playa y refugios en la nieve.

Estamos en su casa, en su inmenso cuarto lleno de afiches de chicas en traje de baño y autos de carrera. Cristóbal Urquidi está en el baño. Desde que hablé con él, se volvió inestable, irascible. Empezó a juntarse con Raimundo Baeza. Urquidi, además, comenzó a bajar de peso. Raimundo me dijo que Urquidi le robaba recetas a su padre y las falsificaba y luego se conseguía anfetaminas a un precio ridículo.

—Mira, trajo un montón. Te quitan el sueño y el apetito.

—Igual no tengo hambre.

—Mejoran tu rendimiento. *Todo* tipo de rendimiento —y se ríe. Luego se traga dos con un poco de la cerveza.

—Urquidi está cada día más loco —me dice—. ¿Te acuerdas cuando llegó? Parecía como si siempre estuviera a punto de llorar. Ahora es otro. De verdad. Es como si, de pronto, al huevón todo le importara un pico.

En el último ensayo a los dos nos fue bien: en el quince por ciento superior del curso. Urquidi, en cambio, bajó más de trescientos puntos.

—Ojalá las pastillas le suban el puntaje; igual es como penca que cague de nuevo —me comenta antes de insertar un betamax en su videograbador. Es una película porno, en inglés.

—Me las trajo mi hermano de Georgia. Estuvo como seis meses en Fort Benning, un pueblo infecto donde lo único que hacía era ver pornos y tomar. ¿Sabes lo que es el Colegio de las Américas?

—¿Dónde van los hijos de los diplomáticos?

—No exactamente.

La película parte con una toma a una oficina. En la oficina hay dos enfermeras y están limándose las uñas. Suena un timbre. Una de ellas, con una falda muy corta, cruza la oficina y abre la puerta. Hay dos policías, tipo *CHiPs*, pero los dos son más tipo Erik Estrada que el rubio, y lucen bigotes mejicanos y anteojos Ray Ban.

—¿Así que papá soltero?

—Sí.

—Ojalá nunca me pase eso.

—Yo quiero, pero ella no quiere.

—¿Casarse?

—Tenerlo.

—No entiendo. ¿Tú quieres casarte y ella quiere liquidarlo? ¿Eso?

—Sí. Más o menos. No lo expresaría de esa forma, pero sí.

—No te creo.

—Sí.

—Puta, Ferrer, la media suerte, compadre. Naciste parado. Eso no lo cuenta nadie. Deberías estar agradecido, en serio.

Raimundo baja el volumen del televisor. Anda con una polera sin mangas y pantalones cortos. Sus piernas son largas, anchas y cubiertas con tantos pelos que no se ve la piel. En la alfombra, cerca de la ventana, hay un tortuga, me fijo. Está con la cabeza escondida.

—No puedes contarle a nadie —le digo.

—Secreto militar. Ni con tortura hablo, te juro.

Raimundo entonces me agarra del brazo y me dice:

—Conozco gente que te puede ayudar. En caso de que cambie de opinión.

—No creo.

—Es mina. Las minas cambian de opinión siempre. Mejor estar preparado. Mi hermana se involucró de más con un amigo mío, ex amigo, el muy hijo de puta, y nada… lo solucionamos. Rápido y limpio, llegar y llevar. En esta familia no dejamos que nos culeen así como así.

—¿Dónde?

—Por ahí. Puta, la muy puta de mi hermana tenía trece. Trece y ya le gustaba el que te dije. ¿No encuentras que es poco?

—Algo.

—¿Qué edad tiene tu mina?

—Florencia. Se llama Florencia. No le digas "mina".

—¿No me digas que es la hermana de la Claudia Marconi?

—Sí.

—No puede ser. ¿De verdad te gusta?

—Sí.

—Puta, esa pendeja tiene como catorce.

—Tiene quince.

—Ah, no es tan chica.

—No.

En eso ingresa Urquidi. Está muy pálido, con una barba incipiente. Nunca imaginé que Cristóbal Urquidi podría siquiera afeitarse.

—¿Estabas cagando que te demoraste tanto?

—No. Me sentía mal. Creo que tengo la presión alta.

—Los nervios —le digo—. El *stress* de la Prueba.

Urquidi me mira, pero no me responde. Es como si no tuviera nada adentro. De verdad pareciera que todo le diera lo mismo. Urquidi se sienta en el suelo y comienza a acariciar la tortuga.

—Te pueden acusar de estupro, Ferrer, porque tú eres mayor.

—No soy mayor, huevón. Qué voy a ser mayor.

—Legalmente, sí. Te pueden meter a la cárcel al tiro. Tienes más de dieciocho, se supone que sabes lo que haces.

—Se supone.

—Supongo que sabes lo que le hacen a los huevones como tú en la cárcel.

He estado en esta casa antes. Varias veces. Con Raimundo hemos estudiado para la Prueba Específica de Sociales. A veces me he venido directo del Pre en el auto oficial de su padre, que viene con chofer. Raimundo trata al chofer de "Chico" y lo envía a comprar marihuana o hamburguesas. Raimundo quiere ser abogado. Necesita ser abogado. La familia quiere un abogado y no creo que se atreva a decepcionar a su familia. El padre de Raimundo es Coronel: enseña en la Academia de Guerra. Toda su familia está relacionada con el Ejército. Su hermano mayor, el que estuvo en

Fort Benning, se graduó con honores de la Escuela Militar. Según Raimundo, fue compañero del cadete que tropezó.

—Yo te puedo ayudar —me repite—. Tú verás cómo me devuelves el favor. Estoy seguro de que se te ocurrirá cómo.

No se me ocurre qué decirle.

Urquidi suelta la tortuga y ésta asoma su cabeza.

—¿Cómo se llama tu tortuga?

—Dartañán —me responde Cristóbal Urquidi.

—Ah.

Raimundo se sienta en su cama y comienza a cortarse las uñas de los pies. Urquidi agarra la tortuga y la coloca arriba de la cama pero la tortuga se asusta y esconde su cabeza. D'Artagnan está en la alfombra, con la torturga en sus manos. En la televisión, dos bomberos penetran a una doctora asiática que gime muy fuerte.

—El negro lo tiene más grande que el blanco —comenta Urquidi.

—Y el blanco se afeita las huevas, fíjate.

—¿Pero qué le hicieron a tu amigo? —le pregunto en voz baja.

—¿Qué?

—¿Qué fue de tu amigo… el que se metió con tu hermana?

Urquidi deja de mirar el televisor y mira a Baeza.

—Dejó de existir.

—¿Cómo?

—Nada. Dejó de existir.

—No te creo.

—No me creas.

—¿Pero qué le hiciste? —le insisto—. ¿Qué le hicieron a tu amigo?

—Mi padre se encargó. Yo no me manché.

Cuando Raimundo deseaba reírse, podía tener una sonrisa

feroz, una sonrisa que asustaba. Pero serio, podía ser peor, mucho peor. Ahora estaba serio.

—Calma, viejito. Está vivo, pero digamos que nunca podrá ser padre. Una lástima, ¿no?

En tres semanas más, cuando la ciudad esté evacuada por el calor, sabremos los resultados. Mientras tanto, no hay mucho que podamos hacer excepto esperar. Los resultados saldrán, como cada año, en el diario, en tres suplementos consecutivos, cada postulante con su nombre y apellido, más sus puntajes para consumo de quién quiera enterarse. Son más de cien mil nombres, en orden alfabético. Algunos privilegiados obtendrán los resultados unos días antes. Son los privilegiados de siempre y, como tales, no me cabe duda de que les irá bien. Yo he decidido esperar el diario. Me levantaré temprano y partiré a comprarlo al kiosco de la esquina.

La Claudia Marconi puso la casa y la carne y los hombres trajimos trago y cerveza y las mujeres ensaladas y postres. El padre está en la playa, con una mujer que Florencia desprecia por vana. Hay gente aquí que sólo conozco de vista. Son del preuniversitario, pero de los cursos matemáticos. Claudia ahora sale con José Covarrubias, que quiere entrar a Ingeniería. José y sus amigos están acá, pero han formado un grupo aparte, al otro lado de la piscina que tiene la forma de un riñón y es muy profunda. Los tipos están muy borrachos y cuentan chistes cochinos. Cristóbal Urquidi está con ellos. Parece otro. Está totalmente intoxicado. Drogado, diría.

Raimundo Baeza está en el living, con una chica de shorts, muy rubia, con el pelo cortísimo y los párpados pintados de azul. Me llama la atención que ella esté porque Claudia dijo que el asado era exclusivo para gente del Pre.

—¿Sabes quién es? —me comenta Florencia mientras aliña

una ensalada de lechuga. Me fijo en los rábanos. No están cortados en rebanadas. Están enteros. Son muy rojos y flotan entre las olas verdes.

—¿Quién?

—La muñeca de Raimundo.

—No sé. Igual no está mal.

—Ese programa de los patines que dan los domingos después de almuerzo. ¿Lo has visto?

—No.

—Mis compañeros de curso no se lo pierden. No puedo respetar una mina que patina en la tele. Sólo Raimundo puede traer a una mina que patina a un asado.

—Para lucirse —le digo.

—Obvio.

Florencia visitó un médico y éste le confirmó sus sospechas. Él estuvo de acuerdo con que lo mejor sería eliminar el problema. Florencia habló con su padre. Éste no se enojó. Le echó la culpa a la madre. Él se encargará de todo. Pensé que quizás me iba a llamar, denunciarme a la policía, algo. No hizo nada. Florencia cree que es lo mejor y me ha convencido de que así es. La operación será después de Año Nuevo. Me ofrecí a acompañarla a la clínica, pero ella no quiere. No me atrevo a seguir tocándole el tema. Pero el tema me sigue tocando a mí. No pienso en otra cosa.

Ese año que terminó tan mal lo comencé lejos. En Paraguay, en medio de la selva, a orillas del barroso Paraná, en una aldea sofocante, corrupta e infecta de nombre Ciudad Stroessner. El pueblo vivía del contrabando fronterizo con Brasil y de la impresionante represa de Itaipú que estaba en sus etapas finales de construcción. Los que vivían ahí le decían "la axila del mundo". Tenían razón. Fui a visitar a mi padre. No lo veía en tres años. Su idea era que pasáramos un tiempo juntos, que nos conociéra-

mos. No hicimos ni lo uno ni lo otro. Mi padre huyó de nuestra casa por unos cheques, por estafa. Su importadora no funcionó. Llegué a Paraguay, arrendé un taxi y salí en su búsqueda, pero no estaba en la capital. Tomé entonces un bus desde Asunción que viajó toda la noche por unos caminos de tierra rojiza. Me recibió una mujer llamada Laura que tenía una voz muy ronca y el pelo muy largo. Laura era tan impresionante como inmensa y, quizás porque alguna vez fue cabaretera, no tenía cejas, sólo dos rayas pintadas con un lápiz oscuro que, con el calor, a veces se esparcía sin querer sobre su piel color ladrillo molido. Laura convivía con mi padre. También trabajaba con él. En las noches, borrachos, hacían el amor como si yo no estuviera. O como si desearan que escuchara.

En Puerto Stroessner me dediqué a tomar. Cachaza y gin. O cualquier cosa que tuviera hielo. Trataba de leer historietas, pero me costaba enfocar. A veces iba al único cine infecto que había pero casi todas las películas eran de karatecas. De vez en cuando cruzaba a pie al otro lado, a Foz, a ver películas gringas con subtítulos en portugués.

La mayor parte de ese verano lluvioso y transpirado lo pasé en un prostíbulo que frecuentaban tanto los obreros como los ingenieros extranjeros. Mi padre me dejaba dinero en las mañanas. Sabía para qué era. En Ciudad Stroessner, no había otra cosa en qué gastar. El local era una casa húmeda con azulejos trizados y olor a canela. A la hora de mayor calor, pasaba desocupado. Giovanna en realidad se llamaba Lourdes y era mitad guaraní, mitad mulata de Minas Gerais. A Giovanna el sudor se le acumulaba en los pelos de su pubis hasta que se llenaban de gotas. Giovanna tomaba mate todo el día. Juntos escuchábamos la radio. Tangos desde la lejana ciudad de Posadas, en Argentina. Casi nunca conversábamos, pero me gustaba resbalarme sobre su cuerpo. Giovanna me enseñó muchas cosas y siempre estaba contenta y una vez me dijo que yo debía sonreír más, en especial

cuando estaba por acabar porque sino daba la impresión de que, bien adentro de mí, yo no la estaba pasando bien y que estaba triste y perdido.

Mi padre traficaba alcoholes y café y cigarillos. Sus socios eran un libanés con olor a nuez moscada, un chino de Hong Kong que lucía ternos de lino y un chileno con los ojos hundidos y acento huaso de apellido Gándara. La oficina estaba en el último piso del único rascacielos, una construcción mezquina, obvia, rústica, que no hubiera resistido el más mínimo temblor. El día que se conmemoraba la fundación de la ciudad asistió el propio Stroessner. Pintaron todas las paredes azul, blanco y rojo. El pueblo se desparramó por las calles. Una banda tocaba marchas. Mi padre me presentó al general. Stroessner me dio la mano. Yo se la di de vuelta. La tenía helada y resbaladiza. Mi padre puso su brazo alrededor de mis hombros. Al general se le iluminó la cara. Luego nos tomaron una foto.

Los sábados por las mañanas tocaba ensayo. La Prueba partía a la misma hora que la real y concluía unas cuatro horas más tarde. A medida que uno se iba desocupando, podía salir de la sala. En la cafetería estaba Cristóbal Urquidi. La luz le caía en la espalda. Parecía un ángel o un fantasma. Revisaba un facsímil. Subrayaba frases, marcaba párrafos.

—¿Cómo te fue?

—Bien —me respondió sin levantar la vista—. Me sobró tiempo. ¿Tú?

—La parte de geometría estaba fácil.

—Valdés dice que es mejor no ponerse a revisar. Es mejor salir de la sala y olvidarse. Uno puede cambiar una buena por una mala. Eso creo que hice la última vez.

—Recuerda lo otro que nos recomendó: no estudien, no beban, no tomen tranquilzantes, desahóguense sexualmente.

Urquidi estuvo a punto de sonreír. Sabía que Valdés no hubiera dicho algo semejante.

—¿Qué piensas hacer el día antes?

—Nadar en la piscina de Florencia. De Claudia, digo.

Cristóbal Urquidi se demoró en procesar mi respuesta. Cerró el facsímil y me dijo:

—Yo no sé nadar.

—¿Pero puedes tomar sol? —le pregunté sorprendido.

—Nunca he tomado sol. Quedo rojo. No puedo, no me dejan.

Cristóbal se había cortado el pelo muy corto. Me di cuenta de que estaba salpicado de canas.

—Podemos ir al cine si quieres. La víspera, digo. Podemos armar un grupo.

—No creo. Me dedicaré a repasar con mi padre. Él espera mucho de mí. Me hace preguntas, revisamos palabras del diccionario. Eso es lo que hicimos el año pasado.

—Pero te fue mal.

—Me puse nervioso. Pero de que sabía, sabía.

Un par de tipos ingresaron a la cafetería y subieron el volumen de la radio. La sala entera se llenó con el sonido de un grupo pop que ese año sonó mucho y del cual nunca más se supo.

—¿Y tus anteojos? ¿Bien?

—Veo mucho mejor, sí. Gracias. Estoy en deuda.

—Yo no hice nada. Fue mi padre.

—Tu padre. Claro. Otra vez tu padre.

Entonces me dije a mí mismo: "ésta es tu oportunidad; la oportunidad que habías estado esperando".

—Es raro que nunca hemos tocado el tema —partí—. Es complicado, lo sé...

—¿Qué?

—Bueno, tú sabes.

—¿Sé qué?

—Mira, Cristóbal, de verdad me caes bien… perfectamente pudimos ser más amigos, haber estudiado juntos…

—Estudiar en grupo es mejor que estudiar solo.

—Exacto. Pero me complicaba. Tú entiendes.

—¿Te complica estudiar? En la universidad es mucho peor: ahí sí que se estudia.

—No. No me refiero a eso. Creo que tú sabes. Es más: creo que te complica más a ti que a mí.

—¿Qué? —insistió—. ¿No entiendo hacía dónde vas con el tema? ¿De qué hablas?

—Del lazo que existe entre nuestras familias.

—¿Cómo? ¿Qué lazo?

—Dudo, además, de que te hubieras sentido cómodo en mi casa. Sé que en la tuya, con tu madre presente, a mí se me hubiera hecho muy difícil estudiar…

Me quedé callado un rato buscando las palabras precisas, pero no llegaron. Decidí continuar igual.

—Mi madre puede estar errada, es cierto; quizás esté cometiendo un error, pero no por eso deja de ser mi madre. ¿Me entiendes? Ponte también en mi lugar.

—Disculpa, Álvaro, de verdad no te entiendo. ¿De qué me estás hablando?

—De mi madre y de tu padre. De lo que tenemos en común. ¿Tú crees que estos anteojos me salieron gratis sólo porque estaba en tu curso? ¿Si ni siquiera somos amigos? Basta sumar dos más dos.

—Si quieres decirme algo, dímelo en forma clara.

Eso fue lo que hice. Y bastó ver cómo sus ojos perdieron su fondo para que me arrepintiera al instante del crimen que acababa de cometer.

Sobre el tablón estaban sentados Raimundo Baeza y la chica de los patines. Conversaban muy de cerca, como si fueran novios. Ella se reía con lo que le susurraba a su oído. Parecía que flotaran sobre el agua.

Los veranos en Santiago pueden ser atroces. Diciembre y enero son los peores meses y a las tres de la tarde, con los Andes secos como telón de fondo, uno siente que se va a derretir. No es un calor húmedo sino seco y lo más desagradable es la resolana. Pero hacia las ocho de la tarde, el panorama cambia. Uno capta que Santiago es precordillera, puesto empieza a refrescar. De las montañas baja una brisa helada y, antes de la medianoche, ya está fresco. La temperatura baja unos veinte grados. Las noches en Santiago, incluso las noches más calurosas, siempre son frescas.

Esa noche, en cambio, estaba tibia. Tan tibia que parecía que estábamos en otro país, en otro sitio.

Florencia se escabulló a la cocina a sacar los helados del refrigerador. Yo me senté en una silla de lona. Me saqué los anteojos. Vi todo borroso, como antes. Ya estaba oscuro y la única luz era la de la piscina. Terminé mi cerveza. Había tomado más de lo necesario por el día. Cerré los ojos.

—¡Un, dos, tres, ya! ¡Hombre al agua!

Los abrí justo a tiempo. Un grupo de tipos estaban alrededor del tablón. Raimundo alcanzó a darse vuelta, a tratar de defenderse. Cristóbal Urquidi y José y un tercer tipo con aspecto de rugbista lo empujaron. Entre ellos estaba la chica de los patines. Se había unido al grupo. Raimundo se defendió, intentó sujetarse de Urquidi, aleteó en el aire, pero finalmente cayó.

—Puta, los huevones pendejos —me dijo Florencia, que reapareció, secándose la manos.

Los tipos se rieron de buena gana. Uno de ellos se sacó la camisa y los zapatos y saltó. Era gordo y gelatinoso. Raimundo, me fijé, seguía en el agua. Al fondo.

—En pelotas —escuché que gritó el José Covarrubias.

Caminé a la piscina. Me demoré. El pasto no estaba cortado y mis pasos enfrentaron una extraña resistencia. Claudia Marconi se deslizó fuera de su vestido quedando sólo en calzones. Sus pechos eran más grandes que los de su hermana. El grupo continuó riendo y aullando y tratando de tocarse. José ya estaba en calzoncillos, blancos. Raimundo seguía abajo. Me percaté de que nadaba. Más bien, se deslizaba por el fondo como una mantarraya. Su ropa era oscura, ancha. Se demoró en cruzar hasta la parte menos profunda.

José y Claudia se lanzaron al agua y salpicaron al grupo que continuaba en la orilla. Raimundo se acercó a la escalera y comenzó a intentar salir. Lo hizo lentamente. No era una maniobra simple. El agua le pesaba. Una vez afuera, Raimundo se sacó una bota. Litros de agua se escaparon del interior. La chica de los patines, conteniendo la risa, se le acercó. Raimundo la abofeteó tan fuerte que cayó sobre el pasto mojado.

—Fue tu idea, ¿no? —le dijo.

No le gritó. Se lo dijo pausadamente. Arrastrando cada una de sus palabras. Los que estaba dentro de la piscina callaron y dejaron de moverse. El agua, sin embargo, seguía alterada y la luz que se escapaba de ella rebotaba en forma inconstante.

—Sé que fue tu idea, puta. Admítelo.

Raimundo se acercó a ella como si su propósito fuera olerla. Me acuerdo de la intensidad que se escapaba de los ojos de Raimundo. Era rabia sin destilar. En ese instante supe que las vidas de todos aquellos que estábamos ahí esa noche serían afectadas por lo que iba a ocurrir.

—Dime, puta, ¿de verdad crees que te puedes reír así de mí? ¿De nosotros? ¿De los Baeza?

Raimundo la volvió a abofetear. El ruido fue tan severo que pareció un disparo.

—¿Cuál de estos te gusta? ¿Te lo podrías culear ahora mismo, en la piscina? Ya entiendo por qué necesitabas venir. ¿Por qué me

llamaste y llamaste para que te invitara? ¿Cuál de estos querías volver a ver?

—Quizás el mismo que tú, Raimundo.

Hubo un silencio. Florencia me tomó la mano. Algunos tipos salieron al agua, pero en silencio. Raimundo se sentó en el pasto, empapado. Contenía a duras penas las lágrimas.

—Calma, viejo. Fue una broma —le dijo uno de los matemáticos—. Todos nos vamos a meter. Relájate.

Fue entonces que vi a Cristóbal Urquidi caminar hacia Baeza. Estaba sin camisa. Su tronco era como el de un niño desnutrido. Se notaban sus costillas.

—Fue mi idea, Baeza. Mi idea. Último día, nadie se enoja.

La tenue voz de Cristóbal Urquidi se había potenciado. Pero era la voz de alguien que ya no se controlaba. Cada palabra parecía que la pronunciaba por primera vez.

—Es agua, loco. Agua.

Raimundo seguía en el pasto. Su cara escondida, bajo sus brazos.

—Corta el hueveo, Baeza —continuó, con tono desafiante—. Estás pintando el mono. Agua es agua, viejo. Agua es agua. No duele, no mancha, se seca. ¿Entiendes? Se seca.

Raimundo levantó la cara y lo miró fijo, atento. Alrededor de los dos, se formó un círculo de gente. Yo me acerqué muy despacio, intentando que nadie me escuchara.

—Sí, fue mi idea —insistió Urquidi, ufanándose—. ¿Algún problema? *Mi* idea. Y fue una muy buena idea, Baeza. Yo era el que te quería empujar. ¿Sabes por qué? Puta, por pesado. Y porque hay que celebrar.

Entonces Cristóbal Urquidi cometió una acción que lo hizo cruzar una cierta línea. Justo el tipo de línea que es mejor no cruzar. Fue la peor de las ideas. Nunca hay que acorralar a un caído, humillarlo, no darle otra posibilidad de escape que la violencia. Lo que Cristóbal Urquidi hizo fue agarrar la botella de un

litro de cerveza de la cual estaba tomando y darla vuelta sobre la cabeza de Raimundo Baeza.

—Ya, puh, deja de llorar. ¿Qué vamos a pensar de ti, soldado? ¿Qué eres puro bluff? ¿Qué todas tus aventuras son invento, Baeza? ¿Cuándo vas a volver a invitarme a ver los videos de tu hermano asesino? ¿Cuándo vas a volver a correrme la paja?

Baeza no hizo nada. Fue como si sintiera que se merecía eso. O le gustara. El líquido amarillo descendía desde su cráneo y la espuma se iba acumulando sobre su camisa. Incluso me fijé de que con su lengua la saboreó.

Pero eso no podía terminar así. Cristóbal Urquidi lo sabía. *Tiene* que haberlo sabido. No puede haber sido de otro modo. Raimundo Baeza no tuvo la necesidad de levantarse. Con su mano agarró la botella resbalosa. Yo pensé que la iba a lanzar lejos pero, en una fracción de segundo, la botella estalló en el cráneo de Urquidi. Cristóbal cayó al pasto y Raimundo se lanzó arriba de él. Urquidi no reaccionaba, no podía luchar de vuelta.

Yo corrí hacia donde estaban los dos y antes de que le dijiera algo como "basta, separénse", Raimundo me lanzó un combo que partió y trizó mis anteojos y me hizo rodar hasta el borde de la piscina. Traté de mirar, pero la falta de foco y la oscuridad no me permitieron captar lo que estaba sucediendo. Escuché gritos: "¡basta!", "¡córtala!", "¡déjalo!".

Entonces hice algo que no sé como explicar ni justificar. Seguí rodando y caí al agua. La ropa se me fue mojando de a poco mientras descendía como plomo hacia el fondo. Me quedé así, en el silencio acuático, hasta que me faltó el aire. Logré, con las manos, sacarme mis zapatillas. Me pesaban y no me dejaban subir. Cuando lo hice, escuché los gritos y el llanto antes de tocar la superficie. Raimundo Baeza iba saliendo, dejando una huella de agua por la alfombra de la casa. En el pasto, Cristobal Urquidi yacía quieto, la cara cubierta de sangre espesa. Seguí en el agua; estaba tibia, me protegía de algo mayor.

Cristóbal Urquidi estaba vivo. Raimundo Baeza, en su acto de locura, también sabía lo que estaba haciendo. Lo que hizo fue sentarse sobre su pecho. Esperó que Urquidi recobrara la conciencia. Cuando lo hizo, Baeza agarró sus dos inmensos pulgares y los insertó lo más posible en los ojos de Urquidi hasta que los reventó. Fue un ruido que nunca escuché. Florencia me dice que nunca podrá olvidarlo.

No llevábamos cinco minutos en la hostería cuando lo vi entrar. El mozo aún no nos traía el pedido; Simón estaba impaciente. Afuera ya era de noche, lloviznaba, el local estaba prácticamente vacío. Raimundo Baeza estaba exactamente igual a como lo vi la última vez, esa noche del 28 de diciembre, unos once años atrás.

Con el tiempo me he ido dando cuenta de que poseo una cualidad que no todos tienen. Soy capaz de advertir la aparición de alguien con el cual no me interesa toparme desde lejos. Los huelo a la distancia, es como un radar que me alerta. He cruzado veredas sin saber por qué, para luego, al instante, darme cuenta de que, gracias a esa maniobra, evité toparme con alguien que no deseaba ver.

Si uno no se cuida, puede encontrarse con mucha gente.

Quizás por eso mismo, por esa capacidad que tengo, fue tan inesperado ver a Raimundo Baeza entrar y sentarse en la mesa que estaba a mi lado. Baeza no estaba solo. Lo acompañaba una mujer. Una chica, más bien, de unos veintidos años. Su esposa, quizás, porque ambos, me fijé, lucían argollas e ingresaron con un coche en el que dormía una criatura. Estoy seguro de que Raimundo me reconoció porque yo lo vi más de lo que quise, tanto que nuestras miradas se toparon. Lo que alcancé a ver, por una fracción de segundo, fue la misma mirada de esa noche en la piscina. Pero Baeza se hizo el desentendido. Lo sé, me consta, porque conozco perfectamente la manera como se puede estar en frente de alguien y así y todo evitarlo. Baeza se sacó su casaca

y me dio la espalda. El mozo se acercó a ellos. Alcancé a escuchar a la mujer pedir, en un acento foráneo, un vaso de agua tibia.

Simón me quedó mirando y me preguntó si lo conocía, que por qué lo observaba tanto.

—Hace años —le expliqué—. Antes de que tú nacieras.

—¿Era un amigo tuyo?

Lo que le dije fue la pura y santa verdad, aunque no toda. Le dije que alguna vez, en una galaxia muy lejana, había sido compañero de curso y que tanto su tía como su madre lo conocían. No le conté más. Pagué a la salida. Nuestro pedido se quedó en la mesa, enfriándose.

Las palmas del *ghetto*

Tomás González

A eso de las once Ignacio entró al almacén de la mujer del Gordo a decirle a Selene que necesitaba hablarle con urgencia.

—Sentate ahí si querés, que tengo una clienta —dijo ella.

Ignacio se sacudió la nieve y se sentó a esperar mientras Selene, al frente del vestuario, se mordía el labio inferior y se miraba la punta de los zapatos. Al rato salió la clienta con unos pantalones amarillos muy apretados que brillaban en las nalgas como soles y se paró frente al espejo.

—¿Qué tal se me ven, querida? —dijo.

Pasó por la ventana una familia de coreanos a punto de elevarse entre los copos de nieve. Pasó, agachándole la cabeza a la ventisca, el dueño de la Carnicería Medellín, donde Ignacio compraba fríjoles secos y harina para arepas. Durante algún tiempo había comprado allí también la carne, pero dejó de hacerlo después de que lo vio rascarse el ano y tasajear, muy nítidas y profesionales, unas tiras de tocino. Y pasó, también entre los copos de nieve, el automóvil de Danilo.

Selene llevaba dos meses en el almacén. Ignacio sabía que no estaba al tanto de muchas cosas, y había venido a contarle en lo que estaban metidos Nelson y el Gordo; a decirle quién era él (es

decir, Ignacio); a contarle lo que ahora estaba pasando y avisarle de lo que en muy pocas horas pasaría.

12 a.m.

A las doce Danilo seguía dando vueltas como un abejorro alrededor de la cuadra. La clienta se había ido por fin, e Ignacio había podido explicarle todo con calma a Selene. Ella se asustó mucho al principio, por supuesto, y empezó a llorar, pero al rato se calmó y se secó las lágrimas con un *Kleenex*, apretándolas como a tinta con un secante, para no correrse el maquillaje. No se pintaba mucho; apenas para hacer lucir al máximo sus ojos grandes, que tenían forma de almendras y mirada lenta, como de ondas de mar.

—A mí por Nelson y por los otros no me importa. Pero qué pesar del Gordo —dijo.

Gerardo, el Gordo, no obstante vivir de lo que vivía; no obstante tener que verse involucrado de vez en cuando en una que otra muerte, era un hombre bueno. Dos cosas lo preocupaban en la vida: su familia y las grasas de la sangre. Se la pasaba haciéndose medir el colesterol y los triglicéridos, y acostumbraba imaginarse los bultos de colesterol que daban tumbos contra las arterias, se depositaban y empezaban a acogotar el corazón. Al negocio lo trataba con cierto desapego y hasta con repugnancia; pero era eficiente y, en el fondo, mucho más cauteloso que su hermano Nelson, que tanto gustaba de tecnologías, números y nombres en clave.

Selene era prima de Ligia, la esposa de Nelson. Ligia era bella y gustaba de hablar de las cosas que había comprado o pensaba comprar. "Estaban vendiendo en Saks unos zapatos de ataque, querida", decía, por ejemplo, "pero no tenían mi talla". Tenía pies grandes y tendía a comprar zapatos demasiado chicos, que le producían callos y juanetes. Debía visitar al podólogo con frecuencia. Cuando Ligia decía "adiviná lo que compré, querida",

Selene, sin darse cuenta, comenzaba a exasperarse. Para ropa, podólogo y joyas, Ligia tenía que arrancarle la plata a Nelson, que había sido contador titulado antes de empezar el negocio y, quizás por eso mismo, era tacaño.

Al salir del almacén, Ignacio vio otra vez pasar el Honda del retardado de Danilo, que, sin mirarlo, le hizo una señal con el meñique. ¡Gafas de sol en semejante nevada!, pensó Ignacio.

A la una de la tarde entró al apartamento de Selene y guardó las cervezas en la nevera sin sacarlas de la canasta de cartón ni de la bolsa plástica. Destapó una cerveza y se sentó en el sofá a mirar la foto de los padres de Selene que había sobre el televisor, tomados de la mano en un antejardín de Cali. La madre, aún joven, tenía ojos moros como los de Selene; el papá cargaba tres bolígrafos en el bolsillo de la camisa.

Ignacio tenía que llamar a Paul, que estaba a cargo de la investigación.

—Yes —le dijo a Paul—. It's there, yea. What do you mean? Of course I did. You think I am stupid? Yes. Yes. Yes. Okay.

Su inglés era muy fluido y muy fuerte; inglés de alguien de Medellín.

Colgó el teléfono y dijo "policías hijos de puta". Si se hubieran burlado de Nelson la vez que dejó escapar el par de nombres que ahora los hundían a todos, Ignacio no los habría despreciado tanto. Pero Paul, después de oír lo que dijo Nelson aquella vez, sólo había murmurado "los agarramos", e Ignacio lo vio quitarse las gafas de hipermétrope y los auriculares; poner al descubierto sus ojos duros como piedritas; acomodarse la repugnante corbata de misionero protestante y colocar en una bolsa de manila las cintas grabadas que perderían para siempre a Nelson y enredarían a muchos inocentes.

Danilo, que además de torpe era ignorante, lento, bruto y malvado, pasó frente a la casa. Manejaba con el brazo afuera, para mostrar su reloj y su arrogancia. "Hasta que un camión lo deje

manco", pensó Ignacio mientras iba hasta la pared, se ponía en cuclillas y empezaba a cortarla cuidadosamente con una cuchilla. El temblor de las manos era apenas perceptible. Separó el trozo de pared y aparecieron los paquetes. Muchas veces había tratado de explicarle a su familia cómo se construían las casas en Estados Unidos. Que de ladrillos se olvidaran, les decía; las paredes estaban vacías por dentro. Clavaban láminas de yeso prensado sobre estructuras de madera o metal y se alcanzaba a oír todo de un cuarto al otro. Y aunque todos se admiraban, él no creía que verdaderamente entendieran lo ilusorias que eran aquí las paredes, la vida. Parezco un ratón, una rata, pensó al mirar el roto por el que se veían los paquetes de billetes.

Cuando Selene llegó, a eso de las seis de la tarde, hacía ya mucho tiempo que él había vuelto a colocar el trozo de pared, le había puesto cinta y había masillado, pintado y secado la pintura con el secador de pelo. Luego había salido a guardar tres paquetes en una de las casillas de la Greyhound, en Nueva Jersey. Era el dinero que se iba a llevar (no a robar, pues, cuando todo estallara, el enorme billeterío que movían el Gordo y Nelson quedaría por un instante en el aire). Después había ido al apartamento de Huevoduro, en Queens, a dejar allí otros dos paquetes de dinero. No a "inculparlo", pensó Ignacio, pues esa no era la palabra en el caso de alguien como Huevoduro que vivía en un sitio donde las bolsas de droga eran tantas, en las paredes, en el techo, hasta en el horno, que uno terminaba por perderles el respeto y mirarlas como si fueran de harina de maíz para arepas, sino a crear una cortina de humo sobre los dineros que Ignacio mismo se llevaría. Había regresado, en fin, a esperar a Selene, y ahora sólo alguien que supiera lo que había estado haciendo habría notado el leve olor a pintura en el aire.

Selene era firme por todas partes, suave por todas partes; su amor envolvía por todas partes y todo lo llenaba. Entrar en ella era como entrar al paraíso terrenal.

7 p.m.

A las siete y media de la noche Selene le dijo a la mesera que sólo quería un pedazo pequeño de morcilla con rodajas de tomate. "Pero no me lo des demasiado pequeño tampoco, ¿oíste?", advirtió. Ignacio pidió mondongo. Y mientras aspiraba el humo casi asfixiante de la sopa, se admiró de que las mujeres bellas se las arreglaran para comer sangre coagulada y arroz embutidos en duodeno de cerdo como si fueran frutas, fresas.

Selene había viajado a Nueva York con su padre después de terminar el bachillerato. Su padre dijo que Estados Unidos no era para ellos (es decir para él y la madre de Selene, que se había quedado en Cali esperando que su marido decidiera si Estados Unidos era o no para ellos) y se devolvió luego de seis meses; Selene decidió quedarse, pues ya se había inscrito a clases de inglés y el Gordo y Nelson estaban consiguiéndole la tarjeta del seguro social.

—¿Tenés miedo? —preguntó Ignacio.

Sí, dijo ella. Claro que tenía miedo.

—Lo malo es que ya no te podés ir. Hay que esperar que se termine todo.

Sonó el despertador a las cinco de la mañana y a Ignacio le quedó intacto en la mente el sueño en que Selene, rencorosa, le acercaba la cara y le decía "¡sapo, sapo!". La dejó durmiendo y salió a encontrarse con Nelson en el parque de Flushing, de donde saldrían para las bodegas del aeropuerto a recoger más material. Nelson acostumbraba decir que ciertos trabajos prefería hacerlos en persona, pues los empleados, por buenos que fueran, nunca les ponían el mismo empeño.

—¿Hablaste con L7? —preguntó—. Está lisa como jabón esta hija de puta carretera.

Ignacio sabía bien quién era L7. Para irritar a Nelson y sacudirse su propia irritación preguntó:

—¿Abigail? ¿Matarratas?

—No me digás que todavía no te sabés los hijueputas códigos —dijo Nelson—. Lo que pasa, hombre Ignacio, es que uno nunca sabe…

Y ya iba a soltar su parrafada sobre la importancia de mantener los códigos de manera estricta, así fuera para comunicarse desde lugares que al parecer no ofrecían riesgo alguno, cuando Ignacio lo interrumpió:

—No me vengás otra vez con eso, Nelson, ¿sí? Ese discursito ya me lo sé de memoria, ¿sabés?

—Bueno, pues entonces aplicalo, aplicalo —dijo Nelson con tono casi paternal, furioso en realidad.

Ignacio lo miró con sorna. No sabés lo rápido que te vas a empezar a podrir en la cárcel, pensó. "Hablé. Hablé con Matarratas", dijo, y Nelson masculló algo que seguramente era un insulto. A los demás los maltrataba con ese estilo suyo cortante, frío, repleto de desprecio y engreimiento; con Ignacio, que era, o alguna vez había sido, médico, se cuidaba: para Nelson los seres humanos una vez se titulaban, y más si era en medicina, pasaban a una esfera superior de existencia.

A las siete y media de la mañana salieron del aeropuerto para donde Abigail Echeverri, alias Matarratas. Abigail vivía en uno de los apartamentos más alejados, en Queens, cerca de la última estación del *subway*. Todos los antejardines estaban cubiertos de nieve. En algunos había árboles de Navidad, muñecos del Papá Noel y cuadrigas de alces.

—¿Qué más ha habido, galeno? —dijo Abigail—. ¿Don Nelson, cómo está?

Nelson no respondió.

—Que más Abigailcito —dijo Ignacio.

—Andá Matarratas empezá a traer los talegos del carro, ¿sí? —dijo Nelson—. Pero mosqueate, ve, que vos a ratos parece que tuvieras plomo en el culo. ¡Claro! ¡Como se la pasan pajeados a toda hora…!

Nelson se refería a la afición que tenían los muchachos por la pornografía. Todos ellos, Abigail y Monumento, los dos Cerebros, Huevoduro y Pacho se habían enviciado a las películas de sexo. Como los habían obligado a encerrarse durante varias semanas en los apartamentos donde se guardaba el material (por razones de seguridad, a fin de cortar de raíz la posibilidad de que los siguieran), el Gordo les había conseguido televisión por satélite, para que no los matara el tedio. Y de las decenas de canales a su disposición habían optado por los de pornografía. Hasta Abigail y Danilo, únicos a quienes se les tenía permitido salir, y sólo para diligencias de trabajo, se habían enviciado. Al escuchar las conversaciones telefónicas interceptadas, Ignacio se distraía mirando la cara de desconcierto de Paul y los otros detectives cuando los muchachos empezaban a hablar sobre las películas que habían visto. Muy comentada, por ejemplo, había sido la de los tres que copulaban sobre un caballo.

—¿Y viste la estaca que le metía el de atrás a la muchacha? —preguntaba Monumento, que debía su apodo al tamaño de la nariz.

—Parecía un colino de plátano —respondía en la otra línea el menor de los dos hermanos Tamayo, a quienes, por sus pocas luces, apodaban Los Cerebros.

Rob Martínez, uno de los detectives, era de familia chilena pero había olvidado mucho el español y no sabía lo que era "estaca", mucho menos "colino", e Ignacio tuvo que explicarle. A veces los comentarios de los muchachos eran tan retorcidos desde el punto de vista moral y sicológico, y tan barrocos desde el punto de vista lingüístico, que no había manera de explicarlos. Y resultaba siempre muy agradable ver la cara de frustración de Rob, con los audífonos puestos, esforzándose en dilucidar si la palabra "panocha", por ejemplo, que figuraba con tanta frecuencia en las conversaciones de los sujetos, era en este caso alguna clave que significara cocaína, o kilo, o envío.

12 a.m.

A eso de las doce del día, Nelson e Ignacio habían hecho ya todo lo que tenían que hacer y viajaban en silencio para la casa del Gordo. Lo único que tenían en común eran los negocios, y en ese momento no había asuntos para tratar. Muy de vez en cuando, y sin demasiada convicción, Nelson trataba de decir algo, hacer algún comentario técnico sobre el estado de la calle, o sobre el funcionamiento del automóvil, pero Ignacio no encontraba nada qué decir y contestaba con monosílabos.

La casa del Gordo se encontraba en el pandemónium de las preparaciones de la Navidad. El Gordo, que por estas fechas nunca estaba demasiado sobrio y oía música casi constantemente, participaba en persona en la preparación de los tamales, se encargaba él mismo de los buñuelos y supervisaba la marcha general del asunto, cosa que su mujer, a quien poco agradaba la cocina, agradecía. El Gordo comía todo el tiempo, chorizos, morcilla, trocitos de chicharrón, para mantener bajo control el aguardiente, que a su vez parecía ayudarle a olvidarse un poco de los triglicéridos.

Ignacio había tenido la esperanza de que allí estuviera Selene, y allí estaba. "Mirá cómo late que late el corazón del sapo", pensó con odio hacia sí mismo, saña, como alguien tratando de sacarse los ojos con las uñas. Selene lo vio entrar; se miraron e Ignacio supo que no lo iba a denunciar, no iba a denunciar al denunciante, y la alegría que sintió fue intensa, no por el alivio del miedo, pues los del Gordo no torturaban, y de matarlo seguramente lo haría Abigail, que le caía bien y era buen tipo, sino por ese deseo que sentía por ella, que absorbía toda la luz y todo lo avasallaba.

A eso de las cuatro de la tarde regresaron al apartamento de ella y, protegidos por el placer, flotaron otra vez, inermes, sobre la muerte y la aniquilación. Infinita la belleza del estómago, pensó él; del trazo de minúsculos vellos que van del pubis al ombligo y se extienden como rizo de agua por el resto, visibles sólo para él,

el primate macho elegido, el mandril más realizado. Ninguno de los dos había mencionado al Gordo, ni a Ligia María, ni a los hijos de Ligia María, ni a la mujer del Gordo, ni a la mamá del Gordo, ni a los muchachos que cuidaban los apartamentos. Durmieron un rato; se levantaron casi a las seis de la tarde y prepararon una especie de desayuno, con huevos y pan. Se bañaron y empezaron a arreglarse para la fiesta de Navidad.

—Otra vez se largó a nevar —dijo ella cuando miró por la ventana—. Qué belleza.

Ignacio se acercó a Selene, que se maquillaba frente al lavamanos, le bajó los pantalones interiores y la tomó por los hombros, anchos, angulosos, mientras el cabello de ella se extendía muy negro sobre las llaves de agua y los cepillos de dientes rodaban hacia el centro. Regresaron a la cama y durmieron mucho tiempo. Se levantaron casi a las diez, se bañaron otra vez y salieron para la casa del Gordo.

A las dos de la mañana ya muchos estaban borrachos. La música atronaba. A Ignacio casi se le había olvidado lo que iba a ocurrir, cuando tumbaron la puerta y en la confusión hirieron a Abigail en el hombro y mataron al Gordo de un disparo en la cabeza. Las mujeres gritaban. Los policías insultaban, pateaban, empujaban, ponían esposas. A Ignacio le dieron un culatazo en la coronilla y lo esposaron. Ya no nevaba. El suelo estaba espumoso y crujía cuando lo pisaban. El frío en la acera se había hecho cortante; picaba en las fosas nasales y quemaba las orejas. Ignacio vio cuando subían a Selene a una de las radiopatrullas. A las tres de la mañana pasadas, con una venda en la coronilla, fue hasta la Greyhound; y a eso de las cuatro estaba con Selene en el hotel.

El hotel era de segunda, casi de tercera, y quedaba al lado de un lote vacío, cerca del aeropuerto. La policía no iba a pagarles un hotel de cinco estrellas. Se oía continuamente el ruido de las turbinas de los aviones que llegaban y salían de las pistas. Por la ventana aparecían las ramas desnudas de ese árbol de nadie, que

nadie siembra y crece sin ayuda, en los lotes, en los patios descuidados o abandonados, y que es frondoso en verano, hermoso y frondoso en primavera y en otoño, y despreciado siempre, por lo excesivamente fértil y resistente. *Ghetto palm*, lo llaman.

Selene había estado llorando en el baño y se había acostado. Cuando él, luego de terminarse la media botella de aguardiente, se acostó y la buscó en la cama, ella dijo:

—Ahora no. ¿Cómo se le puede ocurrir? Ahora no.

E Ignacio nunca quiso averiguar si lo que dijo después con voz casi inaudible, "sapo, cochino", en realidad lo había dicho ella o lo había imaginado él, lo había soñado.

El boxeador polaco

Eduardo Halfon

69752. Que era su número de teléfono. Que lo tenía tatuado allí, sobre su antebrazo izquierdo, para no olvidarlo. Eso me decía mi abuelo. Y eso creí mientras crecía. En los años setenta, los números telefónicos del país eran de cinco dígitos.

Yo le decía Oitze, porque él me decía Oitze, que en yiddish significa alguna cursilería. Me gustaba su acento polaco. Me gustaba mojar el meñique (único rasgo físico que le heredé: ese par de meñiques cada día más combados) en su vasito de whisky. Me gustaba pedirle que me hiciera dibujos, aunque en realidad sólo sabía hacer un dibujo, trazado vertiginosamente, siempre idéntico, de un sinuoso y desfigurado sombrero. Me gustaba el color remolacha de la salsa (jrein, en yiddish) que él vertía encima de su bola blanca de pescado (guefiltefish, en yiddish). Me gustaba acompañarlo en sus caminatas por el barrio, ese mismo barrio donde alguna noche, en medio de un inmenso terreno baldío, se había estrellado un avión lleno de vacas. Pero sobre todo me gustaba aquel número. Su número.

No tardé tanto, sin embargo, en comprender su broma telefónica, y la importancia psicológica de esa broma, y eventualmente, aunque nunca nadie lo admitía, el origen histórico de ese número. Entonces, cuando caminábamos juntos o cuando él se

ponía a dibujarme una serie de sombreros, yo me quedaba viendo aquellos cinco dígitos y, extrañamente feliz, jugaba a inventarme la escena secreta de cómo los había conseguido. Mi abuelo boca arriba en una camilla de hospital mientras, sentado a horcajadas sobre él, un inmenso comandante alemán (vestido de cuero negro) le gritaba número por número a una anémica enfermera alemana (también vestida de cuero negro) y ella entonces le iba entregando a él, uno por uno, los hierros calientes. O mi abuelo sentado en un banquito de madera frente a una media luna de alemanes en batas blancas y guantes blancos y luces blancas atadas alrededor de sus cabezas, como de mineros, cuando de repente uno de los alemanes balbucía un número y entraba un payaso en monociclo y todas las luces blancas lo iluminaban de blanco mientras el payaso con un gran marcador cuya mágica tinta verde jamás se borraba escribía ese número sobre el antebrazo de mi abuelo, y todos los científicos alemanes aplaudían. O mi abuelo, de pie ante una taquilla de cine, insertando el brazo izquierdo a través de la redonda apertura en el vidrio por donde se pasan los billetes, y entonces, del otro lado de la ventanilla, una alemana gorda y peluda se ponía a ajustar los cinco dígitos en uno de esos selladores como de fecha variable que usan los bancos (los mismos selladores que mi papá mantenía sobre el escritorio de su oficina y con los que tanto me gustaba jugar), y luego, como si fuese una fecha importantísima, estampaba ella con ímpetu y para siempre el antebrazo de mi abuelo.

Así jugaba yo con su número. Clandestinamente. Hipnotizado por aquellos cinco dígitos verdes y misteriosos que, mucho más que en el antebrazo, me parecía que él llevaba tatuados en alguna parte del alma.

Verdes y misteriosos hasta hace poco.

A media tarde, sentados sobre su viejo sofá de cuero color manteca, estaba tomándome un whisky con mi abuelo.

Noté que el verde ya no era verde, sino un grisáceo diluido y

pálido que me hizo pensar en algo pudriéndose. El 7 se había casi amalgamado con el 5. El 6 y el 9, irreconocibles, eran ahora dos masas hinchadas, deformes, fuera de foco. El 2, en plena huida, daba la impresión de haberse separado unos cuantos milímetros de todos los demás. Observé el rostro de mi abuelo y de pronto caí en la cuenta de que en aquel juego de niño, en cada una de aquellas fantasías de niño, me lo había imaginado ya viejo, ya abuelo. Como si hubiese nacido un abuelo o como si hubiese envejecido para siempre en el momento mismo que recibió aquel número que yo ahora examinaba con tanta meticulosidad.

Fue en Auschwitz.

Al principio no estaba seguro de haberlo escuchado. Subí la mirada. Él estaba tapándose el número con la mano derecha. Llovizna ronroneaba sobre las tejas.

Esto, dijo frotándose suave el antebrazo. Fue en Auschwitz, dijo. Fue con el boxeador, dijo sin mirarme y sin emoción alguna y empleando un acento que ya no era el suyo.

Me hubiese gustado preguntarle qué sintió cuando finalmente, tras casi sesenta años de silencio, dijo algo verídico sobre el origen de ese número. Preguntarle por qué me lo había dicho a mí. Preguntarle si soltar palabras almacenadas durante tanto tiempo provoca algún efecto liberador. Preguntarle si palabras almacenadas durante tanto tiempo tienen el mismo saborcillo al deslizarse ásperas sobre la lengua. Pero me quedé callado, impaciente, escuchando la lluvia, temiéndole a algo, quizás a la violenta trascendencia del momento, quizás a que ya no me dijera nada más, quizás a que la verdadera historia detrás de esos cinco dígitos no fuera tan fantástica como todas mis versiones de niño.

Écheme un dedo más, eh, Oitze, me dijo entregándome su vasito.

Yo lo hice, sabiendo que si mi abuela regresaba pronto de hacer sus compras me lo habría reprochado. Desde que empezó con problemas cardíacos, mi abuelo se tomaba dos onzas de whisky

a mediodía y otras dos onzas antes de la cena. No más. Salvo en ocasiones especiales, claro, como alguna fiesta o boda o partido de fútbol o aparición televisiva de Isabel Pantoja. Pero pensé que estaba agarrando fuerza para aquello que quería contarme. Luego pensé que, bebiendo más de la cuenta en su actual estado físico, aquello que quería contarme podría alterarlo, posiblemente demasiado. Se acomodó sobre el viejo sofá y se gozó ese primer sorbo dulzón y yo recordé una vez que, de niño, lo escuché diciéndole a mi abuela que ya necesitaba comprar más Etiqueta Roja, el único whisky que él tomaba, cuando yo recién había descubierto más de treinta botellas guardadas en la despensa. Nuevitas. Y así se lo dije. Y mi abuelo me respondió con una sonrisa llena de misterio, con una sabiduría llena de algún tipo de dolor que yo jamás entendería: Por si hay guerra, Oitze.

Estaba él como alejado. Tenía la mirada opaca y fija en un gran ventanal por donde se podían contemplar las crestas de lluvia descendiendo sobre casi toda la inmensidad del verde barranco de la Colonia Elgin. No dejaba de masticar algo, alguna semilla o basurita o algo así. Hasta entonces me percaté de que llevaba él desabrochado el pantalón de gabardina y abierta a medias la bragueta.

Estuve en el campo de concentración de Sachsenhausen. Cerca de Berlín. Desde noviembre del treinta y nueve.

Y se lamió los labios, bastante, como si lo que acababa de decir fuese comestible. Seguía cubriéndose el número con la mano derecha mientras, con la izquierda, sostenía el vasito sin whisky. Tomé la botella y le pregunté si deseaba que le sirviera un poco más, pero no me respondió o quizás no me escuchó.

En Sachsenhausen, cerca de Berlín, continuó, había dos bloques de judíos y muchos bloques de alemanes, tal vez cincuenta bloques de alemanes, muchos prisioneros alemanes, ladrones alemanes y asesinos alemanes y alemanes que se habían casado

con mujeres judías. Rassenschande, les decían en alemán. La vergüenza de la raza.

Calló de nuevo y me pareció que su discurso era como un sosegado oleaje. A lo mejor porque la memoria es también pendular. A lo mejor porque el dolor únicamente se tolera dosificado. Quería pedirle que me hablara de Lodz y de sus hermanos y de sus padres (conservaba una foto familiar, una sola, que había conseguido muchos años más tarde a través de un tío emigrado antes de estallar la guerra, y que mantenía colgada junto a su cama, y que a mí no me hacía sentir nada, como si aquellos pálidos rostros no fuesen de personas reales sino de personajes grises y anónimos arrancados de algún libro escolar de historia), pedirle que me hablara de todo aquello que le había sucedido antes del treinta y nueve, antes de Sachsenhausen.

Amainó un poco la lluvia y de la entrañas del barranco empezó a trepar una nube blanca y saturada.

Yo era el stubendienst de nuestro bloque. El encargado de nuestro bloque. Trescientos hombres. Doscientos ochenta hombres. Trescientos diez hombres. Cada día unos cuantos más, cada día unos cuantos menos. Entiende, Oitze, me dijo a manera de afirmación, no de pregunta, y yo pensé que estaba cerciorándose de mi presencia, de mi compañía, como para no quedarse solito con las palabras. Dijo, y se llevó comida invisible a los labios: Yo era el encargado de conseguirles el café por las mañanas y después, por las tardes, la sopa de papa y el trozo de pan. Dijo, y abanicó el aire con la mano: Yo era el encargado de la limpieza, de barrer, de limpiar los catres. Dijo, y continuó abanicando el aire con la mano: Yo era el encargado de sacar los cuerpos de aquellos hombres que amanecían muertos. Dijo, casi brindando: Pero también era el encargado de recibir a los judíos nuevos cuando llegaban a mi bloque, cuando gritaban en alemán juden eintreffen, juden eintreffen, y yo salía a recibirlos y me daba

cuenta de que casi todos los judíos que llegaban a mi bloque traían escondido algún objeto valioso. Alguna cadenita o reloj o anillo o diamante. Algo. Bien guardado. Bien oculto en alguna parte. A veces hasta se lo habían tragado, y entonces unos días después les salía en la mierda.

Me ofreció su vasito y yo le serví otro chorro de whisky.

Era la primera vez que escuchaba a mi abuelo decir mierda, y la palabra, en ese momento, en ese contexto, me pareció hermosa.

¿Por qué usted, Oitze?, le pregunté, aprovechando un breve silencio. Él frunció el entrecejo y cerró un poquito los ojos y se quedó mirándome como si de repente hablásemos lenguajes distintos. ¿Por qué lo nombraron a usted encargado?

Y en su viejo rostro, en su vieja mano que había terminado ya de gesticular y ahora se estaba tapando de nuevo el número, comprendí todas las implicaciones de esa pregunta. Comprendí la pregunta disfrazada adentro de esa pregunta: ¿qué tuvo que hacer usted para que lo nombraran encargado? Comprendí la pregunta que jamás se pregunta: ¿qué tuvo que hacer usted para sobrevivir?

Sonrió, encogiéndose de hombros.

Un día, nuestro lagerleiter, nuestro director, sólo me anunció que yo sería el encargado, y ya.

Como si se pudiese decir lo indecible.

Aunque mucho antes, prosiguió tras tomar un trago, en el treinta y nueve, cuando recién había llegado yo a Sachsenhausen, cerca de Berlín, nuestro lagerleiter me descubrió una mañana escondido debajo del catre. Yo no quería ir a trabajar, entiende, y pensé que podía quedarme todo el día escondido debajo del catre. No sé cómo, el lagerleiter me encontró escondido debajo del catre y me arrastró hacia fuera y empezó a golpearme aquí, en el cóccix, con una varilla de madera o tal vez de hierro. No sé cuántas veces. Hasta que perdí el conocimiento. Estuve diez

o doce días en cama, sin poder caminar. Desde entonces el lagerleiter cambió su trato para conmigo. Me decía buenos días y buenas noches. Me decía que le gustaba cómo mantenía mi catre de limpio. Y un día me dijo que yo sería el stubendienst, el encargado de limpiar mi bloque. Así nomás.

Se quedó pensativo, sacudiendo la cabeza.

No recuerdo su nombre, ni su cara, dijo, masticó algo un par de veces, lo escupió hacia un lado y, como si eso lo absolviera, como si eso fuese suficiente, añadió: Sus manos eran muy bonitas.

Ni modo. Mi abuelo mantenía sus propias manos impecables. Semanalmente, sentados frente a un televisor cada vez más recio, mi abuela le arrancaba las cutículas con una pequeña pinza, le cortaba las uñas y se las limaba y después, mientras hacía lo mismo con la otra mano, se las dejaba remojando en una pequeña bacinica llena de un líquido viscoso y transparente y con olor a barniz. Al terminar ambas manos, tomaba un bote azul de Nivea y le iba untando y masajeando la pomada blanquecina en cada dedo, lento, tierno, hasta que ambas manos la absorbían por completo y mi abuelo entonces se volvía a colocar el anillo de piedra negra que usaba en el meñique derecho, desde hacía casi sesenta años, en forma de luto.

Todos los judíos al entrar me daban a mí esos objetos que traían en secreto a Sachsenhausen, cerca de Berlín. Entiende. Como yo era el encargado. Y yo les recibía esos objetos y los negociaba también en secreto con los cocineros polacos y les conseguía a los judíos que entraban algo aún más valioso. Cambiaba un reloj por un trozo adicional de pan. Una cadena de oro por un poco más de café. Un diamante por el último cucharón de la olla de sopa, el cucharón más deseado de la olla de sopa, donde siempre estaban hundidas las únicas dos o tres papas.

Inició otra vez el murmullo sobre las tejas y yo me puse a pensar en esas dos o tres papas insípidas y sobrecocidas y, adentro

de un mundo demarcado por alambre de púas, tanto más valiosas que cualquier lúcido diamante.

Un día, decidí darle al lagerleiter una moneda de veinte dólares en oro.

Saqué mis cigarros y me quedé jugando con uno. Podría decir que no lo encendí por pena, por respeto a mi abuelo, por pleitesía a esa moneda de veinte dólares en oro que de inmediato me imaginé negra y oxidada. Pero mejor no lo digo.

Decidí darle una moneda de veinte dólares en oro al lagerleiter. Tal vez creí que ya había logrado la confianza del lagerleiter o tal vez deseaba quedar bien con el lagerleiter. Un día, en el grupo de judíos que entraba, llegó un ucraniano y me pasó una moneda de veinte dólares en oro. El ucraniano la había escondido debajo de la lengua. Días y días con una moneda de veinte dólares en oro escondida debajo de la lengua, y el ucraniano me la entregó, y yo esperé a que todos salieran del bloque y se fueran a trabajar al campo y entonces llegué con el lagerleiter y se la di. El lagerleiter no me dijo nada. Sólo la guardó en la bolsa superior de su chaqueta, dio media vuelta y se marchó. Algunos días después, me despertaron a medianoche con una patada en el estómago. Me empujaron hacia fuera y allí estaba de pie el lagerleiter, vestido en un impermeable negro y con las manos detrás de la espalda, y hasta entonces reaccioné y entendí por qué me seguían golpeando y pateando. Había nieve en el suelo. Ninguno hablaba. Me echaron en la parte trasera de un camión y cerraron la portezuela y yo me quedé medio dormido y temblando durante todo el trayecto. Era ya de día cuando el camión finalmente se detuvo. Por una rendija en la madera pude ver el gran rótulo sobre el portón de metal. Arbeit Macht Frei, decía. El trabajo libera. Escuché risas. Pero risas cínicas, entiende, risas sucias, como burlándose de mí a través de ese estúpido rótulo. Abrieron la portezuela. Me ordenaron que bajara. Había nieve por todas partes. Vi el Muro Negro. Después vi el Bloque Once de Auschwitz. Era ya el año

cuarenta y dos y todos habíamos oído hablar del Bloque Once de Auschwitz. Sabíamos que la gente que se iba al Bloque Once de Auschwitz nunca regresaba. Me dejaron tirado en el suelo de un calabozo del Bloque Once de Auschwitz.

En un gesto inútil, pero de alguna manera necesario, mi abuelo se llevó a los labios su vasito ya sin nada de whisky.

Era un calabozo oscuro. Muy húmedo. De techo bajo. Casi no había nada de luz. Ni aire. Sólo humedad. Y personas amontonadas. Muchas personas amontonadas. Algunas personas llorando. Otras personas rezando en susurros el Kaddish.

Encendí mi cigarro.

Me solía decir mi abuelo que yo tenía la edad de los semáforos, porque el primer semáforo del país se había instalado en no sé qué intersección del centro el mismo día en que yo nací. También estaba vibrando ante un semáforo cuando le pregunté a mi mamá cómo llegaban los bebés a las panzas de las mujeres. Yo seguía medio hincado sobre el asiento trasero de un Volvo inmenso y color jade que, por alguna razón, vibraba al detenerse en los semáforos. Callé que un amigo (Hasbun) nos había secreteado durante el recreo que una mujer resultaba embarazada cuando un hombre le daba un beso en la boca, y que otro amigo (Asturias) había argumentado, con mucha más audacia, que un hombre y una mujer tenían que desnudarse juntos y luego bañarse juntos y luego hasta dormir juntos en la misma cama, sin tener que tocarse. Me puse de pie en ese maravilloso espacio ubicado entre el asiento trasero y los dos asientos de enfrente, y aguardé una respuesta. El Volvo vibrando ante un semáforo rojo del bulevar Vista Hermosa, el cielo enteramente azul, el olor a tabaco y chicle de anís, la mirada negra y azucarada de un campesino en caites que se acercó a pedirnos limosna, la vergüenza silenciosa de mi mamá tratando de encontrar algunas palabras, las siguientes palabras: Pues cuando una mujer quiere un bebé, va al doctor y éste le da una pastilla celeste si ella quiere un niñito o le da una

pastilla rosada si ella quiere una niñita, y entonces la mujer se toma esa pastilla y ya está, queda embarazada. El semáforo cambió a verde. El Volvo dejó de vibrar y yo, aún de pie y sosteniéndome de cualquier cosa para no salir volando, me imaginé a mí mismo metido en un pequeño frasco de vidrio, bien revuelto entre un montón de niñitos celestes y niñitas rosadas, mi nombre grabado en bajorrelieve (igual que la palabra Bayer en las aspirinas que me tomaba de vez en cuando y que tanto me sabían a yeso), inmóvil y calladito mientras esperaba que alguna señora llegase a la clínica del doctor (la observé ancha y deforme a través del cristal, como en uno de esos espejos ondulados de circo) y me tragara con un poquito de agua (y percibí, con la percepción ingenua de un niño, por supuesto, la crueldad del azar, la violencia casual que me tumbaría sobre la mano abierta de alguna señora, cualquier señora, esa mano grande y sudada y fortuita que luego me lanzaría hacia una boca igualmente grande y sudada y fortuita), para así, por fin, introducirme en una panza desconocida y poder nacer. Jamás he logrado sacudirme la sensación de soledad y abandono que sentí metido en aquel frasco de vidrio. A veces la olvido o quizás decido olvidarla o quizás, absurdamente, me aseguro a mí mismo de que ya la he olvidado por completo. Hasta que algo, cualquier cosa, la más mínima cosa, me vuelve a meter en aquel frasco de vidrio. Por ejemplo: mi primer encuentro sexual, a los quince años, con una prostituta de un burdel de cinco pesos llamado El Puente. Por ejemplo: una equivocada habitación al final de un viaje balcánico. Por ejemplo: un canario amarillo que, a media plaza de Tecpán, escogió una profecía secreta y rosadita. Por ejemplo: la mano helada de un amigo tartamudo, estrechada por última vez. Por ejemplo: la imagen claustrofóbica del calabozo oscuro y húmedo y apretado y harto de susurros donde estuvo encerrado mi abuelo, sesenta años atrás, en el Bloque Once, en Auschwitz.

Personas lloraban y personas rezaban el Kaddish.

Acerqué el cenicero. Me sentía ya un poco mareado, pero igual nos serví lo que restaba del whisky.

Qué más le queda a uno cuando sabe que al día siguiente lo van a fusilar, eh. Nada más. O se tira a llorar o se tira a rezar el Kaddish. Yo no sabía el Kaddish. Pero esa noche, por primera vez en mi vida, también recé el Kaddish. Recé el Kaddish pensando en mis padres y recé el Kaddish pensando que al día siguiente me fusilarían hincado de frente al Muro Negro de Auschwitz. Era ya el año cuarenta y dos y todos habíamos oído hablar del Muro Negro de Auschwitz y yo mismo había visto ese Muro Negro de Auschwitz al bajarme del camión y bien sabía que era donde fusilaban. Gnadenschuss, un solo tiro en la nuca. Pero el Muro Negro de Auschwitz no me pareció tan grande como lo había supuesto. Tampoco me pareció tan negro. Era negro con manchitas blancas. Por todas partes tenía manchitas blancas, dijo mi abuelo mientras presionaba teclas aéreas con el índice y yo, fumando, me imaginaba un cielo estrellado. Dijo: Salpicaduras blancas. Dijo: Hechas quizás por las mismas balas después de atravesar tantas nucas.

Estaba muy oscuro en el calabozo, continuó rápidamente, como para no perderse en esa misma oscuridad. Y un hombre sentado a mi lado empezó a hablarme en polaco. No sé por qué empezó a hablarme en polaco. Tal vez me oyó rezando el Kaddish y reconoció mi acento. Él era un judío de Lodz. Los dos éramos judíos de Lodz, pero yo de la calle Zeromskiego, cerca del mercado Zelony Rinek, y él del lado opuesto, cerca del parque Poniatowski. Él era un boxeador de Lodz. Un boxeador polaco. Y hablamos toda la noche en polaco. Más bien él me habló toda la noche en polaco. Me dijo en polaco que llevaba mucho tiempo allí, en el Bloque Once, y que los alemanes lo mantenían vivo porque les gustaba verlo boxear. Me dijo en polaco que al día siguiente me harían un juicio y me dijo en polaco qué cosas sí decir durante ese juicio y qué cosas no decir durante ese juicio. Y

así pasó. Al día siguiente, dos alemanes me sacaron del calabozo, me llevaron con un joven judío que me tatuó este número en el brazo y después me dejaron en una oficina donde se llevó a cabo mi juicio, ante una señorita, y yo me salvé diciéndole a la señorita todo lo que el boxeador polaco me había dicho que dijera y no diciéndole a la señorita todo lo que el boxeador polaco me había dicho que no dijera. Entiende. Usé sus palabras y sus palabras me salvaron la vida y yo jamás supe el nombre del boxeador polaco ni le conocí el rostro. A lo mejor murió fusilado.

Machaqué mi cigarro en el cenicero y me empiné el último traguito de whisky. Quería preguntarle algo sobre el número o sobre aquel joven judío que se lo tatuó. Pero sólo le pregunté qué le había dicho el boxeador polaco. Él pareció no entender mi pregunta y entonces se la repetí, un poco más ansioso, un poco más recio. ¿Qué cosas, Oitze, le dijo el boxeador que sí dijera y no dijera durante aquel juicio?

Mi abuelo se rio aún confundido y se echó para atrás y yo recordé que él se negaba a hablar en polaco, que él llevaba sesenta años negándose a decir una sola palabra en su lengua materna, en la lengua materna de aquellos que, en noviembre del treinta y nueve, decía él, lo habían traicionado.

Nunca supe si mi abuelo no recordaba las palabras del boxeador polaco, o si eligió no decírmelas, o si sencillamente ya no importaban, si habían cumplido ya su propósito como palabras y entonces habían desaparecido para siempre junto con el boxeador polaco que alguna noche oscura las pronunció.

Una vez más, me quedé viendo el número de mi abuelo, 69752, tatuado una mañana del invierno del cuarenta y dos, por un joven judío, en Auschwitz. Intenté imaginarme el rostro del boxeador polaco, imaginarme sus puños, imaginarme el posible chisguetazo blanco que había hecho la bala después de atravesar su nuca, imaginarme sus palabras en polaco que lograron salvarle la vida a mi abuelo, pero ya sólo logré imaginarme una cola eterna

de individuos, todos desnudos, todos pálidos, todos enflaquecidos, todos llorando y rezando el Kaddish en absoluto silencio, todos piadosos de una religión cuya fe está basada en los números mientras esperan en cola para ser ellos mismos numerados.

Hoy temprano

Pedro Mairal

Salimos temprano. Papá tiene un Peugeot 404 bordó, recién comprado. Yo me trepo a la luneta trasera y me acuesto ahí a lo largo. Voy cómodo. Me gusta quedarme contra el vidrio de atrás porque puedo dormir. Siempre estoy contento de ir a pasar el fin de semana a la quinta, porque en el departamento del centro, durante la semana, lo único que hago es patear una pelota de tenis en el patio del pozo de aire y luz que está sobre el garaje, un patio entre cuatro paredes medianeras altísimas y sucias por el hollín de los incineradores. Si miro para arriba, en ese patio parece que estuviera adentro de una chimenea; si grito, el grito apenas sube pero no llega hasta el cuadrado de cielo. El viaje a la quinta me saca de ese pozo.

En la calle hay poco tránsito, quizá porque es sábado o porque todavía no hay tantos autos en Buenos Aires. Llevo un autito Matchbox adentro de un frasco para capturar insectos y unos crayones que ordeno por tamaño y que no me tengo que olvidar al sol porque se derriten. A nadie le parece peligroso que yo vaya acostado en la luneta. Me gusta el rincón protector que se hace con el vidrio de atrás, al lado de la calcomanía de la Proveeduría Deportiva. En el camino miro el frente de los autos porque parecen caras: los faros son ojos, los paragolpes son bigotes, y las

parrillas son los dientes y la boca. Algunos autos tienen cara de buenos; otros, cara de malos. Mis hermanos prefieren que yo vaya en la luneta porque así tienen más lugar para ellos. Yo no viajo en el asiento hasta más adelante, cuando hace demasiado calor o cuando ya no quepo en la luneta porque crecí un poco. Tomamos una avenida larga. No sé si es porque hay muchos semáforos, pero vamos despacio, además después ya el Peugeot está medio roto, tiene el caño de escape libre y hay que gritar para hablar; una de las puertas de atrás está falseada y mamá la ató con el hilo del barrilete de Miguel.

El viaje es larguísimo. Sobre todo cuando no están sincronizados los semáforos. Nos peleamos por la ventana, ninguno de los tres quiere sentarse en el medio. En la General Paz nos turnamos para sacar la cabeza por la ventana con las antiparras de agua de Vicky, para que no nos lloren los ojos por el viento. Papá y mamá no dicen nada. Salvo cuando pasamos por la policía, ahí hay que sentarse derechos y estar callados. Cuando ya tenemos el Renault 12, a Miguel se le vuela por la ventana medio pilón de figuritas de Titanes en el Ring y papá frena en la banquina para juntarlas porque Miguel grita como un enloquecido. Yo veo de repente que se nos acercan dos soldados apuntándonos con la metralleta, diciendo que estamos en zona militar. Le hacen preguntas a papá, lo palpan de armas, le revisan los documentos y después tenemos que seguir viaje sin juntar las figuritas que quedan ahí desparramadas, incluso la autografiada por Martín Karadagián.

Papá busca música clásica en la radio, a veces consigue sintonizar bien la emisora del Sodre. Nosotros estamos a las patadas en el asiento de atrás cuando de repente papá sube el volumen y dice "escuchen esto, escuchen esto" y hay que hacer una pausa silenciosa en medio de una toma de judo para escuchar una parte de un aria o de un adagio. Después, cuando llegan los pasacassettes para autos, el viaje a la quinta se hace bajo el dominio absoluto de Mozart. Miramos pasar hacia atrás el camino prolijo, los árboles

podados con los troncos pintados de blanco, y escuchamos los quintetos para cuerdas, las sinfonías, los conciertos para piano, las óperas. Vicky lidera rebeliones para tapar a las sopranos de *Las bodas de Fígaro* o de *Don Giovanni* con nuestro cántico filial favorito que dice "Queremos comer, queremos comer, sangre coagulada revuelta en ensalada...". Pero después Vicky empieza a traer libros para el viaje y los lee sin prestarle atención a nadie, en silencio, cada vez más enojada, porque la obligan a venir, hasta que le dan permiso para quedarse los fines de semana en el centro para ir al cine con sus amigas, que ya salen con chicos, y entonces Miguel y yo tenemos cada uno su ventana indiscutible, aunque invitemos a un amigo.

Sentimos que no vamos a llegar nunca. Hay largas esperas a medio camino mientras mamá compra muebles de jardín o plantas, aprovechando que papá se quedó trabajando en casa. Con Miguel jugamos en el asiento de atrás a ver quién aguanta más sin respirar; cada uno le tapa el tubo del snorkel al otro para que no haga trampa, o, si no, improvisamos un partido de paleta con un bollo de papel y las dos patas de rana. Esperamos tanto que Tania se pone a ladrar, porque no aguanta más encerrada en la parte de atrás de la Rural Falcon que tenemos después del Renault. Entonces aparece mamá, con plantas o macetas o algún mueble que hay que atar al techo, y seguimos viaje.

Los amigos que invita Miguel van cambiando. Yo los miro con asombro, con ansiedad perversa, porque sé que cuando lleguemos van a empezar a caer en las trampas que Miguel deja siempre preparadas: el ratón muerto dentro de las botas de goma para el invitado, el fantasma del galpón, la farsa de los chanchos asesinos, el pozo tapado con hojas y ramas al lado de la fila de palmeras que se ve desde la casa. Dentro del auto, en los embotellamientos de la ruta a media mañana, yo miro a los amigos de Miguel y paladeo por primera vez el mal. Prefiero a los confiados y prepotentes, porque sé que les va a resultar más intensa la humillación de esas

trampas en las que yo colaboro de un modo oblicuo, indefinido. Los invitados de Miguel casi nunca vuelven a venir.

Cuando terminan el primer tramo de la autopista y ponen el peaje, el tráfico avanza mejor. Vicky va por su cuenta, con amigas que tienen auto. Papá ya casi no viene. En la Rural destartalada, mientras mamá maneja, Miguel me usa el cuaderno de dibujo garabateando planos y elaborando estrategias para espiar a las amigas de Vicky cuando se cambian. Después Miguel empieza a venir cada vez menos, y yo tengo todo el asiento de atrás para dormir. Mamá frena y me despierta para que le ponga agua al radiador, que pierde y recalienta el motor. Compramos una sandía al costado de la ruta.

En la barrera del tren, donde antes había uno o dos vendedores ambulantes, ahora hay amputados o paralíticos que piden limosna y otros que ofrecen revistas, pelotas, biromes, herramientas, muñecos. También en los semáforos del pueblo que atravesamos piden una moneda o venden flores y latas de gaseosa. A papá le dieron el Ford Sierra de la empresa, que tiene botones automáticos y, como a Miguel lo asaltaron hace poco, mamá me hace bajar los seguros y cerrar las ventanas en los semáforos porque le dan miedo los vendedores. Dice que se le tiran encima y que, además, Duque los puede morder. Después, la excusa del aire acondicionado ayuda a que ya no vayamos más con la ventana abierta. El auto comienza a ser una cápsula de seguridad, con un microclima propio. Afuera cada vez hay más basura, más pintadas políticas. Adentro, la música suena nítida en el estéreo nuevo y mamá tolera con paciencia los cassettes que yo pongo de Soda o de Police.

El auto es más rápido y todo el tiempo parece que estamos por llegar. Sobre todo cuando empiezo a manejar yo, que aumento la velocidad sin que mamá se dé cuenta porque viene tranquila en el asiento del acompañante mirándose en el espejo su último *lifting*, que le tira la piel para atrás como si fuera un efecto de la

aceleración. Después, cuando muere papá, mamá prefiere que maneje Miguel, que volvió como el hijo pródigo, porque Vicky ya está viviendo en Boston. Para mí la ruta se empieza a enrarecer porque manejo el Taunus amarillo del padre del Chino, en el que dejamos cerradas las ventanas, no por miedo a que nos roben sino para que el humo de la marihuana no pierda densidad. Escuchamos *Wild Horses* y hay momentos casi espirituales en los que la velocidad total de la ruta parece cobrar una lentitud serena en el paisaje enorme y chato. Después manejo el auto de la madre de Gabriela, que por suerte es gasolero y no gasta demasiado en las escapadas que nos hacemos cualquier día de semana para estar solos un rato. Ya se está hablando el tema de la expropiación pero es apenas una advertencia, faltan todavía dos gobiernos. Gabriela se pone unos vestiditos que me obligan a manejar con una sola mano y a acariciarle los muslos con la otra, subiendo desde las rodillas lentamente, sin necesidad de poner los cambios porque dejo el motor a fondo mientras Gabriela me pide al oído que no me apure, que esperemos a llegar. Nunca se hizo tan largo el viaje. La quinta está allá lejos, inalcanzable.

Más adelante, a Gabriela le empieza a crecer la panza y viajamos para tratar de integrarnos a la vida familiar. Vamos en el Wolkswagen que nos presta su hermano. Ya usamos cinturón de seguridad, ya empezamos a tener miedo de morirnos y faltan pocos kilómetros. Los años pasan hacia atrás cada vez más rápido. Hay muchos más autos en la ruta y más peajes. Están terminando la autopista. Frenamos en una estación de servicio, discutimos. Gabriela llora en el baño. Tengo que pedirle que salga. Después compramos el *baby-seat* para Violeta y ella va chiquitita y dormida en el asiento de atrás, también con cinturón de seguridad. Los tres atados.

Piso el acelerador porque quiero llegar temprano para almorzar. Gabriela dice que no importa, que podemos parar en el Mc Donald's. Discutimos. Gabriela me desprecia. Yo me pongo

los anteojos negros y acelero más. Aprovecho el viaje para escuchar demos de *jingles* para radio. Aprieto con las manos el volante del Escort. Falta poco. Gabriela me pide que vaya más despacio, después deja de venir, se va con Violeta a lo de la madre los fines de semana. Manejo solo, escucho los conciertos para piano de Mozart en compacts que suenan perfectos. El motor de la 4x4 no hace ruido. La autopista está terminada, con alambre a los costados para que no cruce la gente. Voy por el carril rápido. Miro el velocímetro: ciento sesenta y cinco. Estoy por pasar por el lugar exacto. Veo de lejos las tres palmeras y espero a que se alineen. Se acercan, me acerco, hasta que la primera palmera tapa a las otras dos y digo "acá", y es como si lo gritara, pero lo digo despacio, lo digo en el punto exacto donde estaba la casa antes de la expropiación, antes de que la demolieran y construyeran arriba la autopista. Siento que por una milésima de segundo paso por adentro de los cuartos, por arriba de la cama donde jugábamos con Miguel a Titanes en el Ring, paso por las tumbas de Tania y Duque entre las plantas de mamá, paso por un olor húmedo y metálico, por un sabor a ciruelas verdes tiradas en el fondo de la pileta para bucearlas más tarde, paso por el miedo a una culebra que salió cuando dimos vuelta una chapa, por la noche de lluvia en que jugamos a embocar una pelota en el único cuadrado roto de la ventana para obligarnos a buscarla con linterna entre los sapos y los charcos. Ahora es un malón incesante de autos que pasa por encima del fantasma de la casa. Son las doce en punto y el sol resplandece en el asfalto. Soy un hombre divorciado, un publicista que va al country de su hermano por primera vez y se olvidó las instrucciones de cómo llegar y está perdido, un hombre que no sabe dónde frenar y sigue viajando en el auto desde que salió hoy temprano, hace mucho, acostado en la luneta de atrás.

Bonsái

Guadalupe Nettel

Nuestros cuerpos son como árboles
bonsái. Ni una hojita inocente
puede crecer en libertad, sin ser viciosamente
suprimida, tan estrecho es
nuestro ideal de apariencia.
Khyentsé Norbu

Desde que me casé, tenía la costumbre de pasear los domingos por la tarde en el jardín botánico de Aoyama. Era una manera de descansar de mi trabajo y de las ocupaciones domésticas —si permanecía en casa los fines de semana, Midori, mi mujer, me pedía inevitablemente que arreglara alguna cosa—. Después del desayuno, tomaba algún libro y caminaba por el barrio, hasta llegar a la avenida Shinjuku para entrar al jardín por la puerta del este. Así podía caminar junto a las fuentes largas, recorrer las hileras de árboles que hay en el patio y, si hacía sol, sentarme a leer en alguna banca. En los días de lluvia entraba al café, casi siempre vacío a esas horas, y me ponía a leer frente a una ventana. Al volver a casa salía por la puerta de atrás, donde el guardia me dirigía un saludo cordial de reconocimiento.

A pesar de que iba al parque cada domingo, tardé muchos años en entrar al invernadero. Desde muy niño aprendí a disfrutar de los jardines y los bosques, pero nunca me habían interesado las plantas de manera individual. Un jardín era para mí un espacio arquitectónico donde predomina lo verde, un lugar donde uno puede ir solo pero nunca sin algo que leer o en qué

entretenerse y al que era posible acudir incluso con clientes de la empresa para cerrar un buen negocio. De joven había ido a ese mismo jardín con alguna chica del colegio y más tarde con alguna novia de la universidad, pero tampoco a ellas se les había ocurrido visitar el invernadero. Hay que reconocer que el edificio no era precisamente atractivo: más que un jardín cerrado, parecía un gallinero o un almacén de verduras. Lo imaginaba un lugar agobiante, enloquecedor como el mercado de Tsukiji, aunque más pequeño y lleno de plantas desconocidas con nombres impronunciables.

Pero una tarde, de manera repentina, el invernadero empezó a interesarme. Recuerdo que era un jueves de puente. En esa ocasión no habíamos salido de la ciudad y había en el aire algo muy parecido al ambiente de un domingo. Tal vez por eso sentí deseos de caminar entre los árboles. No era un día precisamente apropiado para dar un paseo al aire libre: al salir de casa mi mujer me señaló que estaba lloviendo. Tomé mi libro y un gran paraguas y me dispuse a salir del departamento. Sin embargo, justo cuando iba a cerrar la reja del edificio, Midori apareció sonriente en las escaleras, con el impermeable puesto, y anunció que vendría conmigo.

Desde que nos casamos, no habíamos vuelto a pasear juntos por ese jardín. Después de tantos años, Aoyama se había convertido en un espacio reservado para mí, uno de esos lugares de los que uno se va apropiando y que constituyen una suerte de refugio, una isla apartada del contacto con los otros. No voy a negar que sentí cierta aprensión ante la idea de que Midori comenzara a acompañarme a Aoyama los domingos. Sin embargo tampoco intenté oponerme. Cuando decidí casarme me propuse compartir todo con ella y me gustaba hacerle saber que entre nosotros no había ningún secreto.

Como era mi costumbre, entramos al jardín por la puerta del este y saludamos al guardia, que se mostró contento de verme

acompañado. Probablemente se habría preguntado ya cuál era mi situación familiar, puesto que nunca me había visto con alguien. Además, Midori y yo dábamos la imagen perfecta de un matrimonio feliz, o de estar «hechos el uno para el otro», nos lo habían dicho hasta el cansancio desde el día de nuestra boda, al punto que nosotros mismos habíamos terminado por creerlo. A Midori le gusta mucho la lluvia y estaba animada ese día. La recuerdo debajo del paraguas agitando las manos mientras hablaba de su adolescencia en Aoyama. Aunque entonces no nos conocíamos, Midori y yo habíamos vivido en ese barrio durante la adolescencia y le teníamos especial afecto.

—Antes, yo venía a este parque tan seguido como tú —me dijo, como si quisiera recobrar cierta legitimidad—. Qué raro que nunca nos hayamos visto, ¿no crees?

Mi mujer recorrió el parque una y otra vez, revisándolo todo, con la actitud de quien vuelve a su propiedad después de una larga ausencia y constata los estragos del tiempo. Mientras tanto, yo sostenía el paraguas que nos cubría a los dos. Cuando parecía que nunca iba a cansarse de caminar, se detuvo súbitamente, como si recordara algo.

—¡Pero claro! —dijo con los ojos muy abiertos—. ¡El invernadero! —y salió del paraguas para correr hacia el edificio vetusto. Sintiendo cómo mis pies se hundían ligeramente en la tierra mojada, la miré dirigirse hacia la puerta sin moverme de mi sitio.

Pero el invernadero estaba cerrado y a Midori eso le causó una decepción proporcional a su entusiasmo.

—Me habría gustado tanto volver a ver al viejo —exclamó.

Yo no sabía de quién estaba hablando. Y se lo pregunté.

—Antes había aquí un jardinero con el que me sentaba a conversar. ¡Decía cada cosa! A nadie más le gustaba hablar con él. Según mis compañeros de clase, causaba una sensación de

desazón en el estómago, como alguien de mal agüero. Pero yo le tenía cariño y no puedo decir que me haya hecho algo malo.

—¿En serio decían eso? —pregunté realmente interesado—. ¿Pues de qué hablaba?

—La verdad, no lo recuerdo bien, de plantas, me parece.

—¿Qué tanta desazón en el estómago pueden causar las plantas si uno no se las come o las prepara en infusión? —pregunté.

Nos reímos y cambiamos el tema. El resto de la tarde en el jardín de Aoyama transcurrió tan apacible como había comenzado. Midori y yo volvimos a casa temprano y nos entregamos a la lujuria hasta quedarnos dormidos. El lunes, mientras miraba con atención la alfombra de mi oficina, me descubrí pensando en el jardinero. Yo conocía perfectamente al guardia de la caseta que nos había saludado en la entrada del jardín; conocía también al que poda los arbustos en primavera y pone flores alrededor de las fuentes, pero, en todos los años de ir a ese lugar, nunca había visto al jardinero de Midori. Si el señor seguía ahí, mi mujer tenía una ventaja sobre mí en la posesión del parque.

El domingo siguiente, no pude evitar dirigirme de inmediato al invernadero, pero no vi a nadie. Me acerqué a la caseta y le pregunté al guardia por el viejo.

—No viene los domingos —respondió—. ¿Para qué lo quiere? —en su rostro me pareció adivinar cierta inquietud.

—Mi mujer lo conoce y me pidió que lo saludara —mentí.

—Ya casi no viene, está demasiado viejo para seguir trabajando, pero por qué no se da una vuelta el sábado, con un poco de suerte lo encuentra.

De modo que pasó una semana más sin que yo conociera al jardinero.

Los sábados, Midori tenía la costumbre de pasar la tarde entera en el salón de belleza. Como el paseo en Aoyama para mí,

la estética era un espacio que ella se reservaba a sí misma y la sola idea de verme aparecer por la calle, tras la ventana, le habría puesto los pelos de punta. En cambio yo raramente sabía en qué ocuparme a esas horas. A veces leía el periódico por segunda vez o veía algún programa deportivo en la televisión. Recuerdo que ese sábado caía una lluvia sucia, una especie de granizo derretido. A diferencia de mi esposa, yo detestaba la lluvia. Sin embargo, en cuanto Midori salió del departamento, me puse el impermeable y salí rumbo a Aoyama. Era poco probable que, una tarde como ésa y siendo tan viejo, el jardinero estuviera trabajando, pero en cuanto llegué al invernadero lo vi arrodillado, con el uniforme gris, manipulando la tierra de una maceta. Me acerqué a él lentamente, con actitud respetuosa.

—¡Mire nada más! —exclamó el viejo al verme—. ¿Qué lo trae por aquí en un sábado, señor Okada? —su pregunta me desconcertó. Me avergonzaba explicarle que había ido únicamente para conocerlo. Así que preferí escapar por la tangente.

—¿Cómo sabe que sólo vengo los domingos? —pregunté.

—Un jardinero conoce a todos los gusanos de su territorio, incluso a los que vienen de vez en cuando.

Me sonreí. Aunque su broma me hubiera parecido un poco atrevida, en ningún momento sentí la desazón en el estómago de la que había hablado Midori. Al contrario, el viejo se veía simpático y daban ganas de quedarse un rato con él. Así que seguí en el invernadero, observando su trabajo. A diferencia de los otros empleados del jardín, éste no usaba guantes; rascaba la tierra con una espátula muy pequeña y arrancaba las raíces con sus dedos arrugados. Ahora, casi un año después, el solo recuerdo de esas uñas renegridas basta para entristecerme, pero entonces sus manos me habían parecido curiosas, como las de un duende o algún personaje de cuento.

El jardinero volvió a su trabajo en silencio. Para no molestarlo, di una vuelta por el invernadero, fingiendo interesarme por los

nombres de las diferentes especies que almacenaban ahí, pero no tardé en acercarme de nuevo. Cuando me vio regresar, el viejo levantó la cara y arrojó sobre mí una mirada acuosa. Su ojos negros parecían flotar en esas cuencas tan grandes. Como pasa a menudo con los viejos, su expresión tenía algo infantil, de quien permite todavía que el mundo lo sorprenda.

—¿A usted le gustan las plantas, señor Okada? —preguntó con voz seria.

—Para serle franco, nunca me han interesado —respondí.

—Debí suponerlo. Usted es de los que sólo vienen a pasear por el parque. ¿No es cierto? Si el domingo que entra no estuvieran los pinos, sino una hilera de cipreses, a usted le daría lo mismo, o tal vez ni siquiera lo notara.

—Puede que tenga razón —admití—. Con tal de que no haya mucha diferencia entre un pino y un ciprés. (La verdad, no tenía ni idea de cómo eran los cipreses).

El viejo me miró sin decir nada. Pensé que quizás, para un jardinero apasionado, lo que acababa de decir podía interpretarse como un insulto, pero ni en su rostro ni en la expresión de sus ojos negros y acuosos había rastros de resentimiento.

—No lo culpo —dijo por fin—, hay que conocer a las plantas para quererlas y también hay que conocerlas para odiarlas.

—¿Odiarlas? —pregunté.

—Las plantas son seres vivos, señor Okada, y la relación que uno mantiene con ellas es como cualquier relación con un ser vivo. ¿Los animales tampoco le interesan?

Me acordé de un perro que había tenido en la secundaria. Después de un periodo de gloria en que mi hermana y yo jugábamos con él, había acabado arrumbado en la cocina de la casa. Ni siquiera recuerdo cómo desapareció de ahí.

—Para serle franco... —volví a decir.

—Pues, a pesar de lo que usted pueda creer, las plantas son peores que los animales: o las atiende o se mueren; en pocas

palabras, son un chantaje perpetuo. Plante una y verá: en cuanto salga la primera hoja, no podrá dejar de regarla; cuando crezca demasiado tendrá que cambiarla de maceta, quizás con el tiempo le salga alguna plaga. No crea, señor Okada, las plantas son un fastidio.

Miré a mi alrededor. En el invernadero todas las plantas se veían perfectamente aliñadas y brillantes. Todo parecía estar en su sitio: las plantas de luz en los lugares soleados, las de sombra en el fondo del galpón, más oscuro que la parte de enfrente. El jardinero parecía cumplir perfectamente con su trabajo.

—Si le fastidian tanto —pregunté—, ¿por qué se sigue ocupando de ellas?

—Digamos que es un compromiso —contestó lacónicamente—. Algunos tenemos el sentido del deber, aunque no todo el mundo sabe qué es eso. Al aceptar el trabajo en el invernadero me comprometí a cuidar de estas plantas y así lo haré hasta que ya no me sea posible.

El día siguiente no salí de casa. Puesto que había estado ahí la tarde del sábado, no volví al jardín de Aoyama. Me quedé complaciendo a mi mujer, que, previsiblemente, me encargó una multitud de labores, como arreglar la puerta de la cocina —la cerradura no servía y era necesario cambiarla—, instalar una nueva repisa en el baño —sus cosméticos no cabían ya dentro del clóset—. Después miramos televisión y, aunque Midori insistió varias veces, esa tarde no nos entregamos a la lujuria. Tampoco le hablé de mi visita al invernadero.

Así fue como empecé a ir los sábados por la tarde al jardín de Aoyama en lugar de los domingos. Ya no llegaba por la puerta del Este, como había sido mi costumbre durante años, sino que lo hacía directamente por la entrada cercana al invernadero. Tampoco paseaba entre los árboles una y otra vez ni me sentaba a leer en una banca. Al verme llegar, el viejo no mostraba sorpresa sino que me recibía con una sonrisa de reconocimiento. También,

conforme pasaba el tiempo, hablaba menos conmigo. En general se limitaba a hacer comentarios sobre la planta que estaba podando. A mí me recordaba un poco el ambiente que se instaura en las oficinas entre dos personas acostumbradas a trabajar en el mismo espacio. Sólo que en este caso yo no trabajaba con el jardinero: me sentaba frente a él y encendía un cigarro, luego otro, mientras lo miraba hacer. Poco a poco empecé a familiarizarme con su trabajo, pero también con las plantas. Algunas de ellas empezaron a llamarme la atención más que otras. Cuando me cansaba, me despedía del viejo y salía del invernadero para ir a tomar algo en el café de enfrente. Podrá pensarse que era estúpido, pero así transcurrían mis sábados por la tarde y a mí me parecían toda una aventura. No sé si era el hecho de ver trabajar al jardinero o de mirar las plantas o si era la clandestinidad, pues seguía sin decirle nada a Midori. Y, como ocurre a menudo, para preservar esa clandestinidad tuve que comenzar a hacer malabarismos. Los domingos, por ejemplo, tomaba algún libro del despacho y salía de casa fingiendo que iba a pasear por el jardín botánico, pero en realidad me quedaba en el café de Jenjiko, situado a unas cuantas cuadras de nuestro edificio. Así, sin darme cuenta, pasó más de un mes sin que yo abordara el tema con Midori. «Finalmente», me dije a mí mismo, «fue ella quien te habló de él y si entraste al invernadero, fue animado por sus recuerdos. ¿Por qué mantenerlo en secreto?». Era como si me estuviera robando algo de ella, algo que me negaba a devolverle. En vez de sentirme avergonzado, ese robo me causaba un placer al que no tenía deseos de renunciar y, de la misma manera en que un ladrón se aferra a su botín por ridículo que sea, me negaba a abordar el tema con mi esposa. Pero tampoco ese placer iba a ser duradero.

Como dije antes, las plantas empezaron a volverse más interesantes a mis ojos o por lo menos no tan aburridas. Tampoco es que me hubiera vuelto fanático de la botánica, pero de pronto les fui descubriendo cierta personalidad. En pocas palabras, dejaron de

ser objetos para convertirse en seres vivos. Un día, por ejemplo, noté que el jardinero no se ocupaba nunca de los cactus. Estaban ahí, olvidados en su tierra seca y cobriza. Algunos erguidos como centinelas, otros en forma de ovillo, a ras del suelo, asumiendo la posición circunspecta de un erizo. Me acerqué a su maceta y me quedé observándolos durante algunos minutos. No parecía haber en ellos ningún movimiento, además de esa actitud tiesa y como a la defensiva. La multitud de espinas diminutas sobre esa piel verdosa me hizo recordar mi propio rostro cuando llevo más de dos días sin afeitarme. Según mi mujer, tengo demasiado pelo para ser japonés. Pero, más allá de la barba, me pareció que los cactus y yo teníamos algo en común (no por nada me resultaban tan entrañables, aunque también me dieran un poco de lástima). Qué diferentes eran de las otras plantas, como los expansivos helechos o las palmeras. Entre más los miraba, más comprendía a los cactus. Seguramente se sentían solos en ese gran invernadero, sin la posibilidad de comunicarse siquiera entre ellos. Los cactus eran los *outsiders* del invernadero, *outsiders* que no compartían entre ellos sino el hecho de serlo y, por lo tanto, de estar a la defensiva. «Si yo hubiera nacido planta», reconocí para mis adentros, «no habría podido sino pertenecer a ese género».

La pregunta era inevitable y no se hizo esperar: si yo era una cactácea, ¿qué planta era Midori? La mujer que había elegido para compartir mi vida no era, a todas luces, un cactus. Nada en ellos me la recordaba. Es cierto que Midori también era frágil, pero lo era de otra forma, pues no estaba a la defensiva, blandiendo espinas hacia todas partes. No, ella tenía que ser otra cosa, algo mucho más suave pero, al mismo tiempo, no tan incompatible. Pasé la tarde del sábado mirando las diferentes especies del invernadero pero no logré dar con la planta a la que se parecía Midori.

Conforme pasaron los días, mi pertenencia a los cactus me fue pareciendo más y más evidente. En la oficina, me mantenía siempre erguido, esperando con aprensión el momento en que

la puerta iba a abrirse para dejar entrar una mala noticia. Cada vez que el teléfono sonaba, sentía sobre mi piel el nacimiento de una nueva espina.

En realidad siempre había sido así. Tanto mis compañeros de escuela como mis colegas de trabajo me habían jugado ya algunas bromas acerca de mi temperamento austero, pero nunca les había dado importancia. Ahora, en cambio, todo me parecía una consecuencia lógica de mi condición. Era así de simple: yo era un cactus, ellos no. De vez en cuando podía ocurrir que, en un elevador o en algún pasillo de la empresa, reconociera al pasar a otro cactus. Entonces nos saludábamos casi a la fuerza, evitando mirarnos.

Fue como una liberación. En ese momento dejé de preocuparme por cosas que antes me pesaban y me causaban angustia, como el hecho de no saber bailar. Midori, quien bailaba con una sensualidad inimitable, me reprochaba siempre mi rigidez. «No tiene remedio», podía responderle ahora, cínicamente, «tú escogiste casarte con un cactus». También por esas fechas dejé de propinar sonrisas hipócritas a los colegas que encontraba en el restaurante de la empresa, como había hecho durante tantos años. No era falta de amabilidad, sino simple coherencia con mi naturaleza. Y, al contrario de lo que se podía esperar, la gente no lo tomó a mal. Es más, los compañeros de oficina comentaban que últimamente me veía «en buena forma», incluso «más natural».

En la casa también se produjeron algunos cambios. Cuando no tenía nada que decir, no hablaba. A partir de entonces me negué a sostener conversaciones fingidas con Midori acerca de su pedicura, de su vestido nuevo o de lo que le había ocurrido a su amiga Shimamoto durante las vacaciones, y sobre todo dejé de sentirme culpable por no contarle mi amistad con el jardinero. Eso no significaba que mi amor por ella estuviera disminuyendo, al contrario, entre más me asumía, mejor me relacionaba con el mundo. Pero Midori no lo tomó de la misma manera. Mi afir-

mación como cactus la hacía exagerar todas sus reacciones. Me preguntaba con mayor frecuencia dónde había pasado la tarde y, por si fuera poco, se puso muy insistente con la cuestión de la lujuria. En las mañanas antes de ir al trabajo o en las noches antes de dormir, a Midori le entraban ganas de hacer el amor, cosa que por supuesto contrariaba mi naturaleza cactus.

Una noche, desperté sobresaltado después de una pesadilla que no lograba recordar. La luna casi llena entraba por el shoji, pintando la habitación con una luz azulada. El cuerpo de Midori yacía prácticamente sobre el mío, respirando con placidez en un sueño profundo. Tanto sus piernas como sus brazos estaban enlazados con los míos, semejando las ramas de una hiedra o de una madreselva. Así fue como lo supe, mi mujer era una enredadera, suave y brillante. «Por eso le gusta tanto la lluvia», pensé, «mientras que yo no la soporto». Durante algunos minutos, me quedé pensando en Midori, en su manera callada de infiltrarse en cualquier espacio y de tomar posesión de mi vida. Entre más lo pensaba más iba perdiendo el sueño. Por fortuna recordé la agenda del día siguiente: tenía una cita importante a las nueve. Debía tratar de dormir.

Me costó trabajo despertar esa mañana y tomé una ducha más larga que de costumbre. Durante el desayuno, mi mujer permaneció silenciosa. Parecía agobiada por algo.

—¿Te sientes bien? —le pregunté cariñosamente, pero evitando tocarla.

—Sí, no te preocupes. Es por el sueño de anoche.

—¿Cuál sueño? —exclamé, notando ansiedad en mi voz.

Antes de responder, Midori tomó una profunda inspiración.

—Soñé que teníamos un niño, un bebé precioso. Nunca hemos hablado de eso —explicó mirándome a los ojos, inquisitivamente, como si intentara descifrar mis pensamientos. Sentí un escalofrío.

Miré el reloj alarmado: tenía quince minutos de retraso.

—Hoy en la noche hablamos. Te lo prometo.

Midori y yo llevábamos ocho años casados. Los matrimonios de amigos tenían casi todos hijos. Cuando nos preguntaban cómo hacíamos para vernos tan felices, decíamos que el secreto consistía en no tenerlos. Era curioso que, justo la noche en que había descubierto su verdadera identidad, Midori hablara de ese tema.

La cita de la mañana fue un auténtico fiasco, no logré concentrarme ni un minuto en la conversación con el cliente y aún menos convencerlo de que firmara un contrato. Decidí tomar la tarde libre e ir al jardín de Aoyama. En cuanto llegué al invernadero, me puse a buscar una enredadera para constatar mi descubrimiento. Mientras lo hacía, casi tropiezo con el jardinero, que rascaba la tierra de una maceta como un gatito. Pareció sorprendido de verme.

—¿No debería estar trabajando, señor Okada? —preguntó sin dejar de podar un arbusto que tenía entre las manos.

—Hoy he salido temprano —y casi enseguida añadí—: ¿Qué opina de las enredaderas?

El jardinero dejó las tijeras en el suelo y me miró sorprendido.

—La fuerza de una planta como ésa —me dijo— radica en su voluntad a prueba de todo. Son capaces de trepar desde el suelo hasta lo alto de una torre. La ventaja es que sobreviven donde quiera que las ponga, se adaptan a cualquier clima.

En la voz del jardinero había una inflexión extraña, como de quien va a anunciar una mala noticia. Por un momento pensé que ya lo sabía todo.

—Y esas plantas —pregunté, sintiéndome aún más nervioso— ¿tienen un periodo especial de reproducción?

El anciano se tomó un tiempo antes de responder.

—Depende, algunas lo hacen cada mes y otras cada semana. ¿Por qué cree que avanzan tan rápido?

—¿Y los cactus? —pregunté.

—Los cactus son otra cosa. Algunos se reproducen una sola vez en la vida y generalmente lo hacen poco antes de morir —al decir esto, echó las tijeras a su bolsa y se levantó—. Venga conmigo —dijo—, le voy a enseñar una cosa.

El jardinero me mostró la maceta donde estaban unos cactus que había visto varias veces, sólo que ahora uno de ellos tenía una flor roja en la punta.

—Éste es un caso especial. Puede vivir hasta ochenta años y se reproduce cada veinte. Pero no es eso lo que quería mostrarle —explicó—, sino lo que hay aquí.

Junto a la maceta de los cactus, pero a unos centímetros del suelo, advertí un recipiente gris de forma rectangular que antes no estaba en ese sitio. El jardinero la había puesto ahí aquella tarde en la que no me esperaba. El recipiente contenía una reproducción en miniatura del jardín de Aoyama. Ahí estaba el café, las fuentes rectangulares, el invernadero y también las hileras de árboles, los pinos y los cerezos.

—¿Son de verdad? —pregunté, sorprendido. Y al decir esto me di cuenta de que estábamos hablando en voz baja como dos personas que comparten un secreto.

Por toda respuesta el jardinero movió la cabeza, pero de manera tan ambigua que yo no supe si se trataba de una afirmación o de una negativa.

Los bonsáis siempre me habían causado una especie de miedo, en todo caso una aprensión inexplicable. Hacía mucho que no veía alguno y encontrarme de repente con tal cantidad de ellos me produjo un malestar casi físico. El viejo debió de darse cuenta y comentó:

—Estoy de acuerdo con usted. Son aberrantes.

Me sorprendió escuchar esa expresión en la boca de un jardinero, pero al mismo tiempo esa palabra correspondía muy de cerca a lo que yo estaba sintiendo.

—¿Por qué están aquí? —pregunté irritado y subiendo un poco la voz—. ¿Por qué me ha traído a ver esto?

—Llevo muchos años cultivándolos, he podado cada una de sus hojas, los he visto secar y caer sobre la tierra de la maceta, simulando el estertor de los árboles verdaderos, pero sin ninguna clase de estrépito. Véalos bien, señor Okada —insistió, mientras yo revisaba con cuidado la pequeña corteza como si en ella se escondiera alguna respuesta—. Pienso que ya ha aprendido a mirar lo suficiente las plantas como para darse cuenta: no son plantas, tampoco son árboles. Los árboles son los seres más espaciosos que hay sobre la tierra, en cambio un bonsái es una contracción. Así vengan de un árbol frondoso o de un árbol frutal, los bonsáis sólo son eso, bonsáis, árboles que traicionan su verdadera naturaleza.

Volví a casa caminando bajo la lluvia. Como no llevaba paraguas, llegué con la ropa escurriendo. Durante todo el camino, pensé en las enredaderas y en los cactus. Un cactus sufría en ese clima de lluvia, mientras que una enredadera era feliz así. Yo amaba a Midori, pero dejarme invadir era actuar en contra de mi naturaleza. También pensé en lo traicionada y triste que sería una enredadera incapaz de reproducirse.

Entré a la casa y me di una ducha caliente. Midori estaba ocupada con un asunto de pruebas que debía mandar a la imprenta esa misma noche, así que, para mi fortuna, no abordamos el tema de la reproducción.

El sábado fui al jardín de Aoyama pero el anciano no estaba en el invernadero. Pregunté por él al guardia pero no supo darme ninguna explicación. Al parecer, en el parque estaban acostumbrados a que el jardinero se ausentara algunos días. Estuve esperando un rato en el café, para ver si aparecía de repente, pero al poco tiempo me di cuenta de que era inútil.

Al volver a casa me encontré con Midori. Regresaba del salón de belleza. Como cada sábado, tenía el pelo alaciado en

un peinado muy semejante al que le deja el agua al salir de la ducha.

—¿Por qué me miras así? —me preguntó.

—¿Así cómo? —respondí—. ¿Qué te hiciste en el pelo?

—Lo mismo de siempre —contestó ella, molesta.

Era verdad, el peinado era el de siempre y también el color de las uñas. No había nada nuevo y sin embargo yo no podía dejar de encontrarla distinta, como si, en vez de devolverme a Midori, los del salón de belleza hubieran mandado a su doble.

—Es cierto, es el mismo —contesté para terminar con el asunto. Tenía muchísima hambre y no quería correr el riesgo de retrasar la cena con una discusión absurda. Además, ¿qué podía decirle?, ¿que hoy parecía una réplica de ella misma? Cenamos en silencio, mientras en la radio daban *La gazza ladra* de Rossini. Entonces me di cuenta: lo que estaba viendo frente a mí era un perfecto bonsái. El bonsái de una enredadera.

Pensé que se me pasaría, pero en la noche, antes de dormir, volví a reconocer en su rostro preocupado la contracción de esos árboles enanos. Cuando Midori intentó extender sus ramas alrededor de mi cuerpo no pude sino rechazarla. Así pasó cada noche de la semana, mientras en mí iba creciendo un profundo desasosiego.

Un noche mi mujer no pudo más y estalló:

—¿Qué te pasa? ¡Hace días que me miras como si fuera una extraterrestre!

Tenía razón, pero ¿qué explicación podía darle?, yo mismo no sabía qué pensar.

Me levanté de la cama y salí al balcón de nuestro cuarto a fumar un cigarrillo. La luna estaba menguando y al verla sentí una tristeza profunda. ¿Dónde estaba Midori, mi esposa, la mujer con la que había decidido hacer mi vida? Estaba ahí, de eso no cabía duda, pero ¿por qué ya no lograba verla como antes? Midori estaba ahí adentro pero convertida en una enredadera, de la misma

forma en que yo me había convertido en un cactus. Pero ¿acaso no lo habíamos sido siempre? ¿Cómo saberlo? Me sentía solo en el mundo, encerrado en una perspectiva de la que ya no podía salir. A lo lejos, desde la habitación, escuché el llanto de Midori, un llanto expansivo como ella misma, metiéndose en el último rincón de mi conciencia. Me reproché mi actitud. Me dije que seguramente, de haberle contado enseguida mi visita al invernadero y mi relación con el viejo, las cosas no habrían tomado nunca esa dimensión aterradora. Si ella me hubiera acompañado el primer sábado por la tarde, habríamos vivido juntos esa aventura. Los dos estaríamos ahora metidos en una historia común y no separados por un estúpido punto de vista como un vidrio insonorizado. Decidí no volver al invernadero.

Unos meses después Midori y yo nos separamos.

Tuvo que pasar un año para que volviera al jardín botánico. Desde el día en que el jardinero había faltado a la cita no había vuelto a pasear en ese parque. ¿Qué habría sido del viejo? No podía dejar de relacionarlo con mi ruptura y con esa tristeza que desde entonces sentía en mis raíces más profundas, muy distinta de una desazón en el estómago. Comprendí que de alguna forma lo culpaba y sentía la necesidad de decírselo. Así que lo busqué por todas partes pero no lo encontré.

Pregunté por él al guardia de la caseta, quien me miró sorprendido como si se tratara de una aparición.

—El señor Murakami está en el hospital, se encuentra muy enfermo —explicó el guardia bajando la vista respetuosamente.

Era la primera vez que oía el nombre del jardinero. Pensé en el pobre viejo, muriéndose en un hospital sin recursos, preocupado por el destino de sus plantas. Pensé en los diez años que habían pasado desde que Midori y yo nos mudamos del barrio de Aoyama para vivir en Jenjiko, en nuestro departamento de casados. Pensé en mi vida con una enredadera y en lo rápido que había

transcurrido. Recordé sobre todo la longevidad de los cactus: ochenta años o más en una tierra seca y cobriza.

Huracán

Ena Lucía Portela

Es mi decisión. Mía, sólo mía, y no pienso discutirla con nadie. Estoy en mi derecho, ¿no? La tomé a fines de los noventa, cuando tenía unos veintidós o veintitrés años, no recuerdo bien. Lo que sí sé es que lo hice en pleno ejercicio de mis facultades mentales, que no estaba borracha ni bajo el efecto de ninguna droga. Claro que suele dudarse de las facultades mentales de alguien que toma "en frío" una decisión de tal naturaleza, aparentemente sin motivos. Justo por eso no quiero discutirla con nadie. Ya estoy aburrida de que me tilden de loca.

La primera oportunidad se me presentó en octubre de 2001, cuando el huracán Michelle. Para ese entonces ya mamá había fallecido (el corazón, los disgustos...). Gracias a las gestiones de no sé cuál organización internacional de derechos humanos, papá había salido por fin de la cárcel... directo hacia el avión. Ahora vivía en L.A., California. A mi hermano el Nene, el mayor, le habían descerrajado un tiro en la nuca, sabrá Dios por qué. Algo inconcebible. Porque el Nene, que yo sepa, nunca tuvo nada que ver con nada. Ni política ni narcotráfico ni la mujer del prójimo. Sólo era un poco distraído, como ausente, igual que mamá. Leía mucho. Poesía, sobre todo. Le encantaba W. H. Auden. Era un buen tipo. Supongo que lo mataron por estar, como quien dice,

en el momento y el lugar equivocados. O tal vez lo confundieron con otro. En fin, no sé. En nuestra casa del Vedado, ya bastante deslucida pero aún sólida, nada más quedábamos mi hermanito el Bebo y yo.

Eran las tres y pico de la madrugada, a comienzos de aquel octubre. El Bebo dormía en su cuarto y yo, acurrucada en el sofá de la sala, miraba la televisión. Casi nunca transmiten nada a esas horas, excepto las Olimpiadas o el Mundial de Béisbol, cuando ocurren en países lejanos, o las noticias acerca de algún huracán muy horrible que ande por países cercanos. Y ahí estaba. Michelle. Como la canción de los Beatles. *Michelle, ma bélle...* Nombre glamoroso para un monstruo de categoría 5 en la escala Saffir-Simpson, lo cual significa vientos máximos sostenidos por encima de 250 km/h. Y rachas que pueden ser muy superiores, sobre los 300 km/h, o aún más. Lo peor que uno pueda imaginar en materia de ciclones.

Así pues, la capital y todo el occidente y el centro de la isla grande, junto a la Isla de Pinos y algunos cayos adyacentes, estaban en fase de alarma ciclónica. En unas horas el huracán entraría en el archipiélago cubano. Pero nadie sabía por dónde. Entraría. Punto. Ni en el Observatorio de Miami ni en el de Casablanca se aventuraban a emitir un pronóstico más preciso acerca de su trayectoria. En la TV, de pie junto a las imágenes del satélite (misteriosas, como siempre, jamás las he comprendido), y algunos mapas climáticos, el director del Instituto de Meteorología no paraba de hablar. Decía: Ubicación actual, tantos grados de latitud Norte y mascuantos de longitud Oeste. Velocidad de traslación, más bien lenta... ¡Hum! Malo, malo... —se secaba el sudor de la frente con la manga de la camisa—. Precipitaciones, tantos milímetros. Presión atmosférica, mascuantos hectopascales. Velocidad de los vientos huracanados... ¡Uf! Muy fuertes, fortísimos... ¡Hace décadas que no se veía algo como esto! Pero mantengan la calma, ¿eh? —volvía a secarse el sudor—. Hay que

mantener la calma, estimados televidentes, y cumplir con las orientaciones del Estado Mayor de la Defensa Civil para casos de ca… ca… catástrofe… Pobre tipo. A la legua se le notaba el miedo, las ganas de mandar a la porra al puñetero Estado Mayor con todas sus malditas orientaciones, y salir corriendo como alma que lleva el diablo. Claro que correr no tenía sentido. No llegaría a ninguna parte.

Luego aparecieron en pantalla imágenes de la CNN en español. Con una lentitud escalofriante, Michelle había ido bordeando la costa caribeña de Centroamérica y los periodistas iban tras él (o tras ella, ¿no?) con sus cámaras y micrófonos. A prudencial distancia, por supuesto. Las imágenes eran espantosas. Crecidas de ríos, casas desplomadas, árboles arrancados de cuajo, cadáveres de personas y de animales flotando en el agua sucia, toda la miseria y el sufrimiento del mundo en los ojos de los sobrevivientes, que para colmo de males eran gente pobre, cuyos gobiernos —dijeron algunos de ellos— no los tomaban en cuenta para nada y no los ayudarían a recuperarse, etc. Algunos indígenas, que quizás no hablaban español, permanecían en silencio, muy serios, con el entrecejo fruncido. Aunque en realidad no hubo tantas entrevistas. Muchas zonas habían quedado aisladas por las inundaciones, resultaban inaccesibles por tierra, así que las imágenes (pura devastación) eran tomadas desde un helicóptero. Una voz en off iba diciendo en tono dramático: esto es en Nicaragua… esto, en Honduras… esto, en Guatemala… A la altura de Belice —dijo la voz en off— el poderoso huracán ha salido nuevamente al Caribe, donde ganará en organización e intensidad. Ahora se dirige hacia Cuba…

Y en ese momento, justo en ese momento, apenas la voz hubo pronunciado la palabra “Cuba”, ¡paf!, se cortó el fluido eléctrico.

Imagino cómo debieron sentirse los estimados televidentes de las tres y pico de la madrugada, que seguro eran millones, ante

aquella oscuridad. Creo que escuché unos gritos a lo lejos. No sé. Ni Stephen King hubiera inventado algo más terrorífico.

En lo que a mí respecta, no tenía ningún miedo. No es que yo sea muy valiente, qué va. Desde niña padecí toda clase de terrores. Fueron muchos, demasiados. Tantos, que vivía en perpetua zozobra, mordiéndome las uñas, con un nudo en la garganta... Pero cuando tomé la decisión, a fines de los noventa, desaparecieron todos como por arte de magia. ¡Zas! Fue como una especie de exorcismo. Ni siquiera volví a tener pesadillas. Ahora, con el corte de la electricidad, sólo me preocupaba que mi hermanito fuera a despertarse por causa del calor. Porque la noche estaba caliente, húmeda, pegajosa, y él, sin ventilador...

El Bebo no era ningún chamaco. Nada de eso. Con sólo tres años menos que yo, no le faltaban fuerzas para arruinarme los planes. Y trataría de hacerlo, desde luego. Siempre lo hacía. No quiero decir que él fuera violento, que me maltratara o algo por el estilo, no. Pero tenía un lado Aliosha Karamázov francamente insoportable. Cuando empezaba con aquello de que el Señor nos ama a todos y que debíamos buscar la salvación de nuestras almas y no sé qué más, no había forma de pararlo. Yo le decía: Ay, Bebo, por favor, déjame en paz... Y él: ¿Pero qué dices, Mercy? ¡Déjate en paz tú a ti misma! Deja que el Señor entre en tu corazón... Y cosas así. Mejor que no se despertara.

En medio de la oscuridad, fui a sentarme en el poyo de la ventana que da al portal. Silencio absoluto. Ni los grillos del jardín chirriaban. Tal vez se habían largado con su música a otra parte. He oído que los animalejos perciben la inminencia de los desastres naturales mucho mejor que nosotros, que sin satélite y radares no percibimos nada de nada. Quién sabe. El hecho es que aún no soplaba la más mínima brisa. La noche estaba clara, despejada, con luna y estrellas y todo eso. De no ser por la TV, nadie hubiera sospechado que se nos venía encima un huracán,

y de los más apocalípticos. Mis ojos ("de gata", decía el Nene) se adaptaron enseguida a la oscuridad. Prendí un cigarrillo. Aún no era el momento, no había que apresurarse. Permanecí allí, fumando, contemplando la noche, durante varias horas. No pensaba en nada. No tenía nada en qué pensar. El Bebo, por suerte, no se despertó.

Al filo del amanecer, me bajé del poyo. Estiré las piernas. Según mis cálculos, ya era hora de entrar en acción. Sigilosa, procurando no tropezar con nada, fui hasta el cuarto de mi hermanito, en el fondo de la casa. Ahí estaba él, con la ventana abierta, arrebujado entre las sábanas. Ajeno al calor, a la inminente visita de Michelle y a mis propósitos, dormía como un tronco. Vaya sueño glorioso, pensé.

Ni el Bebo ni yo trabajábamos. Con nuestros antecedentes, nadie nos hubiera dado un empleo que no fuese en la agricultura o en la construcción. No eran antecedentes penales, no habíamos cometido ningún delito. O quizá sí. Depende del punto de vista. Hay acciones, u omisiones, que son legales en unos países y en otros no, según el sistema de gobierno. De manera que sobrevivíamos, mal que bien, gracias a las remesas que nos enviaba un amigo de papá desde los Estados Unidos. Se suponía que en algún momento de nuestra era partiríamos al exilio, para volver a reunir a la familia, o lo que quedaba de ella. Pero hacía falta un permiso de salida de Inmigración, que no llegaba (aún no llega). El Bebo, con su problema de la columna, no era apto para el servicio militar. Eso era bueno, porque en caso contrario se hubiera declarado objetor de conciencia y sabe Dios lo que hubiese ocurrido. En cuanto a mí... digamos que apenas existía, que apenas existo. Vamos, que no peso ni cien libras. Según los hombres de este país, tan adictos a las masas y los volúmenes, soy ojos verdes, pelo largo y nada más. ¿Qué interés podría tener alguien en retenerme en un lugar o en otro? Nada, que no

entiendo la demora con el permiso de salida. Pero me da igual. Oh, sí. Ya desde entonces me daba igual. En esta vida hay muchas cosas que no entiendo.

El Bebo tampoco entendía. Pero él sí que se lo tomaba a pecho. Durante algún tiempo estuvo muy, pero que muy ansioso, incapaz de concentrarse en nada, loco porque acabáramos de largarnos de una cabrona vez —decía—, a cualquier parte, aunque fuera a Tombuctú. Porque además sentía que nos vigilaban, que habían pinchado nuestro teléfono para espiar nuestras conversaciones privadas, que merodeaban por los alrededores de la casa (vestidos de paisano, claro, para que no se les viera lo policial, ¡como si pudieran engañar a alguien!), en fin, que pretendían aniquilarnos. Yo le preguntaba quiénes y él me respondía que ellos. ¿Quiénes más podrían ser? Ellos. Los perros. Los hijoeputas. Los de siempre. Yo le preguntaba si estaba seguro, si no serían figuraciones suyas, sí, porque a fin de cuentas era un poco absurdo... Él me miraba con cara de horror. Decía: ¿Un poco queeeeeé? ¡Ay, María de las Mercedes Maldonado! ¡Tú como siempre, en las nubes, en los jardines colgantes de Babilonia! Estás más loca... Entre eso y la muerte del Nene, tan inexplicable, mi hermanito estuvo al borde de una crisis de nervios.

Entonces, un buen día, se iluminó. O sea, decidió que estaba bueno ya de ser católico, lo que para él equivalía a ser razonable en exceso, falto de pasión, de auténtico fervor religioso, y se metió a protestante. Se hizo evangelista, creo. Aunque no estoy segura. Tal vez fuese luterano, o anabaptista, o pentecostal... En realidad no sé. Era una secta cuyos practicantes se la pasaban dando brincos y alaridos. A veces caían en trance y se revolcaban por el piso, ponían los ojos en blanco y hasta soltaban espuma por la boca, vaya, como si tuvieran un ataque de epilepsia, y consideraban todo eso terriblemente espiritual. Yo respeto las creencias de los demás, de veras que sí. Pero aquellos creyentes espasmódicos y vocingleros me ponían los pelos de punta. No podía con ellos. Cuando venían

a casa, me encerraba en mi cuarto. Sí, para que no me dijeran que yo llevaba colgado del cuello un instrumento de tortura. ¡Dios mío, un instrumento de tortura! Los muy anormales se referían a una crucecita de oro de lo más inofensiva. Y si empezaban con los aullidos y los berridos, me iba al parque de la esquina y me sentaba a leer en mi banco favorito, debajo de un flamboyán. Por cierto, ahí leí un libro que ahora mismo no recuerdo de qué trata ni quién lo escribió, pero que me gustaba muchísimo en aquella época, no sé por qué. *La campana de Islandia*, creo que se llamaba. ¿No es un lindo título? Pero volvamos a los evangelistas, o quiénes fueran. La cuestión con ellos es que, pese a toda la bullanga que armaban, en cierto modo ayudaron a mi hermanito. Eso hay que reconocerlo. Con sus extravagancias lo mantenían entretenido, a salvo de la angustia, el alcoholismo y las noches de insomnio. Verdad que se volvió muy latoso con lo del Señor que nos ama a todos, pero al menos dormía tranquilo de vez en cuando. Como aquella madrugada, en vísperas del huracán Michelle, en que entré a su cuarto subrepticiamente.

Cogí la linterna y el llavero, que estaban encima de la mesita de noche. Los vientos ya comenzaban a soplar con alguna fuerza, pero aún había una calorana sofocante, por la baja presión atmosférica. Sólo enfriaría más tarde, cuando empezara a llover. Dudé por un segundo entre cerrar o no la ventana. Preferí dejarla abierta. No quería que el Bebo se despertara aún. ¿Para qué? Ya se despertaría más adelante, cuando la cosa se pusiera realmente fea. También me pregunté si no debía dejarle una nota. Las personas que toman la decisión que yo he tomado suelen dejar notas antes de ponerla en práctica. Escriben algo como "No se culpe a nadie…" o, por el contrario, "La culpa la tiene Fulano de Tal…", o qué sé yo. Todo eso siempre me pareció muy patético. Vamos, como si quisieran darle una suprema importancia a un acto que, si lo miramos con un poco de objetividad, no es nada relevante. Ya sé que hay otras opiniones al respecto, pero en fin.

Sea cual sea el asunto de que se trate, siempre hay otras opiniones. Si algo sobra entre las personas, es justo eso: las opiniones. De cualquier modo, yo no hubiera sabido qué escribir en mi nota sin que sonara falso o ridículo. El Nene siempre me decía que tengo talento para la literatura, pero no sé, no lo creo. Toda mi obra (¡je je, mi obra!) se reduce a cinco o seis cuentos, de los cuales he publicado sólo uno, en una revista mexicana. Así que no le dejé al Bebo ninguna nota. Ahora me pregunto si, de haberlo hecho, eso no hubiera cambiado el curso de los acontecimientos. Quién sabe. Me parece que no.

En mi mente, le di un beso a mi hermanito. Y un abrazo. Y muchos besos más. Aunque yo no sea tan fervorosa ni tan pasional, tampoco soy una piedra. Me hubiera gustado tocarlo de verdad. Pero no debía correr riesgos. De manera que me despedí sólo en mi mente. Le dije que lo quería mucho-mucho, a pesar de las latas evangelistas (era cierto). Que ojalá no me extrañara demasiado. Le deseé suerte con lo del permiso de salida, que le llegara pronto y pudiera reunirse con papá. Y me fui, antes de que los vientos comenzaran a arreciar y las hojas de la ventana a dar bandazos. Nunca volvimos a vernos.

Cuando salí al portal ya amanecía, aunque apenas había luz. El cielo estaba tan empedrado, tan gris, que deprimía a cualquiera. El olor a humedad era muy fuerte. De un momento a otro empezarían a caer los primeros goterones. Y luego, casi enseguida, el diluvio. Por las condiciones del tiempo, era evidente que Michelle ya había entrado en la isla grande. ¿Por dónde? Vaya uno a saber. Si el ojo del ciclón atravesaba La Habana, de por sí tan destruida, sería la catástrofe más colosal de los últimos cincuenta años. Por un instante sentí algo parecido al patriotismo. Odié a Michelle.

Del portal salí al pasillo exterior que conduce al garaje. Las ventanas laterales de la casa contigua estaban todas cerradas. Estupendo, pensé. No quería que nadie me viera.

Abrí el portón. Ahí adentro, en el garaje, estaba oscuro como boca de lobo. Olía a herrumbre, a moho, a gasolina. Con la linterna encendida, me subí a la camioneta Ford y traté de ponerla en marcha. No era fácil. Lo logré al tercer intento. No revisé el tanque del combustible, pues ya lo había hecho la tarde anterior. Esa camioneta era una antigualla, una auténtica pieza de museo. Cada vez que un turista la veía, enseguida quería comprarla. O si no, retratarse junto a ella. O filmarla en movimiento. Verdad que se movía de puro milagro, sin que le hubieran cambiado un solo componente en más de cuatro décadas. Si no es un récord Guinness, le anda cerca.

Ya en la calle, miré por el retrovisor. El portón seguía abierto. Pero no iba a apearme para cerrarlo. Qué va. En el garaje no había nada que pudieran robarse, y a lo mejor hasta servía de refugio a alguien. Siempre hay vagabundos, pordioseros, borrachos, viejos locos que se fugan de sus casas y luego no tienen dónde meterse cuando llegan los huracanes. También hay perros y gatos callejeros. En fin, todo lo que yo deseaba era alejarme de allí lo más rápido que pudiera. A estas alturas ya había empezado a llover y el viento sacudía las copas de los árboles como si quisiera desguazarlas. De modo que arranqué veloz... bueno, más o menos veloz, rezando por que el dinosaurio Ford no fuera a darme candanga justo ahora.

Creo que rodé varios kilómetros sin rumbo fijo. Di algunas vueltas. Llegué hasta el puente de hierro del Almendares y luego regresé, por un camino distinto. No me interesaba ir a ningún sitio en particular. Sólo rodaba y rodaba. La lluvia era cada vez más intensa. El viento la inclinaba ora en una dirección, ora en otra. Hacía remolinos, espirales, trombas. Yo iba un poco despacio, pero sin detenerme. Al principio tenía cierta visibilidad. Recuerdo vagamente las calles del Vedado, sombrías, desiertas, sin vehículos ni peatones. Las farolas del alumbrado público, apagadas. Las de la camioneta, igual. Yo era como un fantasma que

recorría una ciudad fantasma. Por primera vez en muchos años, me sentía feliz.

El paisaje fue desdibujándose tras la cortina de agua. Era de esperarse. Nada puede un limpiaparabrisas de medio siglo contra la lluvia torrencial. Lo último que distinguí fue una silueta humana. Yo rodaba en mi cacharro de lo más beatífica por la calle 23 y alguien, no sé si hombre o mujer, iba a pie por el callejón de Montero Sánchez. O por el de Crecherie. No sé. Iba por un callejón perpendicular a 23. Se tambaleaba. Se caía de rodillas. Se levantaba, al parecer con tremendo esfuerzo, y daba unos pasos. Volvía a caerse, ahora de bruces. Volvía a levantarse. Caminaba de nuevo, con una pata coja… Hasta que la cortina de agua se convirtió en una pared de agua y ya no vi más nada. ¿Qué habrá sido de aquella persona? Jamás lo supe.

A ciegas, seguí rodando, ahora un poco más rápido. Algo *tenía* que suceder conmigo, ¿no? Estaba segura de eso. Y en efecto, algo sucedió.

De pronto, la camioneta pegó como un brinco y se detuvo. Claro que yo no tenía cinturón de seguridad. Por poco salgo disparada contra el parabrisas. De hecho, me di un buen tortazo en la frente con el timón, o con algo, no sé. ¿Qué coño había pasado? El motor seguía encendido, pero la camioneta no avanzaba. Intenté dar marcha atrás y nada, tampoco podía. Nunca se vio una camioneta más inmóvil que aquella. ¡Ni un mulo hubiera opuesto tanta resistencia! Aparte de "coño", masculllé otras palabrotas, aún más gruesas. En general no soy boquisucia. Las blasfemias, si las sueltas con frecuencia, pierden eficacia. Mejor reservarlas para las grandes ocasiones.

Mientras, un líquido tibio me corría por el rostro. Me toqué. Era sangre. Me miré en el retrovisor. La herida en la frente no lucía tan bonita. Qué raro que no me doliera. Aunque eso no tenía mucha importancia. Traté de avanzar otra vez, y nada. Se apagó el motor. Creo que si me hubiera apeado en aquel momen-

to, quizá hubiese tenido más suerte. Pero no lo hice. Me quedé allí, dentro de la camioneta. A mi alrededor todo era agua. La lluvia repiqueteaba contra el parabrisas de un modo infernal. No sería extraño que lo reventara, pensé, y esa idea me devolvió la tranquilidad.

Lo cierto es que la camioneta se había atascado en un bache. Nada extraordinario, después de todo. Ya se sabe que las calles del Vedado, al igual que otras muchas en La Habana, están llenas de huecos, algunos muy grandes y peligrosos para cualquier vehículo. En uno de esos vine a caer. Sólo con una grúa se hubiera podido sacar la camioneta de allí. Y el problema con estos baches, aparte de los atascos y los neumáticos ponchados, es que se inundan cada vez que llueve un poco fuerte. Una simple tormenta tropical los hace desbordarse, no digamos ya un huracán. Así que el nivel del agua fue ascendiendo hasta alcanzar el motor, y éste se apagó, como es natural.

Pero eso no lo supe hasta mucho después. En aquel momento no sabía ni hostia. Encerrada en la camioneta, me molestaban el olor de la sangre, tan parecido al del cobre, y el calor. Porque había mucha sangre y mucho calor. Al menos así lo recuerdo. Me preguntaba si no sería conveniente bajar los cristales, para que se fuera el aire viciado y entrara toda esa lluvia demencial y todo ese viento que rugía como los mil demonios… Entonces fue cuando sentí el otro golpe. Ése sí me dolió. Muchísimo. Pero sólo por un segundo, o quizás menos. Tras el dolor, vino la calma. Una rara sensación de plenitud, de bienestar. Podía oír la lluvia y el viento, sí, pero muy atenuados, como si estuvieran a miles de kilómetros de allí. Luego me entró sueño. Poco a poco, me envolvió la oscuridad.

No tuve suerte. Desperté en la sala de emergencias del hospital Fajardo. Me habían puesto una transfusión, un suero, una máscara de oxígeno, un vendaje alrededor de la cabeza y no sé cuántas cosas más. ¡Hasta me habían cambiado el vestido por una

especie de batilongo gris! Qué rabia. Mi primer impulso fue el de arrancarme todos aquellos trastos, incluido el batilongo. Pero no pude ni mover un dedo. Me sentía muy débil, mareada, con una jaqueca espantosa.

Apenas la enfermera vio que yo me había despertado, salió corriendo. Enseguida apareció un médico. Un gordo cincuentón, con cara de cumpleaños. Lo primero que me dijo fue: ¡Ajajá! ¡Así que tenemos los ojos verdes! Y se abalanzó para estudiármelos con una linternita. Luego me quitó la máscara de oxígeno y me preguntó cómo me sentía, y también mi nombre, dirección, teléfono, parientes cercanos, etc. No le respondí nada. No tenía ganas de hablar. Él aceptó aquel silencio como lo más natural del mundo. Me preguntó si yo podía oírlo. Asentí con los ojos (hacerse el sordo es mucho más difícil que hacerse el mudo, al menos para mí). Entonces volvió a ponerme la máscara y habló él. No recuerdo todo lo que dijo, sólo algunas cosas. Lo que había caído encima de la camioneta era un álamo. Claro que no me golpeó de lleno con el tronco, pues en tal caso me hubiera hecho papilla. Vamos, quien haya visto álamos sabrá que pueden ser más altos que una casa de dos plantas. Éste, en su caída, aplastó primero una cerca, unos arbustos, un automóvil, y al final sólo tocó la camioneta con una de sus ramas. Yo llevaba tres días inconsciente. Aparte de la herida en la frente, que hubo que suturar, no tenía otras lesiones visibles. Me habían hecho algunas radiografías y pruebas, y nada. Todo parecía estar en orden. Pero no había que confiarse. La conmoción había sido muy fuerte. Yo debía permanecer allí, en observación, unos días más. En cuanto a lo de hablar... —sonrió—, pues no había prisa. Ya hablaría más adelante. Por el momento era mejor que guardara reposo absoluto.

Cuando el gordo se fue, eché un vistazo en derredor. En la sala de emergencias había otras camas y otros pacientes, familiares de los pacientes y amigos de los pacientes y de los familiares, enfermeras y novios de las enfermeras, la que limpia el piso, la que

prepara el café, el que vende pirulíes... Nada, que aquello parecía el camarote de los hermanos Marx. Todos charlaban, discutían, opinaban, interrumpiéndose unos a otros. En lo alto de una pared, frente a la hilera de camas, había un televisor encendido. A todo volumen, por supuesto. Conque "reposo absoluto", ¿eh?

Me puse a mirar la TV. Las aventuras de Michelle seguían acaparando la atención. Tras salir de acá, había continuado su paso con rumbo Noroeste por el Golfo de México, y ahora estaba acabando con la Louisiana o con la Florida, no recuerdo bien. En cuanto a Cuba, el ojo del ciclón había cruzado por el centro. A la capital sólo habían llegado las bandas exteriores. O sea, la parte más "floja" del fenómeno. Lo que yo había visto en mi accidentado paseo, toda aquella furia de agua y viento, no era nada en comparación con lo que había pasado por el centro de la isla grande, al que más tarde la UNESCO declararía oficialmente "zona de desastre". Hacia allá se había dirigido buena parte de la prensa nacional e internacional. Las imágenes tomadas desde el aire, que aparecían ahora en pantalla, eran todo lo horribles que cabía esperar. Pura devastación, igual que en la costa caribeña de Centroamérica.

Luego transmitieron un reportaje acerca de un pueblito llamado Jícara, en la región central. Era uno de esos bateyes insignificantes que ni aparecen en los mapas. Si recuerdo el nombre es porque me hizo gracia que los lugareños se autodenominaran "jicarenses". En verdad Michelle se había ensañado con aquel sitio. No quedaba ni un bohío en pie, ni una palma, nada. El aspecto de los jicarenses era muy similar al de los damnificados centroamericanos. Entre ellos no había indígenas. Sólo negros y mulatos. Por lo demás, a simple vista se les notaba la miseria, el hambre, el desamparo. Y ahora, para colmo, les había caído un huracán. Sin embargo, cuando el periodista les preguntó cómo se sentían, ellos respondieron que muy bien. Oh, sí. Maravillosamente bien. Cualquiera hubiese creído que ironizaban, pues a fin de cuentas

la pregunta era un poco idiota. Pero no. Los jicarenses hablaban en serio. ¡Se sentían muy bien! ¡Habían soportado el huracán, sí! ¡Y soportarían todo lo que tuvieran que soportar por la patria y la revolución! ¡Y lucharían contra el imperialismo yanqui, sí! ¡Hasta la última gota de sangre! ¡Y que viviera por siempre el inmortal comandante en jefe! Todo eso lo soltaron a grito pelado, agitando los puños con frenesí, como para que no quedara la menor duda acerca de lo bien que ellos se sentían. Válgame Dios, pensé, y luego dicen que yo estoy loca... En la sala de emergencias se escucharon algunas carcajadas. ¡Mira p'a eso, por tu vida! ¡Están del carajo, esos guajiros ñongos! ¡Jo jo jo! Creo que nadie reprendió a los risueños. Ya se sabe que la gente de ciudad suele ser un tanto burlona con la gente de campo.

Si de veras el gordo creía que yo iba a decirle algo acerca de mí, estaba muy equivocado. Nada le dije, ni mi nombre. ¿Para qué? No era asunto suyo. Permanecí varios días en silencio, más callada que una ostra en el fondo del océano. Él trataba de sonsacarme, cada vez más nervioso. Me decía que los pacientes anónimos no estaban permitidos, que él no era mi niñera y no tenía por qué aguantar mis caprichos, y hasta me amenazó con remitirme al psiquiatra. Pero no consiguió nada. En cuanto pude, me fugué del hospital. Sólo entonces me enteré de lo otro.

Como se conoce, las bandas exteriores de Michelle causaron un sinnúmero de estragos en La Habana. Derrumbes, penetraciones del mar, gran parte del tendido eléctrico por el suelo, junto a los cables del teléfono, árboles y toda clase de objetos que normalmente no vuelan, pero que los vientos habían hecho volar. También dejaron alrededor de una decena de víctimas fatales. Eso no es mucho para una ciudad con más de tres millones de habitantes, de modo que no hubo catástrofe humanitaria. Sólo que una de esas víctimas fue mi hermanito el Bebo. Encontraron su cuerpo tirado en la calle, a unas cuadras de casa. Estaba muy magullado, con fracturas múltiples, una de ellas en la base del

cráneo. Qué sucedió exactamente, no lo sé. Creo que nunca lo sabré. Dadas las circunstancias, me temo que resultaría muy difícil, tal vez imposible, averiguarlo. Y para qué especular, para qué, me pregunto, si de todas formas él no va a volver...

Ahora estoy sola en nuestra casa del Vedado. Ya ni sé por qué digo "nuestra". Debe ser por la costumbre. El permiso de Inmigración aún no llega. El amigo de papá sigue enviándome algún dinerito mes tras mes, y con eso voy tirando. La camioneta Ford, como es de suponer, después del incidente del bache y el álamo, pasó a mejor vida. Tengo una cicatriz bien fea en la frente, pero me da igual. Si la oculto detrás de un flequillo es para no llamar la atención en la calle. No soporto que los extraños anden mirándome, siempre me ha gustado pasar inadvertida. No voy a acudir a un cirujano plástico, suponiendo que esa posibilidad estuviera a mi alcance, por la misma razón que no voy a tener un perro, ni voy a ocuparme de arreglar el jardín, ni voy a intentar escribir una novela... Nada de eso tiene sentido para mí. Porque persisto en mi decisión. Vaya si persisto. Cada año, desde el 1 de junio hasta el 30 de noviembre, que es la temporada ciclónica, me dedico a ver los noticieros en la TV. Así me entero de lo mal que anda el mundo y de lo bien que está todo en mi país. Pero lo que más me interesa es el parte meteorológico. Oh, sí. No me pierdo ni uno. Como Penélope a su Odiseo, yo espero un huracán.

Septiembre, 2004

Escena en un bosque

Julio Paredes

… los sueños que se tienen aquí son tan
perfectos que algún día te dará mucho
gusto recordar el que ahora vas a tener…
Cyrano de Bergerac, *El otro mundo*

Nos encontramos de nuevo en la playa, antes de mediodía. El hombre venía del hotel, la cara oculta bajo el ala de un amplio sombrero de paja. Llevaba puesta una guayabera blanca y bordada, abierta, como la última vez que lo vi, hasta casi la mitad del pecho. Tal vez por el volumen de los muslos o por el excesivo calor caminaba con dificultad sobre la arena. Mientras se acercaba pensé en un inmenso muñeco a punto de descomponerse. Traía un tabaco en la mano derecha y uno de los empleados del lugar lo seguía solícito con un toldo y una silla playera al hombro. No me gustaba del todo y recordé sin entusiasmo la breve charla que tuvimos alguna noche anterior en el comedor. Sin embargo, cuando se acercó sonreí como si me alegrara la sorpresiva visita.

—¿Puedo acompañarlo? —preguntó.

No esperó respuesta y le indicó al otro con un rápido movimiento de los dedos que pusiera la silla a mi derecha, al lado de la sombra. Cuando el hombre terminó de clavar el toldo frente a nosotros, le ordenó enseguida que trajera dos cervezas frías.

Jimena llevaba más de media hora nadando y yo trataba de avanzar hacia los capítulos finales de la novela que había comprado para leer en el viaje. Miró el libro y preguntó después de sentarse:

—¿Interrumpo?

—No —contesté.

Busqué con los ojos a Jimena. Se había alejado hacia la izquierda, sin modificar el ritmo suave y seguro de los brazos. La cabeza brillaba como un trozo de espejo a la deriva. Era la única que nadaba en ese tramo de la playa.

—¿Su mujer?

Había hecho la pregunta moviendo hacia adelante uno de los brazos. Asentí con otra sonrisa y aunque no tenía ánimos para sostener una conversación larga o atenta resolví mostrar una actitud amable. Resopló un par de veces y chupó el tabaco con fuerza. Soltó la densa bocanada de humo con delicadeza. Vi por el rabillo del ojo que se movía sobre la silla, como los perros que daban vueltas y vueltas antes de echarse. Doblé la punta de la página donde llevaba la lectura y cerré el libro. Amagué buscar plata en la bolsa para pagar las cervezas, pero el tipo me dio un golpe leve en el brazo y dijo como una orden:

—No se preocupe.

Jimena ahora nos observaba. Quise levantar la mano para llamarla pero apenas moví la barbilla.

—¿Ya estuvieron en las montañas? —preguntó.

Le dio dos largos sorbos a la botella. Recapitulaba parte de la conversación que sostuvimos.

—No. Todavía no.

—El clima está perfecto para las caminatas.

Hizo una pausa y levantó la cara hacia el aire inmóvil. Pude ver que el cuello se le perdía en una especie de doble papada y pensé que desde joven cultivaba y con esmero su corpulencia, guiado por un método cuidadoso, un estilo donde tal vez se podía sospechar, como en las reinas de belleza, una supuesta intención estética.

—¿Es un paseo largo? —decidí preguntar.

—Máximo tres horas de ida y vuelta —explicó.

Cada vez que hablaba, hacía un movimiento suave de la mano para observar mejor la ceniza del tabaco.

Sobre el mar, en el horizonte, se veían algunos trozos de masas grises repartidos por el cielo. Suponía un aire demasiado húmedo para meterse en esa especie de selva pero no dije nada.

—¿Le gusta el lugar? —preguntó.

—Sí. Mucho —dije, exagerando el tono de entusiasmo.

—No hay como la temporada baja. Sin bulla turística —comentó.

Jimena flotaba, boca arriba. Una repentina ráfaga de viento levantó un fuerte aroma a marisco frito.

—¿Me dijo que había estado antes por aquí?

—No. Primera vez.

—¿Cuándo es que se van?

—Pasado mañana.

Pareció cavilar unos segundos en la respuesta. No terminaba de acomodarse del todo en la silla. Dejó la botella vacía sobre la arena, se echó un poco hacia adelante, el tabaco ajustado a la comisura de los labios, y se fijó con atención en la cubierta del libro sobre mis piernas. Me miró y revivió la ceniza con una chupada corta.

—No crea que si le insisto en lo de las montañas es porque sea uno de esos fanáticos amantes de la naturaleza —empezó a decir mirando hacia las olas—. Por principio desconfío de esas nuevas religiones, de esa nueva especie humana beligerante y superficial que ha pretendido adueñarse del Apocalipsis. Sectas dispuestas a echar mano de cualquier espíritu que ande por ahí medio perdido.

Habló despacio, con tono de ofendido, y fue evidente que la pausa que hacía era deliberada, un ofrecimiento calculado para que yo reflexionara sobre su declaración. Algo así había sucedido noches atrás y sospeché que, aunque en el aire no se sintiera el aliento, ya venía con más de una cerveza en la cabeza. Agradecí

en silencio que no se nos hubiera acercado antes, desde el primer día. Alargó la pausa y no supe si esperaba a que yo contribuyera con algún comentario. Sin embargo las posibles conjeturas que yo había hecho sobre la aniquilación del mundo o sobre el trivial egoísmo que había detrás del reciente entusiasmo ecologista eran pensamientos que sólo tenía para mí. Di el último sorbo a la botella y esperé a que el tipo encendiera de nuevo el tabaco. Jimena nadaba lejos. Sin duda aguardaba a que el hombre desapareciera.

—Pero lo realmente importante —continuó— es que usted va a encontrar entre esos árboles una luz que, como le aseguré la otra noche, no tendrá en ninguna otra parte. Y no me refiero sólo a este territorio —aseguró cambiando el tono—. Los matices son excesivamente verdes y algunos árboles parecen podados por una mano deforme. ¿Pero sabe qué es lo más raro de todo? Que cuando uno sale de nuevo hacia esta amplitud el desengaño es evidente. El paisaje se desmejora, a pesar del mar.

Algo perplejo, pensé que en el personaje quedaban los rezagos de un ingenuo extraviado que después de haber probado todas las drogas terminaba anclado en cualquier rincón más o menos pintoresco. Creí recordar, además, que se dedicaba a la pintura. Tal vez viviría encaprichado con la idea del paisaje ideal o algo semejante. Ni por la voz ni por el aspecto conseguí hacer un cálculo de edad pero podía asegurar que no tendría menos de cincuenta años. Me ofreció otra cerveza y, después de un ligero titubeo mientras buscaba otra vez a Jimena, acepté. Esperamos en silencio por las nuevas botellas. Para mostrar algo de interés, pregunté si venía mucha gente por esos lados.

—En temporada alta esta playa se llena. Un desastre. La gente se achicharra como frenética y todo queda hecho una mierda —declaró con rabia.

—Nada raro.

—Eso no tiene remedio —aseguró.

Después giró el torso y me preguntó si había leído en el periódico, un par de semanas atrás, sobre una doctora inglesa que había alcanzado a envenenar a varios turistas indisciplinados, que llegaron como plaga a una especie de reserva natural en alguna isla del Pacífico.

—Sí, escuché algo en un noticiero pero no supe los detalles —mentí.

—La mujer, alegando un derecho de conservación, respondió que había sido una venganza de la naturaleza. Ella simplemente atendía a un llamado. No se habrá equivocado.

Acompañó la conclusión con una corta carcajada y se quitó el sombrero. Era casi calvo y con un pañuelo se limpió con vigor el sudor de la frente y la nuca. Sentí las nalgas dormidas. Atribuí la leve euforia que me subía a la cabeza a las dos cervezas y al sol que me caía de lleno en el pecho.

—¿Vive en Bogotá, cierto? —preguntó.

—Sí.

Meneó la cabeza como si acabara de escuchar una revelación desagradable y jugando en la boca con el tabaco apagado quiso saber a qué me dedicaba. Dudé en contarle que hacía menos de dos semanas me había visto obligado a renunciar a mi trabajo. No sería raro que lo tuvieran sin los detalles de esa ingrata historia. Por fortuna en ese momento Jimena empezó a acercarse, escurriéndose el pelo con las dos manos mientras salía del mar. Se detuvo al borde del agua y saltó unos segundos sobre la punta del pie izquierdo y sacudió con vigor la cabeza para el mismo lado. Trataba de destaparse un oído. Descubrí que el hombre la miraba con interés, los ojos bajo la sombra del ala fijos en los movimientos de sus piernas.

—Tiene una mujer muy linda —comentó sin mirarme y cuando Jimena estuvo a pocos pasos de las sillas se levantó para saludar.

—Bernardo Doménico —se presentó y puso, como en un

paso de baile, la mano izquierda a la espalda, escondiendo el tabaco.

Jimena estiró el brazo un poco desconcertada y enseguida se sentó en la toalla, sin secarse. Me miró intrigada mientras Doménico llamaba para pedir tres cervezas más. Sólo pude encogerme de hombros y sonreír en silencio. Jimena no sabía de la conversación de la otra noche.

—Le comentaba a su esposo —empezó a decir Doménico— que deberían aprovechar el último día y salir a dar un paseo por la sierra que rodea la playa.

—Ajá —contestó Jimena sonriendo, aplicándose sin afán y sin dejar de mirarme, una nueva capa de bronceador en las piernas.

—No se arrepentirán. Lo que hay por encima de estas orillas es mucho más que pantanos impenetrables —hizo una pausa, echó el cuerpo hacia adelante, mordió el tabaco y concluyó dirigiéndose a Jimena—: Créame si le digo que el bosque es tan maravilloso que parece un engaño. Además, está intacto. Por fortuna, en los planes turísticos no se contempla como parte de la recreación.

El tono exagerado y grave de las últimas frases parecía desmentir su anterior afirmación sobre los afanes ecologistas. Supuse que pretendía justificar ante Jimena el hecho de que se estuviera metiendo en nuestros asuntos.

—Además —prosiguió pasándonos la cerveza—, ustedes son jóvenes y la juventud debe someterse a cualquier prueba.

El comentario sonó acomodado. Sin duda intentaba un cumplido dirigido a Jimena. Cruzó la pierna con nueva dificultad y encendió el tabaco con un largo fósforo de madera. Jimena sonrió con trabajo y dijo, dándome una breve y suave palmada en la rodilla:

—Está bien. Pero primero tengo que convencer a Sergio. No

creo que este caballero tenga muchas ganas de moverse. Lleva toda la semana sentado solo con su libro.

—Nadie lo obliga —admitió Doménico y pensé que lanzaba la siguiente bocanada de humo con arrogancia.

—No creo que le interese —agregó Jimena.

Intenté corresponder a su evidente tentativa por librarnos de la insistencia del otro, pero no logré decir nada. Contemplé la playa vacía, la lenta sucesión de las olas al frente. Miré y quise tocar la piel cada vez más oscura y lisa de Jimena, brillante como una rara seda. Yo quería mantenerme fiel al propósito inicial de ese breve destierro, alejado de todos, sin considerar si las condiciones de su avance correspondían o no a las de un turista común y corriente. Lo importante era, así se tratara de una intención inútil, seguir inventando desde esta playa que el regreso a Bogotá era una certeza remota. La idea de volver levantaba el presagio de momentos desagradables inmediatos.

—¿Usted vive aquí? —pregunté.

—Sí. Tengo una casita detrás del hotel.

—Vivirá feliz —comentó Jimena después de una pausa.

Doménico soltó una carcajada potente e inesperada. Miré a Jimena sin entender. Cuando se calmó, secándose los labios con el pañuelo dijo:

—No sé. Antes de venir aquí era infeliz… Estaba perdido…

Cuando se preparaba para ofrecer una explicación más clara, el muchacho que había llevado las cervezas lo interrumpió y le susurró algo al oído. Doménico volteó a mirar de inmediato en dirección al hotel, hacia una mujer joven que aguardaba bajo la sombra de una palmera. Alcancé a ver que llevaba un pañuelo azul pálido anudado alrededor del cuello, el pelo castaño claro recogido en una moña, gafas de sol y un vestido de una sola pieza en seda hindú. Miraba hacia nosotros, sin moverse. Creí haberla

visto más de una vez por los corredores del hotel. Doménico pareció repentinamente nervioso y se me ocurrió entonces que había olvidado una cita. Cuando se levantó y dio unos pasos atrás imaginé su cuerpo —las rodillas un poco juntas, el torso inmenso— salido de la desidia de un artista malogrado. Una estructura ensamblada por mí. Se alejó un par de metros y propuso:

—Por qué no pasan esta noche a la casa y se toman algo.

Esperé a que Jimena me mirara y lamenté no tener una excusa concluyente que sustituyera la negativa que repetí más de una vez en la cabeza.

—Sí. Gracias —dijo Jimena.

—Está bien. Los espero a las siete. En la recepción les indican por dónde ir —dijo y tocándose el sombrero se despidió.

Cuando la alcanzó, la mujer tomó a Doménico del brazo y le preguntó algo. Un par de segundos después levantó la mano para saludar. Creí ver una sonrisa y contesté tímidamente al saludo. Los vi caminar en dirección al muelle.

—¿Raro, no?—comentó Jimena después de acomodarse boca abajo en la toalla.

—No sé —contesté y levanté el libro.

No pude adelantar más de cinco líneas. Imaginé, un poco borracho, que tal vez la visita al mencionado bosque encerraría un azar favorable, algún tipo de espejismo que me dominaría sin vacilación y que podría intercambiar por el que me esperaba en Bogotá. Algo así le habría sucedido a Doménico, pensé.

Vertí lo que quedaba de cerveza y esperé a que el calor de la arena absorbiera el líquido. Mientras miraba la mancha recordé de repente la historia que en alguna oportunidad le escuché a mi papá sobre un tío abuelo. Había sido una especie de gamonal despiadado, patrón absoluto de algún pueblo caliente y seco. Un amo furioso para el que cualquier cosa razonable sonaría sospechosa. Según el relato, andaba armado y presumía de mujeriego. Cuando bebía cerveza o aguardiente, acompañado a la

mesa del bar por otros de una especie idéntica, le gustaba llamar a cualquiera de sus hijos, siempre a su alrededor como sirvientes, y ordenar con voz recia que saliera a la calle a buscar algo. En su costumbre el recado no importaba. Podía tratarse de un paquete de cigarrillos o de un periódico que no leería. Entonces escupía de inmediato y sin muchas ganas en el piso de tierra y esperaba, sin hablar, a que el muchacho regresara antes de que la saliva se secara. Ningún premio para el que consiguiera llegar, pero si el escogido aparecía cuando ya no quedaban marcas en el piso el castigo iba desde un bofetón hasta un correazo, según el afán que tuviera por reconfirmar con ese juego el alcance de su despotismo. Siempre me inquietó la sospecha de llevar restos de su sangre en el cuerpo.

Moví la cabeza para deshacerme del inoportuno recuerdo y dejé caer la botella. Cerré los ojos y aspiré con fuerza el aire salado, el residuo de algún miasma marino revolviéndose al frente, metros abajo. Quería echarme al lado de Jimena y abrazarla, pero el calor me durmió.

* * *

La mujer que había entrevisto por la mañana se llamaba Catalina. Cuando Doménico me la presentó, respondí con evidente timidez al saludo que salió de su boquita pintada. Un ligerísimo trazo que desde el primer instante juzgué diseñado sólo para pronunciar frases primorosas, nada que resultara obsceno o desagradable. Estaría por los diecisiete años y durante las dos o tres horas que estuve sentado ahí, a su izquierda, no pude concluir si se trataba de su hija o de alguna de esas nínfulas sin padres que siempre dejarían en sus enamorados una melancolía inconclusa. Tenía los omóplatos ligeramente salidos y la piel de los hombros, asomándose por la blusa de algodón, suave y tostada. En algún momento imaginé, con irrazonable envidia, a Doménico al frente

suyo, dominado por una voluptuosidad febril. Me sorprendió la idea de que todo ese exagerado conjunto de glándulas y papilas pudiera ser la mitad secreta que reanimara la hermosa materia que, con creciente sospecha, vislumbraba en la piel de Catalina. No podía verlo susurrar alguna palabra emocionada sobre su oreja, los labios temblorosos sobre la pequeña cicatriz que había descubierto debajo del lóbulo que me mostraba su perfil, una especie de tenue garabato, de tatuaje natural que me hizo pensar en un signo de interrogación inconcluso.

Descubrí con cierto pudor que Jimena, sentada a mi derecha, medía con atención mis movimientos. Advertí, las dos veces que tomó con suavidad mi mano, su sorpresa por la rapidez con la que despaché los primeros vasos de vodka —un trago que siempre rechazaba— y la sonrisa un poco estúpida con la que correspondí cada vez que Catalina se movía, comentaba algo o me miraba. Sin duda vinculó (con algún reproche secreto) este nerviosismo nuevo al encanto inmediato que me provocó Catalina.

Doménico acaparó la conversación sin esfuerzo. Estaba contento y con el tono potente de la voz parecía invitarnos a compartir su alegría. Repitió más de una vez el gusto que sentía de tenernos en su casa y nos volvió a felicitar por la brillante decisión de viajar en esa temporada. A una pregunta de Jimena se explayó durante un rato; largo en una divagación sobre su renuncia a vivir en las ciudades y en la determinación de instalarse para siempre en ese hotel.

—Ahora, todo esto es mi casa —había añadido, levantando la barbilla hacia una de las ventanas por donde entraba el ruido del mar.

Entonces Catalina, que apenas había hablado, se inclinó un poco hacia mi costado y preguntó excluyendo a Jimena y a Doménico:

—¿Te gusta el sitio?

Por el tono y mi sorpresa sentí que hacía una pregunta impru-

dente, como si me hubiera tomado de la mano. Me intimidó el suave balanceo de su pierna cruzada, el ritmo preciso y seguro de su pantorrilla apenas iluminada por la luz que llegaba desde el balcón, el contenido ímpetu de su pie que parecía transmitirme apremio por una respuesta. Bebí un trago corto antes de hablar y supe que Doménico me observaba. Había dejado de hablar y pensé que respiraba con una repentina fatiga al otro lado de la mesa. No me sorprendió que se adelantara y propusiera alzando la voz:

—¿Por qué no vamos todos mañana a las montañas?

—Delicioso —saltó Catalina y me rozó el brazo con la mano.

Miré a Jimena.

—¿Tienen algún plan? —preguntó entonces Catalina, de nuevo hacia mí.

—No —dijo Jimena.

—Muy bien. Mañana vamos a la sierra —anunció Doménico y nos invitó a brindar.

Enseguida, con renovada euforia, ordenó una picada de mariscos y nos mostró con orgullo algunos de sus cuadros. Aunque supiera poco de pintura los encontré feos y confusos. Como no tenía nada que decir coincidí con Jimena en calificarlos de interesantes. Mientras los miraba, reflexioné con desconcierto que, por unos segundos, había sido objeto de una rápida y clarísima seducción por parte de Catalina. Aunque era evidente que el vodka contribuía a la perplejidad, comprobé que Catalina buscaba todo el tiempo mis ojos.

Por fortuna, y después de la corta exposición, llegó la comida y Doménico propuso después que saliéramos a la playa. Había luna y el viento soplaba fresco. Jimena me tomó del brazo y caminamos un rato en silencio. No supe cuánto tiempo estuvimos sentados frente al mar negro, las olas como destellos de una placa en negativo. La comida y el aire me ayudaron a frenar la borrachera. En algún momento Doménico comentó algo sobre las

estrellas y la paradoja de su brillo en el tiempo. Cuando terminó y quedamos en silencio me asusté con la posibilidad —patética, la verdad— de que Catalina decidiera preguntarme, de nuevo excluyendo a los otros dos, si conocía la ubicación o las formas de Orión o Tauro o Perseo.

De repente Jimena se levantó de un salto y preguntó si alguno quería nadar. Entonces, entre asustado y divertido, vi que empezaba a desvestirse. Me di cuenta, con una sorpresa casi desagradable, que en toda la noche no había pensado que Jimena pudiera emborracharse. Catalina aceptó de inmediato y las dos corrieron desnudas hacia el agua, lanzándose casi al tiempo contra las olas.

—¿Usted no nada? —preguntó Doménico a mi derecha.

Creí escuchar en el tono una provocación. No contesté, me levanté y mientras caminaba hacia el mar oscuro oí que se reía. Dejé la ropa en un pequeño bulto y me zambullí de cabeza. El agua fría me despertó y después de un par de brazadas empecé a flotar boca arriba, las orejas bajo el agua, los ojos cerrados. De un momento a otro dejé de escuchar las risas de Catalina y Jimena y supuse que, como yo, las dos se abandonaban casi dormidas sobre las olas. De pronto, y después de lo que supuse serían varios minutos, una larga y lenta caricia por toda la espalda y las nalgas me despertó. Asustado busqué con los pies el fondo. El agua me llegaba a los hombros y batí los brazos alrededor como si me defendiera de una medusa enorme. Creí haber gritado pero descubrí a Jimena aún sostenida con calma a varios metros a mi izquierda. Busqué a Catalina y desconcertado la imaginé sumergida, nadando en el agua negra, riéndose con la broma.

Cuando regresé a la playa Doménico roncaba sobre la arena.

* * *

Me maravilló la potencia arrolladora con la que Doménico enfrentó las primeras rampas. Subía como si a sus pulmones los proyectara algún tipo de lubricante secreto, de aditivo especial que renovara su sangre con cada aspiración, imprimiéndole a sus piernas un impulso que no se correspondía con la calidad gruesa de su cuerpo. Dejé que se adelantara con Jimena. Yo quería avanzar a mi ritmo, consciente de que aún, después de dos meses sin fumar, no tenía la suficiente energía para renovar todo el aire que respiraba. Catalina no había venido con nosotros aunque Doménico había comentado, cuando nos encontramos, que no sería una sorpresa que nos alcanzara antes de llegar a la cima.

Muy pronto tomaron ventaja y después de una larga recta se internaron por lo que parecía un bosque espeso al que yo entré minutos más tarde. Eran casi las once de la mañana. En pocos minutos dejé de ver a Jimena y Doménico y a medida que avanzaba los árboles se cerraban anudados en sus altas copas. Supuse que esa especie de túnel sería la protección perfecta para detener el sol que durante varias horas caería implacable. Sin embargo, de un momento a otro el paisaje cambió totalmente, y entré en un sendero desigual de gravilla, con inmensas rocas a lado y lado. Pensé en el lecho de un río desaparecido. Aunque la dificultad aumentó y mi paso era cada vez más lento, empecé a divertirme. Tal vez, estaba cerca de entender las descripciones de Doménico, cuando insistía en un paisaje insólito. Encontré rocas monumentales sostenidas por otras casi diminutas, en formaciones perfectamente simétricas pero que desafiaban cualquier ley compensatoria, dispuestas por lo que supuse un azar sobrehumano. Varias veces me topé con muros de granito que me cerraban el paso y sólo después de un rato encontraba finalmente el boquete que marcaba la continuación del camino. El silencio era absoluto y no me importó extraviarme.

Después de sortear una pendiente particularmente difícil me encontré con un pequeño río. El agua era fría y transparente.

Descubrí las huellas de Jimena y Doménico, desordenadas, pisándose unas a otras, como si hubieran estado practicando pasos de algún baile en el margen. Crucé y decidí descansar un rato. Había entrado en una especie de cueva iluminada por una luz ocre que sin embargo aumentaba la tonalidad verde de las hojas. Pensé, mientras lanzaba piedritas al agua, que me gustaría encender un cigarrillo, fumar bajo esa atmósfera tranquila como en un sueño, cercado por una vegetación donde con seguridad el tiempo siempre había sido el mismo. Me sorprendí con la ensoñación, por la docilidad con la que me dejaba arrastrar hacia una contemplación que generalmente me emocionaba poco. Concluí que me había dejado llevar por las palabras de Doménico. El esmero con el que trataba de observar la luz, la vegetación abarrotada, las líneas del agua era nuevo e inesperado. Me reí con la idea de que sentado ahí, entre las sombras esquivas que dejaba el sol, podía asistir a una revelación.

De repente escuché un leve chapoteo a mi izquierda. Levanté los ojos y me encontré con Catalina, que caminaba descalza al borde del agua. Llevaba una blusa sin mangas color hueso y un par de shorts verde oliva, una sandalia en cada mano y una mochila colgada al hombro. Se acercó sin dejar de mirarme, el paso firme, erguida como una gimnasta sobre la barra fija. Recordé el extraño roce de la noche anterior y enseguida me asaltó un deseo que hubiera preferido no imaginar.

—¿Y los otros? —preguntó, deteniéndose a pocos pasos.

—Se adelantaron —contesté.

Me levanté despacio, como si no la quisiera espantar. Catalina miró alrededor y preguntó cambiando de tono:

—¿Te perdiste?

—No —dije con una sonrisa—. Lo que pasa es que no estoy en forma.

No dijo nada y empezó a mover el agua con la punta del pie

derecho. La luz suspendida encima cambió. En algún momento las ramas más altas se mecieron con violencia. Vi algunas sombras rápidas arriba y supuse que se trataba de micos. Pensé en Jimena y no pude imaginar el diálogo que tendría con Doménico en ese instante. Catalina me miró y sentí el rostro congestionado, las piernas pesadas, una repentina fatiga concentrándose en las rodillas.

—Entonces decidiste venir —dijo, apenas moviendo la boquita.

—Sí.

—Es hermoso —comentó y siguió con el juego. Cambió de pie. El empeine me pareció un poco grueso para la forma del tobillo. Hizo una pequeña pirueta como si se prepara para una posición de *tai chi*. Pasó casi un minuto. Me mantuve rígido observándola y descubrí que no sabía qué hacer con las manos.

—Lo mejor de todo es que no hay nadie —dije.

Catalina me miró levantando un poco las cejas. Pensé que imaginaba un comentario con doble sentido. Traté de sonreír y le pregunté si estaba de vacaciones.

—Más o menos —hizo una mueca y sacudió la cabeza, divertida.

Aunque de antemano lamenté la siguiente pregunta no pude pensar en otra.

—¿Estudias?

—No —dijo decidida.

—¿Qué haces?

—Nada.

—¿Nada?

Quise mostrar una sorpresa natural y así alimentar y dilatar de alguna forma la conversación. Ignoraba el propósito de retenerla, pero alcancé a pensar que sería feliz con un beso.

—¿Y tú que haces? —preguntó caminando por el agua, después de una pausa.

Como no quería referirme a mis recientes pesares laborales inventé una profesión de fotógrafo.

—Artístico —añadí, sin saber muy bien qué significaba la palabra.

Repitió el gesto de asombro. Me gustó pensar que se animaba con la historia.

—¿Modelos? —preguntó, sin levantar la voz.

—Algo.

Consciente talvez de que ahí no había una respuesta, Catalina sonrió y miró hacia la curva donde se perdía la quebrada. Sacó una botella de agua de la mochila y después de beber me ofreció un trago. Me acerqué y le di un sorbo sin limpiar la boca. Me senté de nuevo y pensé que ese sería el mejor rincón para intentar, con impunidad perfecta, una caricia. Levantar la mano y con delicadeza alisar los mechones rebeldes que brillaban en su nuca. Pero me asustó caer de inmediato en un arranque ridículo. Nunca había sido prolífico en ese tipo de destrezas y lo que suponía una coincidencia milagrosa podía terminar en un encontronazo con seguridad risible. Como no entendía por qué Catalina no se mostraba muy interesada en seguir a Doménico y Jimena, me levanté de un salto y buscando con los ojos la posible salida pregunté:

—¿Vamos?

Pero entonces, antes de seguir, Catalina me pidió que la ayudara a sostenerse mientras se calzaba de nuevo las sandalias. Respondí con una diligencia exagerada a su pedido.

Por dos veces y con cada mano se aferró a mi antebrazo izquierdo, ofrecido con aparente desinterés, como el simple borde de una mesa. Bajo una luz que, por unos segundos, no creí de este mundo, observé el perfil, el ojo abierto y brillante. Descubrí pequeñas perlas de sudor formándose en su frente y supuse que tendría el cuello resbaladizo y tibio. Era evidente que por la posición en la que sostuvo la cabeza, Catalina sabía desde hacía

mucho tiempo que encarnaba a una criatura a la que resultaba muy difícil dejar de mirar. Advertí, como si observara la escena desde un elevado palco, que el descaro con el que Catalina sujetaba mi brazo contrastaba, de manera casi patética, con la inmovilidad de mi cara.

—¿Crees que podría ser modelo? —preguntó separándose un poco y como si iniciara una inmediata sesión de fotos se recogió el pelo en un moño y abrió los brazos.

—Claro —afirmé. La miré y sin mucha seguridad en la voz añadí—: Eres muy linda.

Catalina se rio con ganas pero sin burlarse. Imaginé la foto de sus rasgos en el verde extremo de este paisaje. La miré ansioso y entonces, al mismo tiempo que comprendía la falta de sensatez en mi improvisada parodia, sentí que en efecto el bosque formaba parte de mi imaginación, una forma elaborada del espacio, un rincón que se adueñaría de mi alma. Recordé vagamente las palabras de Doménico y me reí de la especie de profecía que, sin querer, se reproducía ahora a sus espaldas. Escuché la voz afirmando que las maravillas aquí eran un engaño. Moví rápido la mano y sin mucha vacilación le acaricié la nuca y parte de una oreja. Catalina se mantuvo inmóvil, no opuso resistencia y dejó que yo apretara con suavidad los dedos y jugara un rato con su pelo. Guiado por una emoción sin duda guardada desde la adolescencia, intuí que en ese mismo instante podía iniciar con ella una historia de amor perfecta. Me vi para siempre a su lado, en una unión inevitable, fortalecida por el paso del tiempo.

No supe cuánto estuvimos abrazados, tendidos en el piso húmedo, yo buscando con la boca su cuello ligeramente salado. De repente, mientras acariciaba con la palma sudorosa su espalda bajo la blusa, entendí que la historia que me figuraba con Catalina hacia el futuro no era otra cosa que la reproducción exacta de mi primer encuentro con Jimena años atrás, una tarde en Bogotá. La había entrelazado dominado por una especie de éxtasis silencioso.

Había permanecido minutos enteros sin parpadear, suspendido en una vibración inmóvil, los ojos tan cerca de su mejilla que no conseguía ver nada con claridad. La tarde había avanzado, en un cuarto que recordaba pequeño, sin enfrentamientos ni lances furiosos, sin tentativas de crear una impresión favorable o de interpretar un papel. Con un asombro desconocido llegaría a un punto, fatal y feliz, en el que no podía contenerme ni tampoco abandonarla. En mi consideración, tal vez para siempre pueril, esa tarde reaparecería en mi memoria con los mismos trazos de un número de magia.

Como si saliera de un sueño de sombras que me paralizaran, bajé los brazos y retirándome le pedí a Catalina que buscáramos a Jimena y Doménico.

Se levantó, se quitó las hojas enredadas en el pelo, y después de abotonar la blusa me rozó con la punta de los dedos una mejilla. Lo hizo con serenidad, sin disgusto y la sonrisa que mostró me pareció generosa, como si en secreto simpatizara con mi alarma repentina. No quise preguntar por qué había correspondido a mis amagos sin ningún rechazo, con el esmero inmediato y natural de una mujer enamorada, compartiendo conmigo un hábito dulce y viejo.

Avanzamos en silencio. De vez en cuando, al final de la subida, escuchaba ruidos entre la maleza. Supuse que se trataría de lagartijas. En ningún momento Catalina volteó a mirar. No resultaba complicado admitir que la escena sucedida abajo, en el bosque exagerado (el abrazo y las caricias, los besos alegres, la respiración entrecortada), no pasaría de ser un delirio. Concluí, la camisa empapada de sudor, que durante algunos minutos, como anticiparía Doménico sin dudarlo, había sido otro. Un doble desconocido.

Cuando salimos del bosque y pude ver la playa, deseé sin ningún sobresalto que Jimena, atraída por el poderoso abrazo de

Doménico, hubiera reconocido también, bajo la misma luz, los pasos que seguimos los dos años atrás, en el cuartico, durante ese delicioso sueño casi perdido.

De *Guía para extraviados.*

Dochera

Edmundo Paz Soldán

a Piero Ghezzi

Todas las tardes la hija de Inaco se llama Io, Aar es el río de Suiza y Somerset Maugham ha escrito *La luna y seis peniques*. El símbolo químico del oro es Au, Ravel ha compuesto el *Bolero* y hay puntos y rayas que indican letras. Insípido es soso, las iniciales del asesino de Lincoln son JWB, las casas de campo de los jerarcas rusos son dachas, Puskas es un gran futbolista húngaro, Veronica Lake es una famosa *femme fatale*, héroe de Calama es Avaroa y la palabra clave de *Ciudadano Kane* es Rosebud. Todas las tardes Benjamín Laredo revisa diccionarios, enciclopedias y trabajos pasados para crear el crucigrama que saldrá al día siguiente en El Heraldo de Piedras Blancas. Es una rutina que ya dura veinticuatro años: después del almuerzo, Laredo se pone un apretado terno negro, camisa de seda blanca, corbata de moño rojo y zapatos de charol que brillan como los charcos en las calles después de una noche de lluvia. Se perfuma, afeita y peina con gomina, y luego se encierra en su escritorio con una botella de vino tinto y el concierto de violín de Mendelssohn en el estéreo para, con una caja de lápices Staedtler de punta fina, cruzar palabras en líneas horizontales y verticales, junto a fotos en blanco y negro de políticos, artistas y edificios célebres. Una frase serpentea a lo largo y ancho del cuadrado, la de Oscar Wilde la más usada, *Puedo*

resistir a todo menos a las tentaciones. Una de Borges es la favorita del momento: *He cometido el peor de los pecados: no fui feliz*. ¡Preclara belleza de lo que se va creando ante nuestros ojos nunca cansados de sorprenderse! ¡Maravilla de la novedad en la repetición! ¡Pasmo ante el acto siempre igual y siempre nuevo!

Sentado en la silla de nogal que le ha causado un dolor crónico en la espalda, royendo la madera astillada del lápiz, Laredo se enfrenta al rectángulo de papel bond con urgencia, como si en éste se encontrara, oculto en su vasta claridad, el mensaje cifrado de su destino. Hay momentos en que las palabras se resisten a entrelazarse, en que un dato orográfico no quiere combinar con el sinónimo de *impertérrito*. Laredo apura su vino y mira hacia las paredes. Quienes pueden ayudarlo están ahí, en fotos de papel sepia que parecen gastarse de tanto ser observadas, un marco de plata bruñida al lado de otro atiborrando los cuatro costados y dejando apenas espacio para un marco más: Wilhelm Kundt, el alemán de la nariz quebrada (la gente que hace crucigramas es muy apasionada), el fugitivo nazi que en menos de dos años en Piedras Blancas se inventó un pasado de célebre crucigramista gracias a su exuberante dominio del castellano —decían que era tan esquelético porque sólo devoraba páginas de diccionarios de etimologías en el desayuno, almorzaba sinónimos y antónimos, cenaba galicismos y neologismos—; Federico Carrasco, de asombroso parecido con Fred Astaire, que descendió en la locura al creerse Joyce e intentar hacer de sus crucigramas reducidas versiones de *Finnegans Wake*; Luisa Laredo, su madre alcohólica, que debió usar el seudónimo de Benjamín Laredo para que sus crucigramas abundantes en despreciada flora y fauna y olvidadas artistas pudieran ganar aceptación y prestigio en Piedras Blancas; su madre, que lo había criado sola (al enterarse del embarazo, el padre de dieciséis años huyó en tren y no se supo más de él), y que, al descubrir que a los cinco años él ya sabía que agarradera era *asa* y tasca *bar*, le había prohibido que hiciera sus crucigramas

por miedo a que siguiera su camino. *Cansa ser pobre. Tú serás ingeniero*. Pero ella lo había dejado cuando cumplió diez, al no poder resistir un feroz *delirium tremens* en el que las palabras cobraban vida y la perseguían como mastines tras la presa.

Todos los días Laredo mira al crucigrama en estado de crisálida, y luego a las fotos en las paredes. ¿A quién invocaría hoy? ¿Necesitaba la precisión de Kundt? *Piedra labrada con que se forman los arcos o bóvedas*, seis letras. ¿El dato entre arcano y esotérico de Carrasco? *Cinematógrafo de John Ford en El Fugitivo*, ocho letras. ¿La diligencia de su madre para dar un lugar a aquello que se dejaba de lado? *Preceptora de Isabel la Católica, autora de unos comentarios a la obra de Aristóteles*, siete letras. Alguien siempre dirige su mano tiznada de carbón al diccionario y enciclopedia correctos (sus preferidos, el de María Moliner, con sus bordes garabateados, y la Enciclopedia Británica desactualizada pero capaz de informarlo de árboles caducifolios y juegos de cartas en la alta edad media), y luego ocurre la alquimia verbal y esas palabras yaciendo juntas de manera incongruente —dictador cubano de los 50, planta dicotiledónea de Centro América, deidad de los indios Mohauks—, de pronto cobran sentido y parecen nacidas para estar una al lado de la otra.

Después, Laredo camina las siete cuadras que separan su casa del rústico edificio de El Heraldo, y entrega el crucigrama a la secretaria de redacción, en un sobre lacrado que no puede ser abierto hasta minutos antes de ser colocado en la página A14. La secretaria, una cuarentona de camisas floreadas y lentes de cristales negros e inmensos como tarántulas dormidas, le dice cada vez que puede que sus obras son *joyas para guardar en el alhajero de los recuerdos*, y que ella hace unos tallarines con pollo *para chuparse los dedos*, y a él no le vendría mal *un paréntesis en su admirable labor*. Laredo murmura unas disculpas, y mira al suelo. Desde que su primera y única novia lo dejó a los dieciocho años por un muy premiado poeta maldito —o, como él prefería llamarlo, un

maldito poeta—, Laredo se había pasado la vida mirando al suelo cuando tenía alguna mujer cerca suyo. Su natural timidez se hizo más pronunciada, y se recluyó en una vida solitaria, dedicada a sus estudios de arqueología (abandonados al tercer año) y al laberinto intelectual de los crucigramas. La última década pudo haberse aprovechado de su fama en algunas ocasiones, pero no lo hizo porque él, ante todo, era un hombre muy ético.

Antes de abandonar el periódico, Laredo pasa por la oficina del editor, que le entrega su cheque entre calurosas palmadas en la espalda. Es su única exigencia: cada crucigrama debe pagarse el día de su entrega, excepto los del sábado y el domingo, que se pagan el lunes. Laredo inspecciona el cheque a contraluz, se sorprende con la suma a pesar de conocerla de memoria. Su madre estaría muy orgullosa de él si supiera que podía vivir de su arte. *Debiste haber confiado más en mí, mamá*. Laredo vuelve al hogar con paso cansino, rumiando posibles definiciones para el siguiente día. Pájaro extinguido, uno de los primeros reyes de Babilonia, país atacado por Pedro Camacho en *La tía Julia y el escribidor*, isótopo radiactivo de un elemento natural, civilización contemporánea de la nazca en la costa norte del Perú, aria de Verdi, noveno mes del año lunar musulmán, tumor producido por la inflamación de los vasos linfáticos, instrumento romo, rebelde sin causa.

Ese atardecer, Benjamín Laredo volvía a casa más alegre de lo habitual. Todo le parecía radiante, incluso el mendigo sentado en la acera con la descoyuntada *cintura ósea que termina por la parte inferior el cuerpo humano* (seis letras), y el adolescente que apareció de improviso en una esquina, lo golpeó al pasar y tenía una grotesca *prominencia que forma el cartílago tiroides en la parte anterior del cuello* (cuatro letras). Acaso era el vino italiano que había tomado ese día para celebrar el fin de una semana especial por la calidad de sus cuatro últimos crucigramas. El del miércoles, cuyo tema era el *film noir* —con la foto de Fritz Lang en la esquina superior

izquierda y a su lado derecho la del autor de *Double Indemnity*—, había motivado numerosas cartas de felicitación. *Estimado señor Laredo: le escribo estas líneas para decirle que lo admiro mucho, y que estoy pensando en dejar mis estudios de ingeniería industrial para seguir sus pasos. Muy Apreciado: Ojalá que Sigas con los Crucigramas Temáticos. ¿Que Tal Uno que Tenga como Tema las Diversas Formas de Tortura Inventadas por los Militares Sudamericanos el Siglo* XX*?* Laredo palpaba las cartas en su bolsillo derecho y las citaba de corrido como si estuviera leyéndolas en Braille. ¿Estaría ya a la altura de Kundt? ¿Había adquirido la inmortalidad de Carrasco? ¿Lograba superar a su madre para así recuperar su nombre? Casi. Faltaba poco. Muy poco. Debía haber un premio Nobel para artistas como él: hacer crucigramas no era menos complejo y trascendental que escribir un poema. Con la delicadeza y la precisión de un soneto, las palabras se iban entrelazando de arriba a abajo y de izquierda a derecha hasta formar un todo armonioso y elegante. No se podía quejar: su popularidad era tal en Piedras Blancas que el municipio pensaba bautizar una calle con su nombre. Nadie ya leía a los poetas malditos, y menos a los *malditos poetas*, pero prácticamente todos en la ciudad, desde ancianos beneméritos hasta gráciles Lolitas —*obsesión de Humbert Humbert, personaje de Nabokov, Sue Lyon en la pantalla gigante*—, dedicaban al menos una hora de sus días a intentar resolver sus crucigramas. Más valía el reconocimiento popular en un arte no valorado que una multitud de premios en un campo tomado en cuenta sólo por unos pretenciosos estetas, incapaces de reconocer el aire de los tiempos.

En la esquina a una cuadra de su casa una mujer con un abrigo negro esperaba un taxi (*piel usada para la confección de abrigos*, cinco letras). Las luces del alumbrado público se encendieron, su fulgor anaranjado reemplazando pálidamente la perdida luz del atardecer. Laredo pasó al lado de la mujer; ella volcó la cara y lo miró. Era joven, de edad indefinida: podía tener diecisiete

o treinta y cinco años. Tenía un mechón de pelo blanco que le caía sobre la frente y le cubría el ojo derecho. Laredo continuó la marcha. Se detuvo. Ese rostro…

Un taxi se acercaba. Giró y le dijo:

—Perdón. No es mi intención molestarla, pero…

—Pero me va a molestar.

—Sólo quería saber su nombre. Me recuerda a alguien.

—Dochera.

—¿Dochera?

—Disculpe. Buenas noches.

El taxi se había detenido. Ella subió y no le dio tiempo de continuar la charla. Laredo esperó que el destartalado Ford Falcon se perdiera antes de proseguir su camino. Ese rostro… ¿a quién le recordaba ese rostro?

Se quedó despierto hasta la madrugada, dando vueltas en la cama con la luz de su velador encendida, explorando en su prolija memoria en busca de una imagen que correspondiera de algun modo con la nariz aguileña, la tez morena y la quijada prominente, la expresión entre recelosa y asustada. ¿Un rostro entrevisto en la infancia, en una sala de espera en un hospital, mientras, de la mano de su abuelo, esperaba que le informaran que su madre había vuelto de la inconsciencia alcohólica? ¿En la puerta del cine de barrio, a la hora de la entrada triunfal de las chicas de minifaldas rutilantes, de la mano de sus parejas? Aparecía la imagen de senos inverosímiles de Jayne Mansfield, que había recortado de un periódico y colado en una página de su cuaderno de matemáticas, la primera vez que había intentado hacer un crucigrama, un día después del entierro de su madre. Aparecían rubias y de pelo negro oloroso a manzana, morenas hermosas gracias al desparpajo de la naturaleza o a los malabares del maquillaje, secretarias de rostros vulgares y con el encanto o la insatisfacción de lo ordinario, mujeres de la realeza y descono-

cidas con las que se había cruzado por la calle, la piel no tocada varios días por el agua.

La luz se filtraba, tímida, entre las persianas de la habitación cuando apareció la mujer madura con un mechón blanco sobre la cabeza. La dueña de *El palacio de las princesas dormidas*, la revistería del vecindario donde Laredo, en la adolescencia, compraba los Siete Días y Life de donde recortaba las fotos de celebridades para sus crucigramas. La mujer que se le acercó con una mano llena de anillos de plata al verlo ocultar con torpe disimulo, en una esquina del recinto oloroso a periódicos húmedos, una Life entre los pliegues de la chamarra de cuero marrón.

—¿Cómo te llamas?

Lo agarraría y lo denunciaría a la policía. Un escándalo. En su cama, Laredo revivía el vértigo de unos instantes olvidados durante tantos años. Debía huir.

—Te he visto muchas veces por aquí. ¿Te gusta leer?

—Me gusta hacer crucigramas.

Era la primera vez que lo decía con tanta convicción. No había que tenerle miedo a nada. La mujer abrió sus labios en una sonrisa cómplice, sus mejillas se estrujaron como papel.

—Ya sé quién eres. Benjamín. Como tu madre, Dios la tenga en su gloria. Espero que no te guste hacer otras cosas tontas como ella.

La mujer le dio un pellizco tierno en la mejilla derecha. Benjamín sintió que el sudor se escurría por sus sienes. Apretó la revista contra su pecho.

—Ahora lárgate, antes de que venga mi esposo.

Laredo se marchó corriendo, el corazón apresurado como ahora, repitiéndose que nada le gustaba más que hacer crucigramas. *Nada*. Desde entonces no había vuelto a *El palacio de las princesas dormidas* por una mezcla de vergüenza y orgullo. Había incluso dado rodeos para no cruzar por la esquina y toparse con la

mujer. ¿Qué sería de ella? Sería una anciana detrás del mostrador de la revistería. O quizás estaría cortejando a los gusanos en el cementerio municipal. Laredo repitió, su cuerpo fragmentado en líneas paralelas por la luz del día: *nada me más que. Nada*. Debía pasar la página, devolver a la mujer al olvido en que la tenía prisionera. Ella no tenía nada que ver con su presente. El único parecido con Dochera era el mechón blanco. *Dochera*, susurró, los ojos revoloteando por las paredes desnudas de la habitación. *Do-che-ra*.

Era un nombre extraño. ¿Dónde podría volver a encontrarla? Si había tomado el taxi tan cerca de su casa, acaso vivía a la vuelta de la esquina: se estremeció al pensar en esa hipotética cercanía, se mordió las uñas ya más que mordidas. Lo más probable, sin embargo, era que ella hubiera estado regresando a su casa después de visitar a alguna amiga. O a familiares. ¿A un amante?

Al día siguiente, incluyó en el crucigrama la siguiente definición: *Mujer que espera un taxi en la noche, y que vuelve locos a los hombres solitarios y sin consuelo*. Siete letras, segunda columna vertical. Había transgredido sus principios de juego limpio y su responsabilidad para con sus seguidores. Si las mentiras que poblaban las páginas de los periódicos, en las declaraciones de los políticos y los funcionarios de gobierno, se extendían al reducto sagrado de las palabras cruzadas, estables en su ofrecimiento de verdades fáciles de comprobar con una buena enciclopedia, ¿qué posibilidades existían para que el ciudadano común se salvara de la generalizada corrupción? Laredo había dejado en suspensión esos dilemas morales. Lo único que le interesaba era enviar un mensaje a la mujer de la noche anterior, hacerle saber que estaba pensando en ella. La ciudad era muy chica, ella debía haberlo reconocido. Imaginó que ella, al día siguiente, haría el crucigrama en la oficina en la que trabajaba, y se encontraría con ese mensaje de amor que la haría sonreir. *Dochera*, escribiría con lentitud, paladeando

el momento, y luego llamaría al periódico para avisar que había recibido el mensaje, podían tomar un café una de esas tardes.

Esa llamada no llegó. Sí, en cambio, las de muchas personas que habían intentado infructuosamente resolver el crucigrama y pedían ayuda o se quejaban de su dificultad. Cuando, un día después, fue publicada la solución, la gente se miró incrédula. ¿Dochera? ¿Quién había oído hablar de Dochera? Nadie se animó a preguntarle o discutirle a Laredo: si él lo decía, era por algo. No por nada se había ganado el apodo de Hacedor. El Hacedor sabía cosas que la demás gente no conocía.

Laredo volvió a intentar con: *Turbadora y epifánica aparición nocturna, que ha convertido un solitario corazón en una suma salvaje y contradictoria de esperanzas y desasosiegos*. Y: *De noche, todos los taxis son pardos, y se llevan a la mujer de mechón blanco, y con ella mi órgano principal de circulación de la sangre*. Y: *A una cuadra de la Soledad, al final de la tarde, hubo el despertar de un mundo*. Los crucigramas mantenían la calidad habitual, pero todos, ahora, llevaban inserta, como una cicatriz que no acababa de cerrarse, una definición que remitiera al talismánico nombre de siete letras. Debía parar. No podía. Hubo algunas críticas; no le interesaba (*autor de El criticón*, siete letras). Sus seguidores se fueron acostumbrando, y comenzaron a ver el lado positivo: al menos podían comenzar a resolver el crucigrama con la seguridad de tener una respuesta correcta. Además, ¿no eran los genios extravagantes? Lo único diferente era que a Laredo le había tomado veinticinco años encontrar su lado excéntrico. Al Beethoven de Piedras Blancas bien podían permitírsele acciones que se salían de lo acostumbrado.

Hubo cincuenta y siete crucigramas que no encontraron respuesta. ¿Se había esfumado la mujer? ¿O es que Laredo se había equivocado en el método? ¿Debía rondar todos los días la esquina de su casa, hasta volverse a encontrar con ella? Lo había intentado tres noches, la gomina Lord Cheseline refulgiendo en su cabe-

llera como si se tratara de un ángel en una fallida encarnación mortal. Se sintió ridículo y vulgar acosándola como un asaltante. También había visitado, sin suerte, las compañías de taxis en la ciudad, tratando de dar con los taxistas de turno aquella noche (las compañías no guardaban las listas, hablaría con el director del periódico, alguien debía escribir un editorial al respecto). ¿Poner un aviso de una página en El Heraldo, describiendo a Dochera y ofreciendo dinero al que pudiera darle información sobre su paradero? Pocas mujeres debían tener un mechón de pelo blanco, o un nombre tan singular. No lo haría. No había publicidad superior a la de sus crucigramas: ahora toda la ciudad, incluso quienes no hacían crucigramas, sabía que Laredo estaba enamorado de una mujer llamada Dochera. Para ser un tímido enfermizo, Laredo ya había hecho mucho (cuando la gente le preguntaba quién era ella, él bajaba la mirada y murmuraba que en una tienda de libros usados había encontrado una invaluable y ya agotada enciclopedia de los Hititas).

¿Y si la mujer le había dado un nombre falso? Esa era la posibilidad más cruel.

Una mañana, se le ocurrió visitar el vecindario de su adolescencia, en la zona noroeste de la ciudad, profusa en sauces llorones. El entrecruzamiento de estilos creaba una zona de abigarradas temporalidades. Las casonas de patios interiores coexistían con modernas residencias, el kiosko del Coronel, con su vitrina de anticuados frascos de farmacia para los dulces y las *gomas de mascar perfumadas* (siete letras), estaba al lado de una peluquería en la que se ofrecía *manicura para ambos sexos*. Laredo llegó a la esquina donde se encontraba la revistería. El letrero de elegantes letras góticas, colgado sobre una corrediza puerta de metal, había sido sustituido por un basto anuncio de cerveza, bajo el cual se leía, en letras pequeñas, *Restaurante El palacio de las princesas*. Laredo asomó la cabeza por la puerta. Un hombre descalzo y en

pijamas azules trapeaba el piso de mosaicos de diseños árabes. El lugar olía a detergente de limón.

—Buenos días.

El hombre dejó de trapear.

—Perdone… Aquí antes había una revistería.

—No sé nada. Sólo soy un empleado.

—La dueña tenía un mechón de pelo blanco.

El hombre se rascó la cabeza.

—Si es en la que estoy pensando, murió hace mucho. Era la dueña original del restaurante. Fue atropellada por un camión distribuidor de cervezas, el día de la inauguración.

—Lo siento.

—Yo no tengo nada que ver. Sólo soy un empleado.

—¿Alguien de la familia quedó a cargo?

—Su sobrino. Ella era viuda, y no tenía hijos. Pero el sobrino lo vendió al poco tiempo, a unos argentinos.

—Para no saber nada, usted sabe mucho.

—¿Perdón?

—Nada. Buenos días.

—Un momento… ¿No es usted…?

Laredo se marchó con paso apurado.

Esa tarde, escribía el crucigrama cincuenta y ocho de su nuevo período cuando se le ocurrió una idea. Estaba en su escritorio con un traje negro que parecía haber sido hecho por un sastre ciego (los lados desiguales, un corte diagonal en las mangas), la corbata de moño rojo y una camisa blanca manchada por gotas del vino tinto que tenía en la mano —Merlot, Les Jamelles—. Había treinta y siete libros de referencia apilados en el suelo y en la mesa de trabajo; los violines de Mendelssohn acariciaban sus lomos y sobrecubiertas ajadas. Hacía tanto frío que hasta Kundt, Carrasco y su madre parecían tiritar en las paredes. Con un Staedtler en la boca, Laredo pensó que la demostración de su

amor había sido repetitiva e insuficiente. Acaso Dochera quería algo más. Cualquiera podía hacer lo que él había hecho; para distinguirse del resto, debía ir más allá de sí mismo. Utilizando como piedra angular la palabra Dochera, debía crear un mundo. Afluente del Ganges, cuatro letras: *Mars*. Autor de *Todo verdor perecerá*, ocho letras: *Manterza*. Capital de Estados Unidos, cinco letras: *Deleu*. Romeo y... seis letras: *Senera*. Dirigirse, tres letras: *lei*. Colocó las cinco definiciones en el crucigrama que estaba haciendo. Había que hacerlo poco a poco, con tiento.

Adolescentes en los colegios, empleados en sus oficinas y ancianos en las plazas se miraron con asombro: ¿se trataba de un error tipográfico? Al día siguiente descubrieron que no. Laredo se había pasado de los límites, pensaron algunos, rumiando la rabia de tener entre sus manos un crucigrama de imposible resolución. Otros aplaudieron los cambios: eso hacía más interesantes las cosas. *Sólo lo difícil era estimulante* (dos palabras, diez letras). Después de tantos años, era hora de que Laredo se renovara: ya todos conocían de memoria su repertorio, sus trucos de viejo malabarista verbal. El Heraldo comenzó a publicar, aparte del crucigrama de Laredo, uno normal para los descontentos. El crucigrama normal fue retirado once días después.

La furia nominalista del Beethoven de Piedras Blancas se fue acrecentando a medida que pasaban los días y no oía noticias de Dochera. Sentado en su silla de nogal noche tras noche, fue destruyendo su espalda y construyendo un mundo, superponiéndolo al que ya existía y en el que habían colaborado todas las civilizaciones y los siglos que confluían, desde el origen de los tiempos, en un escritorio desordenado en Piedras Blancas. ¡Preclara belleza de lo que se va creando ante nuestros ojos nunca cansados de sorprenderse! ¡Maravilla de la novedad en la novedad! ¡Pasmo ante el acto siempre nuevo y siempre nuevo! Se veía bailando los aires de una rondalla en el Cielo de los Hacedores —en el que los Crucigramistas ocupaban el piso más alto, con

una vista privilegiada del Jardín del Paraíso, y los Poetas el último piso—, de la mano de su madre y mientras Kundt y Carrasco lo miraban de abajo arriba. Se veía desprendiéndose de la mano de su madre, convirtiéndose en una figura etérea que ascendía hacia una cegadora fuente de luz.

La labor de Laredo fue ganando en detalle y precisión mientras sus provisiones de papel bond y Staedtlers se acababan más rapido que de costumbre. La capital de Venezuela, por ejemplo, había sido primero bautizada como Senzal. Luego, el país del cual Senzal era capital había sido bautizado como Zardo. La capital de Zardo era ahora Senzal. Los héroes que habían luchado en las batallas de la independencia del siglo pasado fueron rebautizados, así como la orografía y la hidrografía de los cinco continentes, y los nombres de presidentes, ajedrecistas, actores, cantantes, insectos, pinturas, intelectuales, filósofos, mamíferos, planetas y constelaciones. Cima era *ruda*, sima era *redo*. Piedras Blancas era *Delora*. Autor de *El mercader de Venecia* era Eprinip Eldat. Famoso creador de crucigramas era Bichse. Especie de chaleco ajustado al cuerpo era *frantzen*. Objeto de paño que se lleva sobre el pecho como signo de piedad era *vardelt*. Era una labor infinita, y Laredo disfrutaba del desafío. La delicada pluma de un ave sostenía un universo.

El atardecer doscientos tres, Laredo volvía a casa después de entregar su crucigrama. Silbaba *La cavalleria rusticana* desafinando. Dio unos pesos al mendigo de la *doluth* descoyuntada. Sonrió a una anciana que se dejaba llevar por la correa de un pekinés tuerto (¿pekinés? ¡*zendala*!). Las luces de sodio del alumbrado público parpadeaban como gigantescas luciérnagas (¡*erewhons*!). Un olor a hierbabuena escapaba de un jardín en el que un hombre calvo y de expresión melancólica regaba las plantas. *En algunos años, nadie recordará los verdaderos nombres de esas buganvillas y geranios*, pensó Laredo.

En la esquina a cinco cuadras de su casa una mujer con un

abrigo negro esperaba un taxi. Laredo pasó a su lado; ella volcó la cara y lo miró. Era joven, de edad indefinida. Tenía un mechón de pelo blanco que le caía sobre la frente y le cubría el ojo izquierdo. La nariz aguileña, la tez morena y la quijada prominente, la expresión entre recelosa y asustada.

Laredo se detuvo. Ese rostro…

Un taxi se acercaba. Giró y le dijo:

—Usted es Dochera.

—Y usted es Benjamín Laredo.

El Ford Falcon se detuvo. La mujer abrió la puerta trasera y, con una mano llena de anillos de plata, le hizo un gesto invitándolo a entrar.

Laredo cerró los ojos. Se vio robando ejemplares de Life en *El palacio de las princesas dormidas*. Se vio recortando fotos de Jayne Mansfield, y cruzando definiciones horizontales y verticales para escribir en un crucigrama *Puedo resistir a todo menos a las tentaciones*. Vio a la mujer del abrigo negro esperando un taxi aquel lejano atardecer. Se vio sentado en su silla de nogal decidiendo que el afluente del Ganges era una palabra de cuatro letras. Vio el fantasmagórico curso de su vida: una pura, asombrosa, translúcida línea recta.

¿Dochera? Ese nombre también debía ser cambiado. *¡Mukhtir!*

Se dio la vuelta. Prosiguió su camino, primero con paso cansino, luego a saltos, reprimiendo sus deseos de volcar la cabeza, hasta terminar corriendo las dos cuadras que le faltaban para llegar al escritorio en el que, en las paredes atiborradas de fotos, un espacio lo esperaba.

Matar un perro

Samanta Schweblin

El Topo dice: nombre y yo contesto. Lo esperé en el lugar indicado y me pasó a buscar en el Peugeot que ahora conduzco. Acabamos de conocernos. No me mira, dicen que nunca mira a nadie a los ojos. Edad, dice, cuarenta y dos, digo, y cuando dice que soy viejo pienso que él seguro tiene más. Lleva unos pequeños anteojos negros y debe ser por eso que le dicen el Topo. Me ordena hasta la plaza más cercana, se acomoda en el asiento y se relaja. La prueba es fácil pero es muy importante superarla y por eso estoy nervioso. Si no hago las cosas bien no entro, y si no entro no hay plata. No hay otra razón para entrar. Matar un perro a palazos en el puerto de Buenos Aires es la prueba para saber si uno es capaz de hacer algo peor. Ellos dicen: algo peor, y miran hacia otro lado, como si nosotros, la gente que todavía no entró, no supiéramos que peor es matar a una persona, golpear a una persona hasta matarla.

Cuando la avenida se divide en dos calles opto por la menos transitada. Una línea de semáforos rojos cambia a verde, uno tras otro, y permite avanzar rápido hasta que entre los edificios surge un espacio oscuro y verde. Pienso que quizá en esa plaza no haya perros y el Topo ordena detenerse. Usted no trae palo, dice. No, digo. Pero no va a matar un perro a palazos si no tiene con qué.

Lo miro pero no contesto, sé que va a decir algo, porque ahora lo conozco, es fácil conocerlo. Pero disfruta del silencio, disfruta pensar que cada palabra que diga son puntos en mi contra. Entonces traga saliva y parece pensar: no va a matar a nadie. Y al fin dice: hoy tiene una pala en el baúl, puede usarla. Y seguro que, bajo los anteojos, los ojos le brillan de placer.

Alrededor de la fuente central duermen varios perros. La pala firme entre mis manos, la oportunidad puede darse en cualquier momento, me voy acercando. Algunos comienzan a despertar. Bostezan, se incorporan, se miran entre sí, me miran, gruñen, y a medida que me voy acercando se hacen a un lado. Matar a alguien en especial, alguien ya elegido, es fácil. Pero tener que elegir quién deberá morir requiere tiempo y experiencia. El perro más viejo o el más joven o el de aspecto más agresivo. Debo elegir. Es seguro que el Topo mira desde el auto y sonríe. Debe pensar que nadie que no sea como ellos es capaz de matar.

Me rodean y me huelen, algunos se alejan para no ser molestados y vuelven a dormirse, se olvidan de mí. Para el Topo, tras los vidrios oscuros del auto, y los oscuros vidrios de sus anteojos, debo ser pequeño y ridículo, aferrado a la pala y rodeado de perros que ahora vuelven a dormir. Uno blanco, manchado, le gruñe a otro negro y cuando el negro le da un tarascón un tercer perro se acerca, ladra y muestra los dientes. Entonces el primero muerde al negro y el negro, los dientes afilados, lo toma por el cuello y lo sacude. Levanto la pala y el golpe cae sobre las costillas del manchado que, aullando, cae. Está quieto, va a ser fácil transportarlo, pero cuando lo tomo por las patas reacciona y me muerde el brazo, que enseguida comienza a sangrar. Levanto otra vez la pala y le doy un golpe en la cabeza. El perro vuelve a caer y me mira desde el piso, con la respiración agitada pero quieto.

Lentamente al principio y después con más confianza junto las patas del perro, lo cargo y lo llevo hacia el auto. Entre los árboles se mueve una sombra, el borracho que se asoma dice que eso no

se hace, que después los perros saben quién fue y se lo cobran. Ellos saben, dice, saben, ¿entiende?, se sienta en un banco y me mira nervioso. Cuando voy llegando al auto veo al Topo sentado, esperándome en la misma posición en la que estaba antes, y sin embargo noto abierto el baúl del Peugeot. El perro cae como un peso muerto y me mira cuando cierro el baúl. En el auto el Topo dice: si lo dejabas en el piso se levantaba y se iba. Sí, digo. No, dice, antes de irte tenías que abrir el baúl. Sí, digo. No, tenías que hacerlo y no lo hiciste, dice. Sí, digo, y me arrepiento enseguida, pero el Topo no dice nada y me mira las manos. Miro las manos, miro el volante y veo que todo está manchado, hay sangre en mi pantalón y sobre la alfombra del auto. Tendrías que haber usado guantes, dice. La herida duele. Venís a matar un perro y no traés guantes, dice. Sí, digo. No, dice. Ya sé, digo y me callo. Prefiero no decir nada del dolor. Enciendo el motor y el coche sale suavemente.

Trato de concentrarme, descubrir cuál de todas las calles que van apareciendo podría llevarme al puerto sin que el Topo tenga que decir nada. No puedo darme el lujo de otra equivocación. Quizá estaría bien detenerse en una farmacia y comprar un par de guantes, pero los guantes de farmacia no sirven y las ferreterías a esta hora están cerradas. Una bolsa de nylon tampoco sirve. Puedo quitarme la campera, enrollarla en la mano y usarla de guante. Sí, voy a trabajar así. Pienso en lo que dije: trabajar, me gusta saber que puedo hablar como ellos. Tomo la calle Caseros, creo que baja hasta el puerto. El Topo no me mira, no me habla, no se mueve, mantiene la mirada hacia adelante y la respiración suave. Creo que le dicen el Topo porque debajo de los anteojos tiene ojos pequeños.

Después de varias cuadras Caseros cruza Chacabuco. Después Brasil, que sale al puerto. Volanteo y entro con el coche inclinándose hacia un lado. En el baúl, el cuerpo golpea contra algo y después se escuchan ruidos, como si el perro todavía tratara

de levantarse. El Topo, creo que sorprendido por la fuerza del animal, sonríe y señala a la derecha. Entro por Brasil frenando, las ruedas hacen ruido y con el coche de costado otra vez hay ruido en el baúl, el perro tratando de arreglárselas entre la pala y las otras cosas que hay atrás. El Topo dice: frená. Freno. Dice: acelerá. Sonríe. Acelero. Más, dice, acelerá más. Después dice frená y freno. Ahora que el perro se golpeó varias veces, el Topo se relaja y dice: seguí, y no dice nada más. Sigo. La calle por la que conduzco ya no tiene semáforos ni líneas blancas, y las construcciones son cada vez más viejas. En cualquier momento llegamos al puerto.

El Topo señala a la derecha. Dice que avance tres cuadras más y doble a la izquierda, hacia el río. Obedezco. Enseguida llegamos al puerto y detengo el auto en una playa de estacionamiento ocupada por grandes grupos de containers. Miro al Topo pero no me mira. Sin perder tiempo, bajo del auto y abro el baúl. No preparé mi abrigo alrededor del brazo pero ya no necesito guantes, ya está todo hecho, hay que terminar pronto para irse. En el puerto vacío sólo se ven, a lo lejos, luces débiles y amarillas que iluminan un poco unos pocos barcos. Quizá el perro ya esté muerto, pienso que sería lo mejor, que la primera vez le tendría que haber pegado más fuerte y seguro ahora estaría muerto. Menos trabajo, menos tiempo con el Topo. Yo lo hubiera matado directamente, pero el Topo hace las cosas así. Son caprichos, traerlo medio muerto hasta el puerto no hace más valiente a nadie. Matarlo delante de todos esos otros perros era más difícil.

Cuando lo toco, cuando junto las patas para bajarlo del auto, abre los ojos y me mira. Lo suelto y cae contra el piso del baúl. Con la pata delantera raspa la alfombra manchada de sangre, trata de levantarse y la parte trasera del cuerpo le tiembla. Todavía respira y respira agitado. El Topo debe estar contando el tiempo. Vuelvo a levantarlo y algo le debe doler porque aúlla aunque ya no se mueve. Lo apoyo en el piso y lo arrastro para alejarlo del

auto. Cuando vuelvo al baúl a buscar la pala el Topo se baja. Ahora está junto al perro, mirándolo. Me acerco con la pala, veo la espalda del Topo y detrás, en el piso, el perro. Si nadie se entera de que maté un perro nadie se entera de nada. El Topo no gira para decirme ahora. Levanto la pala. Ahora, pienso. Pero no la bajo. Ahora, dice el Topo. No la bajo ni sobre la espalda del Topo ni sobre el perro. Ahora, dice, y entonces la pala baja cortando el aire y golpea en la cabeza del perro que, en el suelo, grita, y después todo queda en silencio.

Enciendo el motor. Ahora el Topo va a decirme para quién voy a trabajar, cuál va a ser mi nombre, y por cuánta plata, que es lo que importa. Tomá Huergo y después doblá en Carlos Calvo, dice.

Hace rato que conduzco. El Topo dice: en la próxima frená sobre el lado derecho. Obedezco y por primera vez el Topo me mira. Bájese, dice. Me bajo y él se pasa al asiento del conductor. Me asomo por la ventanilla y le pregunto qué va a pasar ahora. Nada, dice: usted dudó. Enciende el motor y el Peugeot se aleja en silencio. Cuando miro a mi alrededor me doy cuenta de que me dejó en la plaza. En la misma plaza. Desde el centro, cerca de la fuente, un grupo de perros se incorpora, poco a poco, y me mira.

Mariachi

Juan Villoro

—¿Lo hacemos? —preguntó Brenda.

Vi su pelo blanco, dividido en dos bloques sedosos. Me encantan las mujeres jóvenes de pelo blanco. Brenda tiene 43 pero su pelo es así desde los 20. Le gusta decir que la culpa fue de su primer rodaje. Estaba en el desierto de Sonora como asistente de producción y tuvo que conseguir 400 tarántulas para un genio del terror. Lo logró, pero amaneció con el pelo blanco. Supongo que lo suyo es genético. De cualquier forma, le gusta verse como una heroína del profesionalismo que encaneció por las tarántulas.

No me gustan las albinas. No quiero explicar las razones porque cuando se publican me doy cuenta de que no son razones. Suficiente tuve con lo de los caballos. Nadie me ha visto montar uno. Soy el único astro del mariachi que jamás se ha subido a un caballo. Los periodistas tardaron 19 videoclips en darse cuenta. Cuando me preguntaron, dije: "No me gustan los transportes que cagan". Muy ordinario y muy estúpido. Publicaron la foto de mi BMW plateado y mi 4x4 con asientos de cebra. La Sociedad Protectora de Animales se avergonzó de mí. Además, un reportero que me odia consiguió una foto mía en Nairobi, con un rifle de alto poder. No cacé ningún león porque no le di a ninguno, pero

estaba ahí, disfrazado de safari. Me acusaron de antimexicano por matar animales en África.

Declaré lo de los caballos después de cantar en un palenque de la Feria de San Marcos hasta las tres de la mañana. En dos horas me iba a Irapuato. ¿Alguien sabe lo que se siente estar jodido y tener que salir de madrugada a Irapuato? Quería meterme en un jacuzzi, dejar de ser mariachi. Eso debí haber dicho: "Odio ser mariachi, cantar con un sombrero de dos kilos, desgarrarme por el rencor acumulado en rancherías sin luz eléctrica". En vez de eso, hablé de caballos.

Me dicen "El Gallito de Jojutla" porque mi padre es de ahí. Me dicen Gallito pero odio madrugar. Aquel viaje a Irapuato me estaba matando, junto con las muchas otras cosas que me están matando.

"¿Crees que hubiera llegado a neurofisióloga estando así de buena?", me preguntó Catalina una noche. Le dije que no para no discutir. Ella tiene mente de guionista porno: le excita imaginarse como neurofisióloga y despertar tentaciones en el quirófano. Tampoco le dije esto, pero hicimos el amor con una pasión extra, como si tuviéramos que satisfacer a tres curiosos en el cuarto. Entonces le pedí que se pintara el pelo de blanco.

Desde que la conozco, Cata ha tenido el pelo azul, rosa y guinda. "No seas pendejo", me contestó: "No hay tintes blancos". Entonces supe por qué me gustan las mujeres jóvenes con pelo blanco. Están fuera del comercio. Se lo dije a Cata y volvió a hablar como guionista porno: "Lo que pasa es que te quieres coger a tu mamá".

Esta frase me ayudó mucho. Me ayudó a dejar a mi psicoanalista. El doctor opinaba lo mismo que Cata. Había ido con él porque estaba harto de ser mariachi. Antes de acostarme en el diván cometí el error de ver su asiento: tenía una rosca inflable. Tal vez a otros pacientes les ayude saber que su doctor tiene hemorroides. Alguien que sufre de manera íntima puede ayudar

a confesar horrores. Pero no a mí. Sólo seguí en terapia porque el psicoanalista era mi fan. Se sabía todas mis canciones (o las canciones que canto: no he compuesto ninguna), le parecía interesantísimo que yo estuviera ahí, con mi célebre voz, diciendo que la canción ranchera me tenía hasta la madre.

Por esos días se publicó un reportaje en el que me comparaban con un torero que se psicoanalizó para vencer su miedo al ruedo. Describían la más terrible de sus cornadas: los intestinos se le cayeron a la arena en la Plaza México, los recogió y pudo correr hasta la enfermería. Esa tarde iba vestido en los colores obispo y oro. El psicoanálisis lo ayudó a regresar al ruedo vestido de obispo y oro.

Mi doctor me adulaba de un modo ridículo que me encantaba. Llené el Estadio Azteca, con la cancha incluida, y logré que 130 mil almas babearan. El doctor babeaba sin que yo cantara.

Mi madre murió cuando yo tenía dos años. Es un dato esencial para entender por qué puedo llorar cada vez que quiero. Me basta pensar en una foto. Estoy vestido de marinero, ella me abraza y sonríe ante el hombre que va a manejar el Buick en el que se volcaron. Mi padre bebió media botella de tequila en el rancho al que fueron a comer. No me acuerdo del entierro pero cuentan que se tiró llorando a la fosa. Él me inició en la canción ranchera. También me regaló la foto que me ayuda a llorar: Mi madre sonríe, enamorada del hombre que la va a llevar a un festejo; fuera de cuadro, mi padre dispara la cámara, con la alegría de los infelices.

Es obvio que quisiera recuperar a mi madre, pero además me gustan las mujeres de pelo blanco. Cometí el error de contarle al psicoanalista la tesis que Cata sacó de la revista Contenido: "No te gustan las albinas, eres edípico". El doctor me pidió más detalles de Catalina. Si hay algo en lo que no puedo contradecirla, es en su idea de que está buenísima. El doctor se excitó y dejó de elogiarme. Fui a la última sesión vestido de mariachi porque venía

de un concierto en Los Ángeles. Él me pidió que le regalara mi corbatín tricolor. ¿Tiene caso contarle tu vida íntima a un fan?

Catalina también estuvo en terapia. Esto le ayudó a "internalizar su buenura". Según ella, podría haber sido muchas cosas (casi todas espantosas) a causa de su cuerpo. En cambio, considera que yo sólo podría haber sido mariachi. Tengo voz, cara de ranchero abandonado, ojos del valiente que sabe llorar. Además soy de aquí. Una vez soñé que me preguntaban: "¿Es usted mexicano?". "Sí, pero no lo vuelvo a ser". Esta respuesta, que me hubiera aniquilado en la realidad, entusiasmaba a todo mundo en mi sueño.

Mi padre me hizo grabar mi primer disco a los 16 años. Ya no estudié ni busqué otro trabajo. Tuve demasiado éxito para ser diseñador industrial.

Conocí a Catalina como a mis novias anteriores: ella le dijo a mi agente que estaba disponible para mí. Leo me comentó que Cata tenía pelo azul y pensé que a lo mejor podría pintárselo de blanco. Empezamos a salir. Tengo suficiente dinero para producir un tinte blanco. Pero las mujeres de pelo blanco son inimitables.

La verdad, he encontrado pocas mujeres jóvenes de pelo blanco. Vi una en París, en el salón VIP del aeropuerto, pero me paralicé como un imbécil. Luego estuvo Rosa, que tenía 28, un hermoso pelo blanco y un ombligo con una incrustación de diamante que sólo conocí por los trajes de baño que anunciaba. Me enamoré de ella en tal forma que no me importó que dijera "jaletina" en vez de gelatina. No me hizo caso. Detestaba la música ranchera y quería un novio rubio.

Cuando un periodista me preguntó cuál era mi máximo anhelo, dije que viajar al espacio exterior en la nave Columbia. No hablé de mujeres.

Entonces conocí a Brenda. Nació en Guadalajara pero vive en España. Se fue allá huyendo de los mariachis y ahora regresaba con una venganza: Chus Ferrer, cineasta genial del que yo no

sabía nada, estaba enamorado de mí y me quería en su próxima película, costara lo que costara. Brenda vino a conseguirme.

Se hizo gran amiga de Catalina y descubrieron que odiaban a los mismos directores que les habían estropeado la vida (a Brenda como productora y a Cata como eterna aspirante a actriz de carácter).

"Para su edad, Brenda tiene bonita figura, ¿no crees?", opinó Cata. "Me voy a fijar", contesté.

Ya me había fijado. Catalina pensaba que Brenda estaba vieja. "Bonita figura" es su manera de elogiar a una monja por ser delgada.

Sólo me gustan las películas de naves espaciales y las de niños que pierden a sus padres. No quería conocer a un genio gay enamorado de un mariachi que por desgracia era yo. Leí el guión para que Catalina dejara de joder. En realidad sólo me entregaron trozos, las escenas en las que yo salía. "Woody Allen hace lo mismo", me explicó ella: "Los actores se enteran de lo que trata la película cuando la ven en el cine. Es como la vida: sólo ves tus escenas y se te escapa el plan de conjunto". Esta última idea me pareció tan correcta que pensé que Brenda se la había dicho.

Supongo que Catalina aspiraba a que le dieran un papel. "¿Qué tal tus escenas?", me decía a cada rato. Las leí en el peor de los momentos. Se canceló mi vuelo a Salvador porque había huracán y tuve que ir en jet privado. Entre las turbulencias de Centroamérica el papel me pareció facilísimo. Mi personaje contestaba a todo "¡qué fuerte!" y se dejaba adorar por una banda de motociclistas catalanes.

"¿Qué te pareció la escena del beso?", me preguntó Catalina. Yo no la recordaba. Ella me explicó que iba a darle "un beso de tornillo" a un "motero muy guarro". La idea le parecía fantástica: "Vas a ser el primer mariachi sin complejos, un símbolo de los nuevos mexicanos". "¿Los nuevos mexicanos besan motociclistas?", pregunté. Cata tenía los ojos encendidos: "¿No estás harto

de ser tan típico? La película de Chus te va a catapultar a otro público. Si sigues como estás, al rato sólo vas a ser interesante en Centroamérica".

No contesté porque en ese momento empezaba una carrera de Fórmula 1 y yo quería ver a Schumacher. La vida de Schumacher no es como los guiones de Woody Allen: él sabe dónde está la meta. Cuando me conmovió que Schumacher donara tanto dinero para las víctimas del tsunami, Cata dijo: "¿Sabes por qué da tanta lana? De seguro le avergüenza haber hecho turismo sexual allá". Hay momentos así: Un hombre puede acelerar a 350 kilómetros por hora, puede ganar y ganar y ganar, puede donar una fortuna y sin embargo puede ser tratado de ese modo, en mi propia cama. Vi el fuete de montar con el que salgo al escenario (sirve para espantar las flores que me avientan). Cometí el error de levantarlo y decir: "¡Te prohíbo que digas eso de mi ídolo!". En un mismo instante, Cata vio mi potencial gay y sadomasoquista: "¿Ahora resulta que tienes un ídolo?", sonrió, como anhelando el primer fuetazo. "Me carga la chingada", dije, y bajé a la cocina a hacerme un sándwich.

Esa noche soñé que manejaba un Ferrari y atropellaba sombreros de charro hasta dejarlos lisitos, lisitos.

Mi vida iba a la deriva. El peor de mis discos, con las composiciones rancheras del sinaloense Alejandro Ramón, acababa de convertirse en disco de platino y se habían agotado las entradas para mis conciertos en Bellas Artes con la Sinfónica Nacional. Mi cara ocupaba cuatro metros cuadrados de un cartel en la Alameda. Soy un astro, perdón por repetirlo, de eso no me quejo, pero nunca he tomado una decisión. Mi padre se encargó de matar a mi madre, llorar mucho y convertirme en mariachi. Todo lo demás fue automático. Las mujeres me buscan a través de mi agente. Viajo en jet privado cuando no puede despegar el avión comercial. Turbulencias. De eso dependo. ¿Qué me gustaría?

Estar en la estratosfera, viendo la Tierra como una burbuja azul en la que no hay sombreros.

En eso estaba cuando Brenda llamó de Barcelona. Pensé en su pelo mientras ella decía: "Chus está que flipa por ti. Suspendió la compra de su casa en Lanzarote para esperar tu respuesta. Quiere que te dejes las uñas largas como vampiresa. Un detalle de mariquita un poco cutre. ¿Te molesta ser un mariachi vampiresa? Te verías chuli. También a mí me pones mucho. Supongo que Cata ya te dijo". Me excitó enormidades que alguien de Guadalajara pudiera hablar de ese modo. Me masturbé al colgar, sin tener que abrir la revista Lord que tengo en el baño. Luego, mientras veía caricaturas, pensé en la última parte de la conversación: "Supongo que Cata ya te dijo". ¿Qué debía decirme? ¿Por qué no lo había hecho?

Minutos después, Cata llegó a repetir lo mucho que me convendría ser un mariachi sin prejuicios (contradicción absoluta: ser mariachi es ser un prejuicio nacional). No quería hablar de eso y le pregunté de qué hablaba con Brenda. "De todo. Es increíble lo joven que es para su edad. Nadie pensaría que tiene 43". "¿Qué dice de mí?". "No creo que te guste saberlo". "No me importa". "Ha tratado de desanimar a Chus de que te contrate. Le pareces demasiado ingenuo para un papel sofisticado. Dice que Chus tiene un subidón contigo y ella le pide que no piense con su pene". "¿Eso le pide?" "¡Así hablan los españoles!". "¡Brenda es de Guadalajara!". "Lleva siglos allá, se define como prófuga de los mariachis, tal vez por eso no le gustas". "Habló hace rato. Dijo que le encanto". "Te digo que es de lo más profesional: hace cualquier cosa por Chus".

Quería pelearme con ella porque me acababa de masturbar y sus dedos estaban abriendo su blusa. Pero no se me ocurrió cómo ofenderla. Cuando me bajó los pantalones, pensé en Schumacher, un killler del kilometraje. Esto no me excitó, lo juro por

mi madre muerta, pero me inyectó voluntad. Follamos durante tres horas, un poco menos que una carrera Fórmula 1. (Había empezado a usar la palabra "follar").

En mi concierto en Bellas Artes cantaba "Se me olvidó otra vez" cuando llegué a la estrofa "en la misma ciudad y con la misma gente..." y vi a un periodista en la primera fila. Cada vez que cumplo años publica un artículo en el que comprueba mi homosexualidad. Su principal argumento es que cumplo otro año sin estar casado. Un mariachi se debe reproducir como semental de crianza. Pensé en el motociclista al que debía darle un beso de tornillo, vi al periodista y supe que iba a ser el único que escribiría que soy puto. Los demás hablarían de lo viril que es besar a otro hombre porque lo pide el guion.

El rodaje fue una pesadilla. Chus Ferrer me explicó que Fassbinder había obligado a su actriz principal a lamer el piso del set. Él no fue tan cabrón: se conformó con untarme basura para "amortiguar mi ego". Me fue un poco mejor que a los iluminadores a los que les gritaba: "¡Horteras del PP!". Cada que podía, me agarraba las nalgas.

Tuve que esperar tanto tiempo en el set que me aficioné al Nintendo. Brenda me parecía cada vez más guapa. Una noche fuimos a cenar a una terraza. Por suerte, Catalina fumó hashish y se durmió sobre su plato. Brenda me dijo que había tenido una vida "muy revuelta". Ahora llevaba una existencia solitaria, algo necesario para satisfacer los caprichos de producción de Chus Ferrer. "Eres el más reciente de ellos", me vio a los ojos: "¡Qué trabajo me dio convencerte!". "No soy actor, Brenda", hice una pausa. "Tampoco quiero ser mariachi", agregué. "¿Qué quieres?", ella sonrió de un modo fascinante. Me gustó que no dijera: "¿Qué quieres ser?". Parecía sugerir: "¿Que quieres ahora?". Brenda fumaba un purito. Vi su pelo blanco, suspiré como sólo puede suspirar un mariachi que ha llenado estadios, y no dije nada.

Una tarde visitó el set una estrella del cine porno. "Tiene su

sexo asegurado en un millón de euros", me dijo Catalina. Brenda estaba al lado y comentó: "La polla de los millones". Explicó que ése había sido el eslogan de la Lotería Nacional en México en los años sesenta. "Te acuerdas de cosas viejísimas", dijo Cata. Aunque la frase era ofensiva, se fueron muy contentas a cenar con el actor porno. Yo me quedé para la escena del beso de tornillo.

El actor que representaba al motociclista catalán era más bajo que yo y tuvieron que subirlo en un banquito. Había tomado pastillas de ginseng para la escena. Como yo ya había vencido mis prejuicios, ese detalle me pareció una mariconada.

Por cuatro semanas de rodaje cobré lo que me dan por un concierto en cualquier ranchería de México.

En el vuelo de regreso nos sirvieron ensalada de tomate y Cata me contó un truco profesional del actor porno: comía mucho tomate porque mejora el sabor del semen. Las actrices se lo agradecían. Esto me intrigó. ¿En verdad había ese tipo de cortesías en el porno? Me comí el tomate de mi plato y el del suyo, pero al llegar a México ella lo olvidó o estaba demasiado cansada para chuparme.

La película se llamó *Mariachi Baby Blues*. Me invitaron a la premier en Madrid y al recorrer la alfombra roja vi a un tipo con las manos extendidas, como si midiera una yarda. En México el gesto hubiera sido obsceno. En España también lo era, pero sólo lo supe al ver la película. Había una escena en la que el motociclista se acercaba a tocar mi pene y aparecía un miembro descomunal, en impresionante erección. Pensé que el actor porno había ido al set para eso. Brenda me sacó de mi error: "Es una prótesis. ¿Te molesta que el público crea que ése es tu sexo?"

¿Qué puede hacer una persona que de la noche a la mañana se convierte en un fenómeno genital? En la fiesta que siguió a la premier, la reina del periodismo rosa me dijo: "¡Qué descaro tan canalla!". Brenda me contó de famosos que habían sido sorprendidos en playas nudistas y tenían sexos como mangueras

de bombero. "¡Pero esos sexos son suyos!", protesté. Ella me vio como si imaginara el tamaño de mi sexo y se decepcionara y fuera buenísima conmigo y no dijera nada. Quería acariciar su pelo, llorar sobre su nuca. Pero en ese momento llegó Catalina, con copas de champaña. Salí pronto de la fiesta y caminé hasta la madrugada por las calles de Madrid.

El cielo empezaba a volverse amarillo cuando pasé por el Parque del Retiro. Un hombre sostenía cinco correas muy largas, atadas a perros esquimales. Tenía la cara cortada y ropas baratas. Hubiera dado lo que fuera por no tener otra obligación que pasear los perros de los ricos. Los ojos azules de los perros me parecieron tristes, como si quisieran que yo me los llevara y supieran que era incapaz de hacerlo.

Regresé tan cansado al Hotel Palace que apenas me soprendió que Cata no estuviera en la suite.

Al día siguiente, todo Madrid hablaba de mi descaro canalla. Pensé en suicidarme pero me pareció mal hacerlo en España. Me subiría a un caballo por primera vez y me volaría los sesos en el campo mexicano.

Cuando aterricé en el D. F. (sin noticias de Catalina) supe que el país me adoraba de un modo muy extraño. Leo me entregó una carpeta con elogios de la prensa por trabajar en el cine independiente. Las palabras "hombría" y "virilidad" se repetían tanto como "cine en estado puro" y "cine total". En mi opinión, *Mariachi Baby Blues* trataba de una historia dentro de una historia dentro de una historia, donde todo mundo acababa haciendo lo que no quería hacer al principio y era muy feliz así.

Mi siguiente concierto —nada menos que en el Auditorio Nacional— fue tremendo: el público llevaba penes hechos con globos. Me había convertido en el garañón de la patria. Me empezaron a decir el Gallito Inglés y un club de fans se puso "Club de Gallinas".

Catalina había pronosticado que la película me convertiría en actor de culto. Traté de localizarla para recordárselo, pero seguía en España. Recibí ofertas para salir desnudo en todas partes. Mi agente se triplicó el sueldo y me invitó a conocer su nueva casa, una mansión en el Pedregal, dos veces más grande que la mía, donde había un sacerdote. Hubo una misa para bendecir la casa y Leo agradeció a Dios por ponerme a su lado. Luego me pidió que fuéramos al jardín. Me dijo que Vanessa Obregón quería conocerme. La ambición de Leo no tiene límites: le convenía que yo saliera con la bomba sexy de la música grupera. Pero yo no podía estar con una mujer sin decepcionarla, o sin tener que explicarle la absurda situación a la que me había llevado la película.

Di miles de entrevistas en las que nadie me creyó que no estuviera orgulloso de mi pene. Fui declarado el latino más sexy por una revista de Los Ángeles, el bisexual más sexy por una revista de Amsterdam y el sexy más inesperado por una revista de Nueva York. Pero no me podía bajar los pantalones sin sentirme disminuido.

Finalmente, Catalina regresó de España a humillarme con su nueva vida: era novia del actor porno. Me lo dijo en un restorán donde tuvo el mal gusto de pedir ensalada de tomate. Pensé en la dieta del actor porno, pero apenas tuve tiempo de distraerme con esta molestia porque Cata me pidió una fortuna por "gastos de separación". Se los di para que no hablara de mi pene.

Fui a ver a Leo a las dos de la madrugada. Me recibió en el cuarto que llama "estudio" porque tiene una enciclopedia. Sus pies descalzos repasaban una piel de puma mientras yo hablaba. Tenía puesta una bata de dragones, como un actor que interpreta a un agente vulgar. Le hablé de la extorsión de Cata.

"Tómala como una inversión", me dijo él.

Esto me calmó un poco, pero yo estaba liquidado. Ni siquiera me podía masturbar. Un plomero se llevó la revista Lord que tenía en el baño y no la extrañé.

Leo siguió moviendo sus hilos. La limusina que pasó por mí para llevarme a la entrega de los MTV Latino había pasado antes por una mulata espectacular que sonreía en el asiento trasero. Leo la había contratado para que me acompañara a la ceremonia y aumentara mi leyenda sexual. Me gustó hablar con ella (sabía horrores de la guerrilla salvadoreña), pero no me atreví a nada más. Sentí que me veía con ojos de cinta métrica.

Volví a psicoanálisis: dije que Catalina era feliz a causa de un gran pene real y yo era infeliz a causa de un gran pene imaginario. ¿Podía la vida ser tan básica? El doctor dijo que eso le pasaba al 90% de sus pacientes. No quise seguir en un sitio tan común.

Mi fama es una droga demasiado fuerte. Necesito lo que odio. Hice giras por todas partes, lancé sombreros a las gradas, me arrodillé al cantar "El hijo desobediente", grabé un disco con un grupo de hip-hop. Una tarde, en el Zócalo de Oaxaca, me senté en un equipal y oí buen rato la marimba. Bebí dos mezcales, nadie me reconoció y creí estar contento. Vi el cielo azul y la línea blanca de un avión. Pensé en Brenda y le hablé desde mi celular.

"Te tardaste mucho", fue lo primero que dijo. ¿Por qué no la había buscado antes? Con ella no tenía que aparentar nada. Le pedí que fuera a verme. "Tengo una vida, Julián", dijo en tono de exasperación. Pero pronunció mi nombre como si yo nunca lo hubiera escuchado. Ella no iba a dejar nada por mí. Yo cancelé mi gira al Bajío.

Pasé tres días de espanto en Barcelona, sin poder verla. Brenda estaba "liada" en una filmación. Finalmente nos encontramos, en un restorán que parecía planeado para japoneses del futuro.

"¿Quieres saber si te conozco?", dijo, y yo pensé que citaba una canción ranchera. Me reí, nomás por reaccionar, y ella me vio a los ojos: "Eres mi página en blanco". No, yo no me sabía esa canción. Pero ni siquiera traté de ubicarla porque ella empezó a decir cosas que me asombraron hasta que casi me dio susto. Sabía la fecha de la muerte de mi madre, el nombre de mi ex

psicoanalista, mi deseo de estar en órbita, me admiraba desde un tiempo que llamó "inmemorial". Todo empezó cuando me vio sudar en una transmisión de Telemundo. Se había tomado un trabajo increíble para ligarme: convenció a Chus de que me contratara, escribió mis parlamentos en el guión, le presentó a Cata al actor porno, planeó la escena del pene artificial para que mi vida diera un vuelco. "Sé quién eres, y tengo el pelo blanco", sonrió. "Tal vez pienses que soy manipuladora. Soy productora, que es casi lo mismo: produje nuestro encuentro".

Vi sus ojos, irritados por las desveladas del rodaje. Fui un mariachi torpe y dije: "Soy un mariachi torpe". "Ya lo sé", Brenda me acarició la mano.

Entonces me contó por qué me quería. Su historia era horrible. Justificaba su odio por Guadalajara, el mariachi, el tequila, la tradición y la costumbre. Le prometí no contársela a nadie. Sólo puedo decir que ella había vivido para escapar de esa historia hasta que supo que no tenía otra historia que escapar de su historia. Yo era "su boleto de regreso".

Brenda se había esforzado como nadie para estar conmigo. Lloré en la mesa. Primero me sequé con la servilleta y luego con su pelo blanco, que olía a algo fabuloso. Me recargué en su pecho y me encantó la forma en que le brincaba el corazón.

Pensé que nos acostaríamos esa noche pero ella aún tenía una producción pendiente: "No me quiero meter con tu trabajo pero tienes que aclarar lo del pene". "El pene no es mi trabajo: ¡lo inventaron ustedes!". "Eso, lo inventamos nosotros. Un recurso del cine europeo. Se me había olvidado lo que un pene puede hacer en México. No quiero salir con un hombre pegado a un pene". "No estoy pegado a un pene, lo tengo chiquito", dije. "¿Qué tan chiquito?", se interesó Brenda. "Chiquito normal. Velo tú".

Entonces ella quiso que yo conociera sus principios morales: "Lo tienen que ver todos tus fans", contestó: "Ten la valentía de ser normal". "No soy normal: ¡Soy el Gallito de Jojutla, mis

discos se venden hasta en las farmacias!". "Lo tienes que hacer. Estoy harta de un mundo falocéntrico". "¿Pero tú sí vas a querer mi pene?" "¿Tu pene chiquito normal?", Brenda bajó la mano hasta mi bragueta, pero no me tocó. "¿Qué quieres que haga?", le pregunté.

Ella tenía un plan. Siempre tiene un plan. Yo saldría en otra película, una crítica feroz al mundo de las celebridades, y haría un desnudo frontal. Mi público tendría una versión descarnada y auténtica de mí mismo. Cuando pregunté quién dirigía la película, me llevé otra sorpresa. "Yo", respondió Brenda: "Se llama Guadalajara".

Tampoco ella me dio a leer el guión completo. Las escenas en las que aparezco son raras, pero eso no quiere decir nada: el cine que me parece raro gana premios. Una tarde, en un descanso del rodaje, entré a su tráiler y le pregunté: "¿Qué crees que pase conmigo después de Guadalajara?". "¿Te importa mucho?" "Mi vida me parece estúpida". "La vida es estúpida". "¿Te vas a acostar conmigo?". "Nos falta una escena".

Despejó el set para filmarme desnudo. Los demás salieron de malas porque el catering acababa de llegar con la comida. Brenda me situó junto a una mesa de la que salía un rico olor a embutidos.

Se quedó un momento frente a mí. Me vio de una manera que no puedo olvidar, como si fuéramos a cruzar un río. Quería estar con ella, para siempre. No pensé que era mariachi porque hubiera vuelto a llorar. Ella sonrió y dijo lo que los dos esperábamos:

—¿Lo hacemos? —se colocó detrás de la cámara.

En la mesa del bufet había un platón de ensalada. La vida es estúpida, pero tiene secretos. Antes de bajarme los pantalones, me comí un tomate.

CARA Y CRUZ

AQUÍ
TERMINA
CARA